中国儿童文学

博士文库

北　京　师　范　大　学 | 2　0　0　4

金莉莉 著

儿童文学叙事研究

作家出版社

图书在版编目（CIP）数据

儿童文学叙事研究 / 金莉莉著. -- 北京：作家出版社，2020. 11（2021.5重印）
（中国儿童文学博士文库）
ISBN 978-7-5063-9949-4

Ⅰ. ①儿… Ⅱ. ①金… Ⅲ. ①儿童文学理论 - 中国 Ⅳ. ①I207.8

中国版本图书馆CIP数据核字（2018）第050327号

儿童文学叙事研究

作　　者：金莉莉
策　　划：左　昡
责任编辑：邢宝丹　桑　桑
特约编辑：苏倪君
装帧设计：康　健
出版发行：作家出版社有限公司
社　　址：北京农展馆南里10号　　**邮　　编**：100125
电话传真：86-10-65067186（发行中心及邮购部）
86-10-65004079（总编室）
E-mail:zuojia@zuojia.net.cn
http://www.zuojiachubanshe.com
印　　刷：北京玺诚印务有限公司
成品尺寸：148×210
字　　数：170千
印　　张：6.375
版　　次：2020年11月第1版
印　　次：2021年5月第2次印刷
ISBN　978-7-5063-9949-4
定　　价：35.00元

总序

我国儿童文学博士论文的生产方式、学科分布与发展空间

王泉根

金秋十月，橙黄橘绿。作家出版社计划高规格出版我国首套儿童文学博士文库，希望我为文库写一篇序言。作为长期执教儿童文学学科的高校教师，能不欣然应命？儿童文学博士文库的出版，既是儿童文学理论研究的一件幸事，也是儿童文学学科建设与高素质专业人才培养的一件大事。我的这篇序言，试就这两方面谈点浅见。

一

我国现行高等学历教育分为专科生、本科生、研究生三个层次，研究生根据学位，又分为硕士研究生与博士研究生。因而博士研究生是高等教育中的最高学历、最高端。只有把最高端的事做好了，相关学科的人才培养，才有可能做大做强。博士研究生学习阶段的主要任务与目标是撰写博士论文，只有当博士论文通过答辩，才能获得培养学校的博士研究生毕业证书和博士学位证书，由此足见博士论文的重要。

根据教育史料，我国高校的儿童文学学科研究生，最早培养是在二十世纪五十年代。东北师范大学蒋锡金教授（1915—2003）曾在五十年

代招收过儿童文学研究生，因当时我国高校还未实行学位制，因而东北师范大学只是研究生培养而不存在学位。

1982年元月，浙江师范学院（今浙江师范大学）蒋风教授招收中国现当代文学专业儿童文学研究方向的硕士研究生，首批录取的研究生是来自北京师范大学的汤锐与来自西南师范大学的王泉根。虽然蒋风先生曾在1979年招收了第一位研究生吴其南，但据吴其南介绍，他算“阴差阳错”，由于当时浙江师范学院还没有资质独立招收研究生，因而是与杭州大学中文系联合招收的，吴其南报考的是杭州大学中文系现代文学研究专业，在被录取以后，经两校商量，由杭州大学转至浙江师范学院蒋风名下。所以蒋风先生公开招收儿童文学方向研究生是在1982年。1984年11月，杭州大学中文系在对吴其南、王泉根、汤锐经过规定的研究生课程考试后，举行了我国首次儿童文学硕士研究生论文答辩，答辩委员会由杭州大学吕漠野、郑择魁、陈坚等五位教授组成，一致通过吴其南、王泉根、汤锐三人的硕士学位论文，并由杭州大学授予文学硕士学位。三位研究生是我国高等学历教育中第一批以儿童文学作为明确培养方向的硕士研究生，三人的论文也是第一批专业意义上的儿童文学硕士学位论文。

2001年，北京师范大学决定面向全国和海外，招收我国第一届中国现当代文学专业儿童文学研究方向的博士研究生，博士生导师为王泉根教授。2001年9月，录取入学的首届博士生为王林、金莉莉、张嘉骅（来自中国台湾）。2004年5月，北京师范大学举行我国首次儿童文学博士研究生论文答辩，答辩委员会由刘勇、张美妮、曹文轩、邹红、樊发稼五位教授组成，一致通过王林、金莉莉、张嘉骅三人的博士学位论文答辩，授予文学博士学位。这是我国高等学历教育中培养的第一批儿童文学博士，王林等三人的博士论文也是第一批专业意义上的儿童文学博士学位论文。

自北京师范大学王泉根教授以后，上海师范大学梅子涵教授（2002年）、东北师范大学朱自强教授（2005年）也开始招收儿童文学博士生。进入新世纪第二个十年，兰州大学李利芳教授、东北师范大学侯颖教授、浙江师范大学方卫平与吴翔宇教授、北京师范大学陈晖与张国龙教授等，相继招收儿童文学博士生。

二

根据国家图书馆、北京师范大学图书馆以及网络资源中的博士论文资料，抽检1999年至2016年间的100篇与儿童文学相关的博士论文，发现有69篇博士论文属于中国现当代文学专业，出自17所高校与中国社会科学院研究生院。其中北京师范大学29篇，上海师范大学14篇，山东师范大学5篇，东北师范大学4篇，吉林大学3篇，中国社会科学院研究生院2篇，北京大学、复旦大学、南京大学、四川大学、中山大学、兰州大学、苏州大学、华东师范大学、华中师范大学、南京师范大学、湖南师范大学、上海大学各1篇。

再加辨析，我们发现：北京师范大学、上海师范大学均是明确以“中国现当代文学专业儿童文学研究方向”招收录取博士生，东北师范大学情况有点特殊，既有明确的儿童文学研究方向，也有现代文学方向；而山东师范大学、吉林大学、北京大学、中国社会科学院研究生院等则是以“中国现当代文学专业现代文学研究方向”或“当代文学研究方向”等招收录取博士生的。因而可以看出，北京师范大学、上海师范大学的中国现当代文学专业有明确的培养儿童文学博士生的愿景，东北师范大学也重视儿童文学。当然这三所高校的中国现当代文学专业还有其他研究方向与培养任务，但能从中特别分出招生名额留给儿童文学，这是十分难得与宝贵的。

正因如此，这三所高校的中国现当代文学专业儿童文学研究方向的招生简章要求—博士生新生考试、面试、录取—博士生课程教学—博士论文选题设定—博士论文预答辩—博士论文答辩—博士学位授予、毕业的全过程，均以儿童文学为目标，导师本人也均是当代儿童文学界活跃的理论批评家或作家。这些高校的博士生，从被录取进校起，就有明确的儿童文学博士生身份与攻博目标。难能可贵的是，他们毕业后从事的职业，绝大部分都与儿童文学有关，或在高校执教儿童文学，或在出版机构从事儿童文学图书编辑，或专注儿童文学创作等，他们之中已有部分成长为新时代儿童文学界的知名理论批评家、作家、出版家与阅读教学专家。因而从北京师范大学、上海师范大学、东北师范大学等高校毕业的儿童文学博士生，是我国儿童文学理论研究人才培养的最高端与重镇，这批博士研究生所撰写的博士学位论文，构建了我国儿童文学博士论文的主体。这是儿童文学博士论文生产的第一种方式，也是最重要的方式。为方便研究，我们把这部分儿童文学博士论文称为“第一方阵”。

统计1999年至2016年百篇儿童文学博士论文，“第一方阵”共有47篇，几乎占了百篇论文的一半，其中北京师范大学有29篇，占比四分之一以上。上海师范大学有14篇，东北师范大学为4篇。

这47篇博士论文按内容分析，涉及儿童文学基础理论研究与作家作品研究，儿童文学发展历史研究，儿童文学文体研究（含童话、儿童小说、儿童诗歌、儿童戏剧、儿童电影、图画书等），中外儿童文学关系与比较研究，儿童文学跨界研究等。以下是对此47篇博士论文内容的具体分类（按论文题目、学校、博士生姓名、答辩时间、导师排序）。

1. 儿童文学基础理论研究与作家作品研究14篇

《儿童文学叙事研究》，北京师范大学金莉莉，2004，导师王泉根。

《儿童文学的童年想象》，北京师范大学张嘉骅，2004，导师王泉根。

《都市里的青春写作：论“70后”作家群的小说创作》，北京师范大学李虹，2005，导师王泉根。《幻想世界与儿童主体的生成》，北京师范大学王玉，2005，导师王泉根。《植物与儿童文学研究》，上海师范大学谢芳群，2005，导师梅子涵。《轻逸之美——对儿童文学艺术品质的一种思考》，上海师范大学陈恩黎，2006，导师梅子涵。《童年之美》，上海师范大学唐灿辉，2006，导师梅子涵。《雅努斯的面孔：魔幻与儿童文学》，上海师范大学钱淑英，2007，导师梅子涵。《老头子做事总不会错——论儿童文学中的老人角色》，上海师范大学孙亚敏，2007，导师梅子涵。《论现代中国儿童文学经典的生成——以〈百年百部中国儿童文学经典书系〉为中心》，北京师范大学许军娥，2008，导师王泉根。《论儿童文学的教育性》，东北师范大学侯颖，2008，导师朱自强。《儿童文学理论的基本问题与方法》，东北师范大学赵大军，2008，导师逄增玉。《儿童文学的游戏精神》，上海师范大学李学斌，2010，导师梅子涵。《从文学经典到数码影像——跨媒介视域中的〈宝葫芦的秘密〉》，上海师范大学王晶，2010，导师梅子涵。

2. 儿童文学发展历史研究9篇

《中国儿童文学与现代化进程》，东北师范大学朱自强，1999，导师孙中田。《论现代文学与晚清民国语文教育的互动关系》，北京师范大学王林，2004，导师王泉根。《从谢冰心到秦文君——中国儿童文学中的女性主体意识》，北京师范大学陈莉，2007，导师王泉根。《三维视野中的香港儿童文学》，北京师范大学苏洁玉，2007，导师王泉根。《生态批评视野下的中国当代儿童文学》，北京师范大学郝婧坤，2008，导师王泉根。《论中国现代儿童文学初创期（1917年至1927年）的外来影响——以安徒生童话为个案》，北京师范大学王蕾，2008，导师刘勇。《中国新疆维吾尔族儿童文学研究》，北京师范大学阿依吐拉·艾比不力，2011，导师王泉根。《天籁的变奏——中国童谣发展史论》，北京师范大学涂明求，

2012，导师王泉根。《新疆多民族儿童文学主题研究》，北京师范大学王欢，2016，导师王泉根。

3. 儿童文学文体研究（含童话、儿童小说、儿童诗歌、儿童戏剧、儿童电影、图画书等）13篇

《成长与性——中国当代成长主题小说的文化阐释》，北京师范大学张国龙，2005，导师王泉根。《论以儿童文学为根基的儿童戏剧教育》，上海师范大学赵靖夏，2006，导师梅子涵。《论中国当代儿童电影的基本精神》，北京师范大学郑欢欢，2007，导师王泉根。《动物小说——人类的绿色凝思》，上海师范大学孙悦，2008，导师梅子涵。《多维视野中的动物小说研究》，北京师范大学李蓉梅，2009，导师王泉根。《类型视野中的儿童幻想电影研究》，北京师范大学左昡，2009，导师王泉根。《童话论》，上海师范大学李慧，2010，导师梅子涵。《现代中国儿童小说主题研究》，北京师范大学王家勇，2011，导师王泉根。《论图画书语言》，北京师范大学赵萍，2011，导师王泉根。《论中国动画电影》，上海师范大学林清，2012，导师梅子涵。《少年小说中的成长书写——以台湾“九歌现代儿童文学奖”获奖作品为研究对象》，北京师范大学谢纯静，2013，导师王泉根。《中国当代比较儿童戏剧研究》，北京师范大学马亚琼，2016，导师王泉根。《童话空间研究》，北京师范大学严晓驰，2016，导师王泉根。

4. 中外儿童文学关系与比较研究7篇

《中西童话的本体论比较研究》，北京师范大学舒伟，2005，导师王泉根。《倾空的器皿——成长仪式与欧美文学中的成长主题》，上海师范大学徐丹，2006，导师梅子涵。《中日现代儿童文学发生期平行比较研究——以中国〈儿童世界〉与日本〈赤鸟〉为核心》，北京师范大学浅野法子，2008，导师王泉根。《中韩现代儿童文学形成过程比较研究》，北京师范大

学张美红，2008，导师王泉根。《格林童话的产生及其版本演变研究》，上海师范大学彭懿，2008，导师梅子涵。《安徒生对孩童世界的开启及其现代意义》，北京师范大学李红叶，2011，导师王泉根。《日本儿童文学中的传统妖怪》，上海师范大学周英，2011，导师梅子涵。

5. 儿童文学跨界研究4篇

《出版文化视野下的中国当代儿童文学——以20世纪90年代末至今为个案》，北京师范大学陈苗苗，2007。《儿童文学与新马华文教育研究》，北京师范大学陈如意，2008。《改革开放以来中国儿童书籍出版史论》，北京师范大学崔昕平，2012。《儿童文学与香港小学语文教育的对策研究》，北京师范大学谢炜珞，2012。以上4篇博士论文的导师均为王泉根。

如上所述，1999年至2016年间的100篇与儿童文学相关的博士论文中，有69篇博士论文属于中国现当代文学专业，除了北京师范大学、上海师范大学、东北师范大学的47篇博士论文是以“中国现当代文学专业儿童文学研究”为方向以外，还有22篇博士论文是以“中国现当代文学专业现代文学”或“当代文学”作为研究方向的，以下是按答辩通过的时间顺序整理的这22篇博士论文的题目、学校、博士生姓名、答辩时间、导师名单：

《蝶与蛹——关于中国当代小说成长主题考察与思考》，北京大学李学武，2001，导师曹文轩。

《“主体”之生存——当代成长主题小说研究》，南京大学樊国宾，2002，导师丁帆。

《从“训诫”到“交谈”——中国新时期童话创作发展论》，华中师范大学冯海，2003，导师张永健。

《儿童的发现与中国现代文学》，复旦大学王黎君，2004，导师吴立昌。

《近二十年来中国小说的儿童视野》，四川大学何卫青，2004，导师赵毅衡、曹顺庆。

《中国现代文学中的儿童叙事》，中国社会科学院研究生院朱勤，2005，导师杨义、李存光。

《精神探索、苦难展示与被动化存在》，吉林大学王文玲，2006，导师张福贵。

《重塑民族想象的翅膀——20世纪中国科幻小说研究》，兰州大学王卫英，2006，导师常文昌。

《荆棘路上的光荣——中国现代儿童文学史论》，山东师范大学杜传坤，2006，导师姜振昌。

《新时期小说中的未成年人世界》，华东师范大学齐亚敏，2007，导师马以鑫。

《呼唤和谐的儿童本位观——儿童文学与小学语文教育》，吉林大学赵准胜，2007，导师张福贵。

《"人"与"自我"的诗性追寻——中国现代文学中的回忆性童年书写研究》，南京师范大学谈凤霞，2007，导师朱晓进。

《20世纪中国成长小说研究》，上海大学徐秀明，2007，导师葛红兵。

《行进中的"小说"中国——当代成长小说研究》，苏州大学钱春芸，2007，导师曹惠民。

《当代儿童文学的文化大革命十年——1966~1976文革儿童文学史研究》，吉林大学杜晓沫，2009，导师黄也平。

《中国现代成长小说研究》，山东师范大学顾广梅，2009，导师朱德发。

《中国现当代幻想文学研究》，中国社会科学院研究生院金南玧，2010，导师张中良。

《另一种现代性诉求——1875~1937儿童文学中的图像叙事》，山东师范大学张梅，2011，导师魏建。

《尘埃下的似锦繁花：中国现代儿童诗史论》，湖南师范大学刘汝兰，2011，导师谭桂林。

《大众传媒语境下的儿童文学传播障碍归因研究》，山东师范大学王倩，2012，导师王万森。

《自娱与承担：中日儿童文学比较研究——以创始期为中心》，中山大学刘先飞，2012，导师林岗。

《新时期儿童文学中的生态伦理意识研究》，山东师范大学田媛，2013，导师吕周聚。

以上22篇博士论文的选题内容有一显著特点，即均是立足于现代文学或当代文学，在中国现当代文学历史范围内探讨儿童文学，以及与儿童文学密切相关联的成长小说、幻想文学、科幻文学等，论题都集中于“中国”“现当代时期”“作家作品”这几个关键词，基本上不涉及中外交流，更不涉及古代。这22篇博士论文有力地丰富并扩大了儿童文学的研究视角、研究内涵，是新世纪儿童文学理论研究的重要收获。我们把这22篇论文称为儿童文学博士论文生产方式的“第二方阵”。

三

根据博士论文来源，我国儿童文学博士论文的生产还有另一种方式，即不是出于中国现当代文学专业，而是分布在其他更多的学科专业之中，包括文艺学、外国文学、教育学、民俗学、传播学等。博士生导师既不专门研究儿童文学，也不从事现当代文学，而是文艺学、外国文学以及教育学、传播学、民俗学等相关学科的教授、专家。为方便研究，我们把这部分论文称为儿童文学博士论文生产方式的“第三方阵”。

经抽检1999年至2016年的100篇与儿童文学相关的博士论文，属于“第三方阵”的论文计有31篇，分述如下：

中国古代文学1篇：《汉魏晋南北朝寓言研究》，复旦大学权娥麟，2010，导师郑利华。

文艺学4篇：《西方寓言理论及其现代转型》，南京大学罗良清，2006，导师赵宪章。《中国发生期儿童文学理论本土化进程研究》，南开大学李利芳，2006，导师刘俐俐。《女性创作与童话模式——英国十九世纪女性小说创作研究》，华中师范大学戴岚，2007，导师陈勤建。《论安徒生童话里的“东方形象”》，暨南大学彭应翃，2011，导师饶芃子。

文艺民俗学1篇：《林兰民间童话的结构形态与文化意义研究》，华东师范大学黎亮，2013，导师陈勤建。

中国少数民族语言文学2篇：《伪满时期的蒙古族儿童文学研究——以伪满洲国蒙古文机关报为中心》，中央民族大学永花，2009，导师萨仁格日勒。《内蒙古当代儿童小说主题研究》，内蒙古大学乌云毕力格，2013，导师全福。

比较文学与世界文学4篇：《马克·吐温青少年题材小说的多主题透视》，上海师范大学易乐湘，2007，导师郑克鲁。《晚清儿童文学翻译与中国儿童文学之诞生——译介学视野下的晚清儿童文学研究》，复旦大学张建青，2008，导师谢天振。《从歌德到索尔·贝娄的成长小说研究》，吉林大学买琳燕，2008，导师傅景川。《格林童话在中国》，四川大学付品晶，2008，导师杨武能。

英语语言文学3篇：《无尽的求索和虚妄的梦——美国成长小说艺术和文化表达研究》，上海外国语大学孙胜忠，2004，导师虞建华。《幻想与现实：二十世纪科幻小说在中国的译介》，复旦大学姜倩，2006，导师何刚强。《童话的青春良药："白雪公主"与"睡美人"的青春改写》，上海外国语大学阙蕊鑫，2009，导师张定铨。

德语语言文学3篇：《德国浪漫主义时期童话研究》，北京外国语大学刘文杰，2006，导师韩瑞祥。《"童话"中的童话——论童话〈渔夫和他的妻子〉在君特·格拉斯小说〈比目鱼〉中的改写和作用》，上海外国语大学丰卫平，2006，导师卫茂平。《埃里希·凯斯特纳早期少年小说情结和原型透视》，上海外国语大学侯素琴，2009，导师卫茂平。

戏剧戏曲学1篇：《中国儿童剧导演艺术研究》，中央戏剧学院徐薇，2006，导师白栻本。

广播电视艺术学2篇：《中国儿童电视剧的审美文化研究》，中国传媒大学朱群，2009，导师蒲震元。《中国儿童电视剧55年》，中国传媒大学王利剑，2013，导师刘晔原。

学前教育学6篇：《幼儿喜爱之幽默图画书的特质》，北京师范大学周逸芬，2001，导师陈帼眉。《幼儿图画故事书阅读与发展研究》，北京师范大学康长运，2002，导师庞丽娟。《童话精神与儿童审美教育》，南京师范大学闫春梅，2007，导师滕守尧。《教师引导对大班幼儿故事听读理解影响研究——以"同伴交往"主题作品为例》，北京师范大学高丽芳，2008，导师刘焱。《小、中、大班幼儿对故事的阅读理解与听读理解的比较研究》，北京师范大学张玉梅，2009，导师刘焱。《学前儿童图画故事书阅读理解发展研究——多元模式意义建构的视野》，华东师范大学李林慧，2011，导师周兢。

教育学原理（课程与教学论）2篇：《儿童文学，一种重要的课程资源》，北京师范大学赵静，2002，导师裴娣娜。《清末民国小学儿童文学教育发展研究》，北京师范大学张心科，2010，导师郑国民。

中国近现代史1篇：《近代儿童文艺研究》，北京师范大学谢毓洁，2008，导师史革新。

新闻学1篇：《中国近代儿童报刊的历史考察》，中国人民大学傅宁，2005，导师方汉奇。

"第三方阵"儿童文学博士论文生产的特点是：博士生导师属于相关学科的教授、专家，他们指导的博士研究生的博士论文选题，无疑是立足于自身学科专业范围，并不是为了儿童文学，但论文选题内容所提出与需要解决的问题则与儿童文学密切相关，因而明显地具有跨领域、跨学科的交叉研究性质。例如，《林兰民间童话的结构形态与文化意义研究》（华东师范大学黎亮，2013），是民俗学中的文艺民俗学与儿童文学的交叉研究。《童话精神与儿童审美教育》（南京师范大学闫春梅，2007），是学前教育学与儿童文学的交叉研究。《清末民国小学儿童文学教育发展研究》（北京师范大学张心科，2010），是教育学中的课程与教学论与儿童文学的交叉研究。《"童话"中的童话——论童话〈渔夫和他的妻子〉在君特·格拉斯小说〈比目鱼〉中的改写和作用》（上海外国语大学丰卫平，2006），是德语语言文学与儿童文学的交叉研究。《中国儿童电视剧55年》（中国传媒大学王利剑，2013），是广播电视艺术学与儿童文学的交叉研究。

如上所示，"第三方阵"儿童文学博士论文的撰写主体是其相关学科专业，如文艺民俗学、学前教育学、教育学（课程与教学论）、德语语言文学、广播电视艺术学等。这些学科都有自己的研究领域、理论体系、研究方法和专门的术语系统。这些与儿童文学相关的博士论文，显然需要立足于自身学科的理论体系、研究方法和专门术语，运用跨学科的研究方法，拓宽新的理论话语。因而这类儿童文学博士论文，对于自身的学科专业而言，是一种新问题的提出，新资料的发现，新领域的开拓。对于儿童文学而言，则拓宽了儿童文学的研究领域与理论视野，给儿童文学提供了新的研究成果与理论启示。这就是跨学科、跨领域研究带来的好处。

跨学科研究根据视角不同，可分为方法交叉、理论借鉴、问题拉动、文化交融四个层次。试以北京师范大学教育学专业博士论文《清末民国小学儿童文学教育发展研究》（张心科，2010）为例，该论文属于教育学中的课程与教学论研究，“试图对清末民国小学儿童文学教育发展历程做深入研究，来探索当下儿童文学和语文教学中的文学教育问题，并力图预示儿童文学教育的走向”[①]。论文“采用文学、教育、历史跨学科交叉研究的方法，以教育宗旨、儿童观及文学功能为视角，以课程（课程思想、文件及教材）和教学（教学内容、过程及方法）为切入点，对清末民国的小学儿童文学教育进行了较为系统、深入的分析，梳理出其发展的脉络”。儿童文学教育是语文教育的重要内容，儿童文学直接联系着语文教材、课程资源与未成年人的文学阅读能力培养，因而这篇博士论文提出和研究的问题，对于当前儿童文学与小学课程资源、语文教育研究、阅读传播、校园文化建设等，都有实质性的意义与启示。

四

如上所述，我国儿童文学博士论文的生产主要来自以上三种方式：一是明确以儿童文学作为博士研究生培养方向的儿童文学主体性研究方

① 郑国民：《〈清末民国儿童文学教育发展史论〉序》，见张心科著《清末民国儿童文学教育发展史论》，北京师范大学出版社，2011年。

式，即上文所述的“第一方阵”；二是立足于中国现当代文学历史范围内探讨儿童文学的衍生性研究方式，即上文所述的“第二方阵”；三是以原学科研究为中心涉及儿童文学的跨领域、跨学科的交叉研究方式，即上文所述的“第三方阵”。以上三种出于不同研究目的的博士论文汇聚在一起，共同促进了新世纪以来我国儿童文学理论研究的发展与高层次专业人才的培养。如果我们将这三种方式及各自的特色、优势加以比较与综合分析，或许能从中找到当代儿童文学学科建设与学术研究的一些基本规律，并从中探析制约儿童文学学科建设的瓶颈，拓宽儿童文学学术研究的发展空间。应当说，由此引发的启示与思考是多方面的。

第一，儿童文学是一门综合性学科。

现行的学科分类与学科级别是由国务院学位委员会办公室、教育部学位管理与研究生教育司（一套班子两块牌子）制定的，名谓《授予博士、硕士学位和培养研究生的学科、专业目录》，于1997年公布实施。按此文件，现行所有学科分成学科门类、一级学科、二级学科（三级学科实际上是二级学科下属的研究方向）。其中，中国语言文学为一级学科，下设8个二级学科，即文艺学、语言学与应用语言学、汉语言文字学、中国古典文献学、中国古代文学、中国现当代文学、中国少数民族语言文学、比较文学与世界文学。儿童文学被归整到中国现当代文学二级学科里面。

但在中国语言文学范畴之中，儿童文学与其他文学专业，如文艺学、中国古代文学、中国少数民族语言文学、比较文学与世界文学等相比较，具有明显的交叉性与跨学科性。其根本原因在于，儿童文学是以读者对象（儿童）命名的文学类型，因而如何理解与把握儿童的特点以及儿童接受文学的特殊性，就成了这门学科的前义。这样儿童文学自然而然地与教育学、心理学、艺术学、传播学等相关联。更重要的是，从系统论的观点看待儿童文学学科，儿童文学研究实际上包含了文学内部研究与文学外部研究这样两个系统。具体而言，儿童文学的内部研究包括儿童文学的基础理论，儿童文学发展史论（古代、近现代、当代），儿童文学文体论，儿童文学作家作品论，儿童文学创作方法论，儿童文学中外交流互鉴论等；而儿童文学的外部研究则涉及儿童文学与教育学（特别是学前教育、课程与教学论中的语文教育），儿童文学与传播学（特别是其中的出版学），儿童文学与艺术学（如儿童文学与戏剧学、儿童文学与电影学、电视学、儿童文学与美术学），儿童文学与民俗学（特别是民间文艺、民间文学），儿童文学与语言学（特别是外国语言文学、中国少数民族语言文学）。

第二，儿童文学不能被束缚在“中国现当代文学”二级学科里面。

由上分析观之，按照《授予博士、硕士学位和培养研究生的学科、专业目录》所规定的现行学科、专业分类，将儿童文学仅仅放在中国现当代文学二级学科专业里面，作为其中的一个研究方向，显然既不合理，更不科学。借用唐代诗人韩愈《山石》诗中的一句，那真是“岂必局束为人鞿”，严重制约了儿童文学的学科建设与学术研究。

因为，如果我们只是将儿童文学视为中国现当代文学专业下面的一个研究方向，那么，儿童文学只能在中国现当代文学范围里面兜圈子、找题目，有关儿童文学基础理论、儿童文学文体论、古代儿童文学、外国儿童文学、少数民族儿童文学，尤其是儿童文学与教育学、艺术学、传播学、民俗学等跨学科跨领域的研究课题，都将是师出无门，不属于现当代文学本专业研究范围。本文所论述的以上100篇儿童文学博士论文，出于中国现当代文学专业的论文，有多篇突破现当代文学的束缚，而涉及儿童文学基础理论、文体类、外国儿童文学以及教育学、传播学、艺术学等学科，主要出自北京师范大学、上海师范大学、东北师范大学这三所高校的儿童文学博士生，是这三所高校的博士生导师有意识地突破学科专业束缚，开疆拓土，将博士论文的选题引向并渗透到更广阔的领域之中。

但据笔者所知，这些具有跨专业意图的博士论文，实际上在送外校专家评审以及预答辩等环节中，多少会遭到现当代文学“同行专家”的质疑，甚至提出不符合专业范围的评审意见。为了求得儿童文学的发展，相关导师自然必须与现当代文学“搞好关系”。笔者从2001年起在北京师范大学担任“中国现当代文学专业儿童文学研究方向”的博士生导师，先后指导29位博士生顺利毕业。当时为使博士生的论文选题突破现当代文学范围的束缚并顺利通过评审、答辩，实在是煞费苦心。幸蒙现当代文学学科带头人王富仁、刘勇教授等对儿童文学的全力支持与呵护，方使儿童文学博士生培养在北京师范大学有了从容发展的平台，营造出一方天地。特别难得的是，在北京师范大学研究生院的支持下，经学校评审决定，从2006年起，儿童文学作为与中国现当代文学并列的二级学科，单独招收儿童文学硕士研究生（博士研究生招生仍在中国现当代文学专业）。

儿童文学要突破中国现当代文学二级学科的束缚，实在亟须“自立门户”。实际上，我们从以上100篇博士论文的学科布局可知，那些跨学科跨领域的交叉研究，也即儿童文学外部研究的论文，更多地来自教育学、艺术学、民俗学以及中国语言文学一级学科下面的文艺学、少数民族语言文学等二级学科，这也从另一个方面印证了儿童文学不能被束缚在“中国现当代文学”二级学科里面的必然性。

第三，儿童文学学科新的生长与发展希望。

综上所述，无论是儿童文学研究自身的学科特点，还是本文所论述的这100篇儿童文学博士论文的现实生产状况，都在明确地揭示一个观念：儿童文学应当而且必须独立成类，自立门户，成为一门中国语言文学一级学科下面的并列于文艺学、中国古典文献学、中国古代文学、中国现当代文学、中国少数民族语言文学、比较文学与世界文学等学科的独立的二级学科。非如此，儿童文学学科无法得到应有的发展，那种“局束为人靮”的不合理不科学的状况，也无法得到根本的改变。正因如此，国内多所高校的教授尤其是儿童文学学科先辈专家、浙江师范大学蒋风教授，曾多次撰文吁请相关职能部门给儿童文学二级学科的地位（蒋风：《儿童文学在中国：作为一门学科处境尴尬》，《文艺报》2003年9月2日），但情况依然照旧。

转机出现在2009年，教育部印发了《学位授予和人才培养学科目录设置与管理办法》，对二级学科设置办法进行了改革：学位授予单位可在获得授权的一级学科下，自主设置与调整二级学科和按二级学科管理的交叉学科。同时，1997年颁布的《授予博士、硕士学位和培养研究生的学科、专业目录》中的二级学科，仍是学位授予单位招生、培养人才的重要依据。

根据这一文件精神，凡是国内高校已经获得授权的一级学科，可以：⑴自主设置与调整二级学科；⑵自主设置按二级学科管理的交叉学科。前提是这个学科必须已经获得教育部授权的一级学科资质。按此文件，我们已经欣喜地看到，在新世纪进入第二个十年后，在教育部逐年公布的《学位授予单位（不含军队单位）自主设置二级学科和交叉学科名单》中，北京师范大学已经在授权的一级学科“中国语言文学”下，自主设置了“儿童文学”为二级学科。浙江师范大学则将“儿童文学”设置为交叉学科（涉及教育学、中国语言文学、外国语言文学三个一级学科，设儿童文学创作与批评、中外儿童文学史、儿童文学的跨学科研究三个研究方向）。这是新时代儿童文学学科建设的新力量、新作为，相信儿童文学博士研究生的培养与儿童文学博士论文的生产将踏上一个新的台阶。

正是在新时代新作为的惠风吹拂下，作家出版社决定推出我国教育史、出版史上的第一套“儿童文学博士文库”，第一辑21种，其中包括5位导师的著作与16位博士的博士学位论文。这16部儿童文学博士论文，主要来自北京师范大学、上海师范大学、东北师范大学，很明显，所选都是明确以儿童文学作为博士研究生培养目标的儿童文学主体性研究方式（即上文所述的“第一方阵”）产生的博士学位论文。

“儿童文学博士文库”的出版，既是对儿童文学专业高层次人才培养与学科建设的有力支持，同时也是促进新时代儿童文学理论发展的有力举措。我们欣喜地看到，新世纪以来我国自主培养的这一大批儿童文学博士生，正在成长为新一代儿童文学理论工作者，他们中的拔尖人才，已成为当今知名的理论批评家、作家、出版家与阅读教学专家，是中国儿童文学新一代的理论批评、学术研究、学科建设的接力者、领跑者。长江后浪推前浪，相信中国儿童文学理论建设与学术研究在一棒接一棒的接力中，必将日日新，又日新，为建设具有中国特色、东方智慧的儿童文学理论体系做出更大的成绩。

2020年10月15日于北京师范大学

目录

Contents

绪　论　1

第一节　问题的提出　1
第二节　有关儿童文学叙事的研究　5

第一章　儿童文学叙事研究的后经典叙事学视角　16

第一节　后经典叙事学的研究方法　17
第二节　儿童文学研究的后经典叙事学视角　21

第二章　儿童文学的叙事语境：成人与儿童的权力关系　29

第一节　儿童文学的“叙事”语境　29
第二节　儿童文学叙事的“文化”语境　46

第三章　作者与读者：叙事中的权力关系　54

第一节　叙事中的作者与读者　55
第二节　权力关系中的隐含作者　63
第三节　隐含读者的主体地位——想象与角色期待　78

第四章　聚焦与声音中的权力关系　93

第一节　叙事聚焦中的声音——隐藏的权力关系　93
第二节　权力话语中儿童的声音　103

第五章　叙事结构中的权力关系　114

第一节　儿童文学叙事结构中的逻辑关系　116
第二节　幻想叙事的时空性——一种心灵体验结构　136

结　语　146
个案研究：关于“探索性作品”的叙事学分析　152
参考文献　168
后　记　177

绪论

忘记了自己内心世界的人也就忘记了自身的存在价值。内心世界是外在世界的补充，我们必须去发现它，完善它。倘若我们不能经常作心路之旅去找到这种价值，那我们就真正迷失路径了。

——［德］米切尔·恩德

优秀的儿童文学作家正是这样常常展望内心的童年，执着寻求成人世界与儿童世界沟通的桥梁。在充满诗意和美感的内心情感驱使下创作出来的儿童文学作品，也将因无限的美学内涵和人文深度而成为与成人文学①相媲美的经典之作。

第一节 问题的提出

叙事是儿童文学文本的重要内容，包括故事和叙述的形式技巧。有关叙事的研究会涉及儿童文学理论的基本问题，比如文本语言、结构、人物、读者等等，但系统地从叙事角度对儿童文学加以研究的论著并不

① 本书提及的“成人文学”或“成人的文学”，是相对儿童文学而言，指以成人读者为主要阅读对象的一般意义上的文学。

很多。在目前国内儿童文学理论中，有关儿童文学“特色”或“特殊性”的研究一直是备受关注的论题之一，通常是放在文学功能、“教育的方向性”、“有选择的主题”、“儿童读者的年龄特征”等理论框架中进行探讨。本文认为，这些提法在某种程度上还是未能清楚地揭示儿童文学的内在特性，儿童文学与成人文学的主要区别并非体现在内容或主题上，而是在叙事方式的差异上。比如为什么“鲁智深拳打镇关西”的残酷叙事被排除在儿童文学之外，而《绿野仙踪》中铁皮人之前被陆续砍掉了所有胳膊、腿、头和身体，却具有“儿童”阅读的合法性？其原因便在于同样的“暴力”情节，儿童与成人的文学具有不同的叙事技巧。还比如两种文学样式可以用相似的技巧虚构故事，但在时空的幻想或想象等叙事结构上却有着本质区别，卡夫卡有夸张的《变形记》、马尔克斯有魔幻的《百年孤独》，这种变形的想象与儿童文学幻想叙事有极大不同，能让我们立刻识别出文本类别的归属。从很多经典的儿童小说、童话、图画书中我们可以看出，儿童文学叙事方式精巧而含有相当多的隐喻特色，作者对虚构主题、聚焦角度、结构设计和对读者的期待上都涵盖了更多的文化因素，这也是本文要从叙事的角度考察儿童文学的重要原因①。

那么，儿童文学的叙事特色又是怎样形成的？本文认为，是作者与读者的特殊关系决定了儿童文学的叙事特色。“儿童文学”这一概念涵盖的主要文本是指“成人专为儿童创作的作品”②，作者与读者的关系即演

① 笔者一直对叙事学有浓厚兴趣，并致力于将叙事理论引入儿童文学研究，目前已完成有关儿童文学叙事的论文有《一个童话叙事模式的中西比较》《论童话的空间结构艺术》《论童话叙事与成人参与》《对现代童话语言的叙事学分析》《对现代童话动物形象的文化分析》《童话叙事与儿童阅读》等等。笔者认为儿童文学的叙事方式是长期被研究者遗漏但又至关重要的问题。

② 根据理论者对儿童文学的梳理和考察来看，儿童文学包容的范围一般来说比较广，蒋风主编的《儿童文学原理》中较为全面地归纳为：1. 被儿童占为己有的“儿童文学”，即那些既为儿童阅读又影响儿童文学发展的成人读物；2.“为儿童创作”的各类文学作品，即成人明确以儿童为读者对象创作的文学作品；3.“自我表现”的儿童文学，这类作品主要是作家以青少年生活为题材的自述传；4. 儿童自己创作的文学作品。其中成人明确为儿童创作的作品“在整个儿童文学作品中占据最为核心最为重要的地位”。因此，本文以成人“为儿童创作”的作品为论述的对象，认为这类作品最明显集中地体现出儿童文学的主要特质。

变为成人与儿童的关系，这本身就决定了文本所存在的错综复杂的关系。而从文学创作规则的制定、对“儿童文学”概念归属的定义，到文本的流通和评论，乃至经典文本的确立，其权力都掌握在成人手里，儿童文学成为成人去想象理想童年模式、预设儿童未来成长道路以帮助儿童实现社会化的文学载体。同时，交流又是双向的过程，成人自主动发现“儿童世界”以来，也在运用所掌握的权力话语力图去寻找与儿童对话的途径。因此，成人与儿童的这种关系决定了作者需要采用不同于成人文学的方式进行叙事，这便成为儿童文学叙事产生的语境。也就是说，儿童文学的叙事语境决定了文本的叙事方式。

国内儿童文学理论界对文本叙事或相关主题曾经有过一些探讨，并将儿童文学与文学理论结合，大多注重成人作者的创作动机、写作心理或儿童读者的接受，或者集中于叙事修辞，即儿童文学语言层面。这些研究曾为长期局限于传统的非学术化论述方式的儿童文学理论研究开拓了新的视野，但遗憾的是，有关儿童文学叙事的一些重要主题，比如文本内的叙事方式、叙事产生的原因以及叙事存在的语境等都未能涉及，尤其是没有将叙事语境与文本相结合来探讨儿童文学的特质，这使得在其他文学理论都走向跨学科研究而相对活跃的今天，对儿童文学有关理论的探讨却难以继续深入。

将语境因素与文本叙事结合起来研究正是二十世纪九十年代以来后经典叙事学强调的研究和批评方法，该方法注重运用跨学科的方式探讨文本内外的联系。[①]因此，本文力图从叙事学视角观察儿童文学文本，通

① 近几年由北京大学申丹教授主编的《新叙事学理论译丛》是国内第一次引进西方后经典叙事学，目前已经翻译过来的著作有：解构主义叙事理论代表作《解读叙事》(J. 希利斯·米勒)、女性主义叙事理论代表作《虚构的权威——女性作家与叙述声音》(苏珊·S. 兰瑟)、修辞性叙事理论代表作《作为修辞的叙事——技巧、读者、伦理、意识形态》(詹姆斯·费伦)、跨学科叙事理论代表作《新叙事学》(戴卫·赫尔曼)、后现代叙事理论代表作《后现代叙事理论》(马克·柯里)。后经典叙事学不是另外发展出来的新的叙事理论，而是在传统叙事学基础上进一步拓展了文本研究的视野，这种跨学科多角度的研究方法给本文的研究以很大启发。

过对作品叙述表达和读者接受的分析，关注从中反映出的叙述交流和话语结构等带有普遍性的问题，以期为儿童文学叙事的相关理论研究与批评提供一种新的思路。本文的特点在于：

1. 以前与儿童文学叙事形式有关的研究大多是一些零散的分析，缺乏系统性，而本文期望对儿童文学叙事中的关键问题，如叙事语境、隐含作者与隐含读者、叙事结构、叙事聚焦等进行较为系统的探讨和研究。

2. 有少数学者曾经试图把叙事学引入到儿童小说、图画书等文体的分析，但总体上对叙事学的发展阶段缺乏了解，仍只关注文本，割断了文本叙事特征与作者、读者、文化等因素组成的叙事语境的联系。本研究以后经典叙事学研究视角，将文本内与文本外结合，对儿童文学的叙事方式进行深入分析。

3. 本文将成人与儿童之间的权力关系作为儿童文学叙事存在的语境进行分析，并提出了文本叙事“权力话语中的对话因素”这一概念，即在儿童文学叙事中，以成人与儿童的权力关系为核心要素的叙事语境决定了文本的叙事方式，同时作者又在成人权力话语中力图寻找与儿童读者对话的方式。本文认为这是形成儿童文学叙事特征的关键所在，也是揭示儿童文学特殊性的重要方面。本文突破了以往仅仅对成人作者或者儿童读者的心理分析，从更深的文化角度寻找导致儿童文学叙事发生的原因，使儿童文学叙事研究更加完整。

因此，本文探讨儿童文学普遍意义上的文本作者与读者之间的关系以及文本叙事特色，但对叙事的探讨不再割断文本与语境的联系，而是涉及文本外和文本内，考察儿童文学的叙事语境和因此形成的文本叙事特征。本文力图讨论的问题是：

1. 成人与儿童的权力关系是怎样形成并构成儿童文学的叙事语境的（关于儿童文学场域以及权力关系的形成）。

2. 儿童文学叙事语境如何对叙事产生影响（关于儿童文学叙事中的隐含作者与隐含读者）。

3. 儿童文学的叙事特征怎样体现语境中的权力关系（关于儿童文学叙事中的视角、聚焦、声音、叙事者和结构的具体分析）。

第二节 有关儿童文学叙事的研究

一、国 内

二十世纪八十年代以来，国内文学研究整体经历了长期的政治批评之后，开始回归文本，学界对形式结构和叙事诗学（语法）普遍产生了强烈而持久的兴趣。除了大量翻译西方叙事学理论著作以外，开始立足于中国文学展开了本土的叙事学研究，比如徐岱《小说叙事学》、罗钢《叙事学导论》、杨义《中国叙事学》、申丹《叙述学与小说文体学研究》等。在力图对中国文学进行结构诗学意义上的叙事理论建构基础上，运用该理论对中国文学文本进行实践上的叙事批评，是推进叙事研究本土化的重要历程，比如陈平原的《中国小说叙事模式的转变》、赵毅衡的《苦恼的叙述者》、傅修延的《先秦叙事研究》，以及大量对具体文本进行叙事批评的论文等。同时国内文化研究也扩充了叙事批评的研究领域，比如戴锦华等学者对电影叙事的关注。但正如申丹所认为的，总体上国内学界一直聚焦于经典叙事学，在很大程度上忽略了后经典叙事学①，也就是对文本与文化语境的互动关系关注不足。从这个角度来看，申丹等学者对九十年代以后西方叙事学理论发展的关注和大规模的翻译引进，以及文化研究、文学社会学等领域对叙事批评的思路扩展，都可能成为

① 申丹：《20世纪90年代以来叙事理论的新发展》，《当代外国文学》2005年第1期。

国内叙事学研究更为开阔的方向。

叙事学研究现状和潮流同样波及儿童文学理论领域。

1. 二十世纪八十年代至九十年代初，曾出现一批关注儿童文学读者——少年儿童接受心理的研究，这类理论多借用西方的读者反应理论、皮亚杰的发生认识论、儿童心理学和叙事学理论。虽然没有直接冠以“叙事研究”之名，也不是对儿童文学叙事方式的阐释，但这些论文对叙事的重要方面——文本读者的探讨却较为深入，且对本文的论述有很大启发。

儿童文学理论家方卫平论证了少儿读者对文学的接受模式以及童年特征，他的系列论文《儿童文学接受理论的当代思考》《童年：儿童文学理论的逻辑起点》《创作预设与接受模型》《论儿童读者的文学能力结构和文本接受》《文本与接受》《从发生认识论看儿童文学的特殊性》等都是用西方理论思考中国儿童文学问题的代表之作。

在《从发生认识论看儿童文学的特殊性》[①]一文中，方卫平详细阐释了瑞士心理学家皮亚杰的“发生认识论”，以此来分析儿童文学的特殊性，认为“儿童特点”是“儿童有别于成人的审美性的主体结构”，这是决定儿童文学特点的重要因素。儿童对文学的接受图式会遵照“T+I→AT+E”的规律，即“儿童的主体结构+儿童文学的艺术信息”会导致“儿童主体结构对儿童文学艺术信息的接受和反应”，同时还有“在审美活动的刺激情境内被排除在儿童主体结构之外的东西”，也就是文本中高于儿童认识水平的内容。[②]他从“发生认识论”角度所作的分析规定了儿童文学的独特价值和两个延伸领域，即“儿童文学在内容、形式和表现手法等方面与成人文学的具体差异——包括教育因素的差异”和“不同阶段儿童文学作品之间在内容、形式和表现手法等方面的具体差异”。

---

① 《浙江师范大学学报（社会科学版）》，1985年“儿童文学专辑”（增刊），第21—26页。

② 这一点在方卫平的另一篇论文《文本与接受》中又生发出“上位接受”“下位接受”的概念。见《浙江师范大学学报（社会科学版）》1994年第6期，第11—17页。

方卫平提到的“儿童特点”实际上是从读者角度出发的研究，“内容、形式和手法”则是与叙事有关的内容。但正如后来的研究者对皮亚杰理论的批判一样，这篇没有文本实例证明的纯理论研究还存在疑问，比如根据成人主观试验得出的“儿童主体结构”是否能完全解释儿童读者对故事的认同和接受？更重要的是这种“主体结构”与文本中的“内容、形式和手法”有怎样的联系？在本文看来，此文中的结论涉及成人作者对隐含读者接受方式的想象，但没有能够论证的是：“儿童主体结构”既存在于读者接受思维，同时在儿童文学文本内更是存在于成人创作的权威话语中，正是成人作者话语对“儿童主体结构”的吸纳，才形成了儿童文学在“内容、形式和手法”上的特殊叙事方式。同时，儿童文学的特色不仅在于文中提到的“儿童特点”，还关系到成人与儿童的主体性方面。关于这一点本文在后几章的论述中会加以说明。

方卫平在《儿童文学接受理论的当代思考》《创作预设与接受模型》《论儿童读者的文学能力结构和文本接受》《文本与接受》[①]等论文中将西方儿童心理学、认知心理学、接受理论以及罗兰·巴特的结构主义理论等结合，对儿童读者的接受心理作了系统深入的研究。而且，他相当明确地强调了作者与读者之间的对话互动关系，比如指出作者在文本建立过程中对读者的“创作预设”和读者的接受方式（《创作预设与接受模型》），这实际上也是本文将提到的叙事中作者建构和读者接受的“主体位置”。另外，方卫平还突出了读者的能动作用：“再建文本是在儿童读者文学接受过程中与文本沟通、对话的过程中实现的；它已不是原初的文本，而是读者文学能力的投射和激活的产物。”（《文本与接受》）这种将作者、文本、读者结合起来的思考也是本文所强调的方式。可见从八十年代中期到九十年代中期，方卫平借鉴西方文学理论为儿童读者的

① 这几篇论文分别发表于《浙江师范大学学报（社会科学版）》1986、1987、1990、1994年“儿童文学研究专辑”。

研究拓展了一种思路，也给本文探讨儿童及叙事问题以极大启发。

吴其南的《近年少年儿童文学中的隐含读者》[①]是一篇明确将叙事理论中的重要概念——“隐含读者”提出来专门讨论的论文。文章从文学现象入手，分析了近年来儿童文学中隐含读者的变化，即从“整个作品响彻的全是作家的声音。除了接受、实现作家的创作意图，读者的主动作用全被忽略、取消了”，发展到“读者恢复了主动性，自身形象也发生变化”的过程。但这篇谈论“隐含读者”的文章最突出的问题在于：作者并没有将“隐含读者”这一概念放在叙事学理论中探讨，而是放在接受美学中来讨论，因此使概念偏离了叙事学理论的原意，“隐含读者”的实际所指变成“儿童形象”或“儿童角色”，文章其实讨论的是儿童文学中“儿童形象”的变化。

此外，班马的“儿童反儿童化”观点以及在《游戏精神与文化基因》论文集中多次谈到的儿童心理发展过程和对文学艺术的接受方式，都对本文有很大的启发。[②]但他有关儿童文学文本读者的研究同样没有系统涉及叙事学的内容。

2. 2003年4月由湖北少年儿童出版社出版的“儿童文学新论丛书”中，出现了两本叙事学的研究论著：杨鹏的《卡通叙事学》和谢芳群的《文字和图画中的叙事者》，这也是笔者见到的完全明确地从叙事学角度对儿童文学具体文类进行研究的作品。谢芳群以图画书为例，分析文字和图画中的叙事者以及叙事特征，涉及的叙事学主要概念有“故事”“叙事者”和“人称”。笔者认为比较新颖的地方在于文章开头提到了“讲”和“讲给谁听”这一叙事语境问题。“谁在讲”和“讲给谁听”实际上就是作者、读者以及二者之间的关系，作者意识到了文本分析与语境的联系，然而遗憾的是未能深入研究，也没有指出这种语境对叙事方式的重要影响。另外，

① 《浙江师范大学学报（社会科学版）》，1990年“儿童文学专辑”，第10—14页。
② 班马：《游戏精神与文化基因》，甘肃少年儿童出版社，1994年。

作者试图用散文化的笔法强调图画书文字内容的叙事方式以及文字和图画的互动关系，但由于对叙事学中至关重要的“故事”和“话语”（即内容和形式）没有加以区分，使得例证分析常常还是停留于文本内容的解读。

卡通是否能被归入“儿童文学”虽然还没有定论，但从杨鹏的论述中可以看出用叙事学的方法来分析卡通是十分有效的。因为多数商业卡通的模式化因素，结构主义叙事理论（即传统的经典叙事学）对文本近乎严酷的科学规整的解读有利于找到卡通的创作规律。作者主要从卡通结构入手，但很显然这种经典叙事研究模式是以忽略作家创作多样性为代价的，而且即使是有规律可循的商业卡通，外在的文化因素也会影响到文本叙事。

此套丛书中还有唐兵的《儿童文学中的女性主义声音》，在主题上其实也接近于近年来兴起的“女性主义叙事学”研究，尤其是讨论了“声音”与叙事的关系。“声音”一词既是叙事学也是文化研究中的重要概念，涵盖了有关文化身份、话语权力、女性意识等方面的意义，有关儿童文学中的女性主义声音也是西方儿童文学研究中备受关注的论题。但书中关于“女性主义声音”的论述还是局限于女性作者和女性角色等表层内容，似乎表现女性、对女性完整公正的叙述即是“女性声音”，却忽略了“声音”所包含的深刻的文化内涵，比如儿童文学中女性声音在确立和体现角色身份时的表现，特别在文本叙事中女性意识如何在男性话语框架下争取话语权、叙事者（可以是男性或女性）的视角怎样表达女性声音，等等，这些重要方面文章谈论得并不多。

同时，2012年由方卫平主编的“儿童文化研究文库”中，钱淑英的《雅努斯的面孔：魔幻与儿童文学》探讨了魔幻的叙事方式和其在儿童文学中的体现。此外，近年来惠海峰对西方认知叙事学的推介，为国内儿童文学叙事研究提供了前沿视角。

3. 本文将会谈论到的成人与儿童关系的研究在国内儿童文学理论中出现较多，已有研究大多是从审美内涵、审美意识出发，分为成人审美意识和儿童审美意识。目前较为普遍的观点是将这两种审美意识的结合看作儿童文学本质性的“美学特征”。比如汤锐较早在《现代儿童文学本体论》中提出了以“成人—儿童双逻辑支点”为基础的开放式的儿童文学理论，明确系统地阐释成人与儿童两种审美意识在文本创作中的深刻体现。此后蒋风主编的《儿童文学原理》中直接将“双重内涵”作为儿童文学的美学特征：“正由于儿童文学的本质是成人与儿童在审美领域的生命交流，因此现代儿童文学的美学特征也就在于成人的与儿童的两种审美意识的融洽与协调。”两种审美意识“在儿童文学中处于一种十分微妙的动态系统中：当它们共同构筑儿童文学的美学大厦时，它们之间既非各自为政，亦非相互重合；既不能相互替代，更不能取消任何一方。它们之间是对应的、矛盾的关系，又是合作的、互渗的关系”[①]。

这两种代表性的论述虽然或者偏重于作者创作，或者偏重于儿童文学文本的特色，但都涉及成人与儿童的关系问题，而且意识到这一关系对文本美学特征或叙事技巧的影响。然而本文认为这种观点还有一些不足的是，对成人与儿童审美意识的关系的讨论并不十分清楚，“融合与协调”的概念也较为模糊，这也是本文力图阐释清楚的问题。

从以上简要分析可以看出，二十世纪八九十年代以来国内关于儿童文学叙事或相关方面的研究是非常不足的，不仅未能很好地结合传统叙事学理论来分析儿童文学的普遍规律，而且没有发展这种研究方法，尤其是忽略了文本存在的叙事语境与文本叙事特征的紧密联系，不能不说是一种缺憾。2010年随着浙江师范大学“风信子儿童文学理论译丛”和王泉根、约翰·史蒂芬斯主编的“当代西方儿童文学新论译丛”两套书系，以及赵霞《思想的旅程——当代英语儿童文学理论观察与研究》的出版，当代西方儿童文学理论研究的前沿成果被引进到国内，成为突破国内儿童文学研究局

---

① 蒋风主编：《儿童文学原理》，安徽教育出版社，1998年，第47页。

限的重要支撑，令人耳目一新。在其影响下，近几年儿童文学叙事研究开始走向关注童年生态、读者接受等文本语境的后经典视角。比如谈凤霞《边缘的诗性追寻——中国现代童年书写现象研究》将童年以及文学书写方式置于历史语境中进行讨论，而且打破了“童年”形态与“成年”形态各自在文学叙事中的决然界限（儿童文学往往更关注“童年”，成人文学往往更关注“成年”），考察文学中对过往儿童与现实成人的生命形态的关联书写，是目前国内对文学中的童年叙事进行本土研究的较为有力的研究成果。同时，陈莉《中国儿童文学中的女性主体意识》对女性声音的关注，李利芳《儿童文学创作中的间性意识——论汪晓军的儿童文学创作》对叙事中成人与儿童互动关系的关注等，都是将儿童文学研究引向跨学科之路的代表成果。

但总体来看，目前国内儿童文学叙事研究的深度与广度仍然不够。在今天世界范围内的叙事学理论中，“作为研究叙事作品共有结构的经典叙事诗学（语法）没有过时，但将作品与语境隔离的经典叙事批评则已经过时”①。国内儿童文学叙事研究的局限，本文认为其主要原因，一是当代西方儿童文学理论的翻译、引进仍然少于其他学科，以至于国内研究无法做到与国际交流学习，而固守于传统视野。二十世纪九十年代后期以来，国内儿童文学研究并未在理论深度上与整个文艺理论并肩发展。当其他学科研究已经进入到新的阶段——比如皮亚杰理论的诸多论述已遭到质疑而获得进一步发展②，叙事学理论也从经典走向了后经典阶段，儿童研究更加关注儿童与社会、身份以及同一性问题的探讨③，此时，国内研究很多容易重复以往命题，而且理论上的敏感度远远落后于文本创

① 申丹：《关于西方叙事理论新进展的思考——评国际上首部〈叙事理论指南〉》，《外国文学》2006年第1期。

② 如［英］迈克尔·西戈、［中］张新立的《儿童认知发展研究——一种新皮亚杰学派观》，四川教育出版社，1999年。

③ 如［美］埃里克·H.埃里克森的《同一性：青少年与危机》，孙名之译，浙江教育出版社，1998年。

作。二是儿童文学研究一直过于强调自身在理论上的特殊性，而主动远离成人文学理论，尤其是忽略对西方前沿理论的把握和吸收，从而使典型属于跨学科研究方式的儿童文学理论仅仅局限在了“儿童”和“文学”的天井中，失去了扩展和深入的新途径。

二、国　外

“叙事”在当代西方进入了有史以来最受重视的时期，学界迎来叙事理论最为发达的时期。文化研究的兴盛加快了“泛叙事化”的进程。尽管流派纷呈、百家争鸣，但经典叙事学与后经典叙事学依然构成了当代叙事理论的主流。从前者对叙事诗学（语法）的建构，到后者在批评实践中对语境的强调，大批叙事学理论家如詹姆斯·费伦、希利斯·米勒、苏珊·弗里德曼等对文学文本进行了多角度的研究，将叙事理论引入到更为开阔的跨学科领域。

当代西方儿童文学研究已经不再只局限于关注文本，而是与文本产生的语境——社会文化紧密结合。当西方叙事学家提出“叙事无处不在”时，儿童文学理论也将文本放在了文化研究的广阔领域。

二十世纪七十年代西方儿童文学理论界注重对儿童文学史、儿童文学本体论、儿童文学经典类别——民间童话和幻想故事等内容的深入探讨。在七十年代和八十年代较有影响的理论研究著作有布鲁诺·贝特尔海姆的《童话的魅力：童话的心理意义与价值》，凯瑟琳·休姆（Kathryn Hume）的《幻想与模仿》（*Fantasy and Mimesis: Responses to Reality in Western Literature*）等。其中贝特尔海姆发展了精神分析学观点，深入研究童话的心理作用，将童话阅读提升到影响人的心理成长的重要地位，认为童话的深层意义在于：其中的人物和动物为人们内心经历（无论是有意识还是无意识）经过裂变后的投射，有着诸多的象征和暗示作用。贝特尔海姆的观点影响了当时的儿童文学，为童话研究开启了新的研究思路。同时，由于精神分析学派观点在当时以及后来遭到的种种质疑，贝特尔海姆的童话研究在西方儿童文学界一直颇具影响和争议。《永恒的魅力》一书九十年代初译至中国，对九十年代中国的童话研究产生了极大影响。贝特尔海姆之后，日本心理学家和荣格心理分析师河合隼雄的《童话心理学》，以及维雷娜·卡斯特的《童话的心理分析》、谢尔登·卡什丹《女巫一定得死》等著作是将精神分析学引入儿童文学研究的另几部影响较大的著作。

同时，1962年以法国历史学家菲利普·阿利埃斯《儿童的世纪——旧制度下的儿童和家庭生活》为开端的童年研究，开启了研究者对处于社会历史语境中的童年和儿童读物的关注。此后从社会学和传播学视角对童年的观照成为热点，比如艾莉森·詹姆斯等《童年论》、艾伦·普劳特《童年的未来：对儿童的跨学科研究》、威廉·A.科萨罗《童年社会学》等，将童年看作一种结构性存在，对童年的社会化过程、变化的特质、成年和童年之间的边界转移等问题有着详细的讨论。近些年被引进到国内并引起持续讨论的大卫·波兹曼《童年的消逝》和帕金翰的《童年之死》，从媒介角度尖锐地指出了当下童年以及阅读面临的状况，虽满含忧思，但无疑对文学理论研究需面对童年语境的变化，进而重视新的叙事模式和走向提供了启示。

当代西方的儿童文学研究，“一是对成人文学理论资源的借取，二是对童年研究理论资源的借取”。二十世纪八十年代末至九十年代以来，文学理论研究趋势深入扩展，学术大环境越来越强调语境，童年研究的深入拓展，也促使西方儿童文学研究开始进一步扩大跨学科范围，突破了仅仅将儿童文学与儿童教育学、心理学、人类学等学科结合的传统研究方式，而将儿童文学扩展到社会领域，作为整个社会文化的一部分，引入哲学、社会学、政治学等多门学科研究方法，为儿童文学研究提供了更多的思路。随着后现代理论的进一步深入，西方儿童文学理论研究设计的主题愈加宽泛，和成人文学一样面对后工业社会的种种惊喜和弊端。

这一阶段文本研究依然是重点，但理论者更为关注童年生态、儿童文学与意识形态，即性别、种族和阶级的关系，以及意识形态对儿童文学的影响和体现。如彼得·杭特的《儿童的文学——当代评论》中编选了一系列各自结合意识形态、新历史主义、跨文化研究视角的儿童文学理论文章，将儿童文学纳入新的理论视野进行探讨。

二十世纪九十年代较有影响的儿童文学理论著作是约翰·史蒂芬斯的《儿童小说中的语言和意识形态》，书中极为严谨、系统地探讨了意识形态、话语和小说叙事的关系，以及文本中的读者主体地位。约翰·史蒂芬斯将意识形态分析与叙事学结合，认为意识形态存在于话语之中，并塑造读者的主体地位，而所有意识形态、话语、读者都不仅仅存在于文本之中，同时存在于社会，因而文本内外形成互文本性的关系。文中对叙述话语、叙事结构、叙述视角、叙事接受者、隐含读者中的话语意识形态体现都有相当新颖的分析，对本文的论述启示很大。

剑桥大学的瑞典学者玛丽亚·尼古拉耶娃的《儿童文学中的人物修辞》，从人物修辞的角度阐释儿童文学中的人物形象，探讨从文本中提炼人物并归入不同类别的技巧和方法，为理解文本中的作者、人物以及体现的主体性提供了很好的解读方式。罗宾·麦考伦《青少年小说中的身份认同观念：对话主义构建主体性》特别提到主体性建构过程中的复调叙事。特瑞兹《唤醒睡美人：儿童小说中的女性主义声音》同样谈到主体性建构，但更多论证了声音、群体和叙事结构之间的关联。同时还有默里·诺尔斯（Murray Knowles）和希尔斯滕·马尔姆克亚（Kirsten Malmkjaer）《儿童文学中的语言和控制》（*Language and Control in Children's Literature*），以十九世纪和二十世纪的英国儿童文学为例，探讨文学作为载体如何在叙事中体现意识形态。这些成果都为儿童文学的叙事研究提供了极好的理论支撑。

此外，较为重要的还有加拿大培利·诺德曼（又译佩里·诺德曼）的《阅读儿童文学的乐趣》，是用跨学科的方法研究儿童文学文本及阅读的著作，文中关于后工业社会中儿童、童年、意识形态中与文学和儿童文学的论述，对文本在语境中的构成状态的分析，为儿童文学理论研究带来了新颖的视角。意识形态体现于文学并非后现代社会才有的独特现象，培利对文学史进行了梳理，探讨了各个时代的历史与文化、阶级、性别、种族在儿童文学中的体现，以及童年儿童观的深刻变化，为当代语境下的儿童文学研究提供了另一种思路。

美国学者杰克·齐普斯和莫里斯将儿童文学放入历史语境和媒介语境中进行考察。齐普斯的《作为神话的童话/作为童话的神话》敏锐地注意到了经典童话的“神话化”过程，而莫里斯的《你只年轻两回——儿童文学与电影》揭示了我们的文化是如何通过视觉媒介看待儿童并与之对话的，提出了儿童文学与儿童电影中呈现的多种意识形态观念。

读者对象的特殊性以及成人与儿童间的复杂社会关系，使儿童文学比成人文学更具跨学科性质的意义。在遵循文学基本规律、顺应文学发展潮流的同时，儿童文学更带有儿童学的特性。当代西方儿童文学研究已经开始注重带有深刻文化含义的理论探讨，儿童自身、童年与社会、儿童文学的社会性等问题都成为研究儿童文学不可回避的主题。

第一章 儿童文学叙事研究的后经典叙事学视角

儿童文学理论者严吴婵霞在思考儿童书的创作取向时认为："儿童书最受影响的因素要算社会对儿童所扮演的角色的概念：儿童应学什么和怎样学，儿童的责任和权益，和儿童读物应有的内容。儿童读物的内容往往受大人影响而决定不能容纳些什么，于是，儿童文学永远存在一个争论性的问题——儿童读物应该有，应该没有或应该必有些什么内容。于是，儿童文学作者永远面对应该写什么，应该不写什么，和应该必写什么的矛盾。"[①]这是有关儿童文学较为普遍的思考，由此可以看出，儿童文学比其他文学样式更加强调文本功能和读者对象思维、年龄的选择，在其创作中带有较多的文化因素，比如成人对儿童特点的想象与界定、对儿童主体性建构的考虑等等，而这又直接规范了儿童文学文本的叙事方式。因此，要考察儿童文学的叙事特色，仅仅局限于文本内的研究是无法找到导致这种叙事产生的根源的，儿童文学本身所具有的跨学科的文化特性使文本与存在的外部语境形成了密切联系。也就是说，叙事语境是形成文本叙事特色的原因，必须将二者结合起来才能更深入地探究

① 严吴婵霞：《罗尔德·达尔：儿童的选择》，1989年3月24—25日"儿童文学研讨会"提交论文。该文在讨论英国儿童文学作家罗尔德·达尔创作的同时，对儿童文学与时代价值观的变迁关系作了深入思考。

儿童文学的特质。

当叙事理论发展到后经典叙事学阶段，对文本的分析便突破了传统叙事学过于科学和近乎残酷的解剖，开始采用跨学科研究方法融入外部语境中的文化因素对文本进行研究。后经典叙事学以传统叙事诗学（语法）为基础，注重的是一种新的研究思路和批评方法，其将文本内外结合的研究方法正切合了本文对儿童文学的思考。

第一节　后经典叙事学的研究方法

叙事学理论是研究叙事性文本的重要方法，但以西方二十世纪八十年代以前结构主义和形式主义为基础的经典叙事学过于注重对文本的条分缕析，企图寻找所有故事共通不变的结构规律，而割断了文本与历史及社会的联系，叙事学家们往往关注叙事作品的共性而忽略作家的艺术独创性和丰富性。经典叙事学的这种弊端在八九十年代以来的后经典叙事学理论那里得到了不同程度的超越和发展，后者最重要的突破即是将文本放在语境中加以讨论，用跨学科的方式研究叙事语法、修辞、声音等经典问题。

一、经典叙事学阶段

二十世纪六十年代，法国结构主义理论家茨维坦·托多洛夫第一次提出“叙事学”概念。他认为叙事学研究的“对象是叙事的本质、形式、功能，无论这种叙事采取的是什么媒介，无论它使用的是文字、图画、声音，它着重研究的是叙事的普遍特征，尤其是故事的语法，即故事的普遍结构”[①]。但此后叙事学家们研究的主要领域还是定位于叙事文学。

叙事学虽命名于六十年代，但其主要先驱——俄国学者普罗普早在

① 转引自罗钢：《叙事学导论》，云南人民出版社，1994年，第1—2页。

二十世纪二十年代即以《民间故事形态学》一书对后来的叙事学研究者产生了深远的影响。他在书中从叙事功能的角度对俄国民间故事进行系统研究，总结出故事中常见的“行为群”和31个“功能”，提供了按照人物功能和功能彼此之间的联结关系来研究叙事文学的方式，将叙事要素以及叙事结构简化为一系列顺序的组合，使文学研究开始趋近于科学的紧密和可操作性。

二十世纪六十年代以来，瑞士语言学家斐迪南·德·索绪尔奠基了结构主义方法。法国人类学家进一步将结构主义语言学运用于人类学研究，使这种新的研究方法很快渗透到对叙事文学的探讨之中。在结构主义理论的分析框架里，叙事学确定了如下研究方法：

其一，对整体性的强调。索绪尔将语言看作完整的符号系统，是由音素和意义之间的关系构成，纯粹的单独的语素并不产生意义。言语是日常生活中的个别语言，具有千差万别的特性，而这些个别言语能够完成情感沟通、表情达意的功能，完全在于它们遵循了共同的关系系统和表达规范。因此，必须找出言语之下的结构规律，这就是语言系统。

其二，表层结构与深层结构的区分。除了对文本语言和言语这种直观层面的研究，文本中的故事是叙事学研究的重点。表层结构和深层结构指的是现象的外部联系和内部联系，而前者通过感觉即可感知，后者则要寻求模式才能认识。在叙事学中，更多注重寻找和发现故事的深层结构，探讨故事的语法以及普遍结构。

其三，共时性的研究意义。叙事学不把叙事作品作为历史发展过程的结构来分析，也很少对作品进行史的追溯，它只研究此时此地在一个时间的横截面上故事的内部结构规律。

在以上方法的指引下，叙事学家们通常将叙事作品划分为三个层面——文本、故事、叙事话语，同时细分文本结构、叙事功能、叙事语法、叙事时间、人称、视角、叙事情景、叙事者以及文本接受等多个角度对作品进行文本解读。但正如当代文学理论对结构主义的批评一样，经典叙事学理论在提供新的文学研究方法的同时，其弊端是显而易见的。它忽略了文学的历史语境和当下社会语境，放弃对文学历时性和特殊性的探讨，只将文学文本看作是独立自足的对象，而斩断它与历史、社会和人的联系。虽然叙事学力图探讨文学的内在规律性和结构普适性，但却忘记了文本有血有肉的内在丰富多样性，而这种丰富性又是由历史积淀、当下语境以及作者、读者等多种因素的共同参与构成的。

二、后经典叙事学阶段

二十世纪六七十年代以后，叙事学也面临着精神分析学说、阐释学、接受美学、女权主义批评、意识形态理论等各种学术思潮的冲击，叙事学家们开始在理论研究中反思、发展，不断注入新的元素。二十世纪八十年代以来，西方学者在文本研究中开始注重文体外的社会历史环境和意识形态的影响，但一味进行政治批评和文化批评而忽略文学的美学规律将必定给文学研究带来灾难，于是叙事学重新被关注，“他们再度重视对叙事形式和结构的研究，认为小说的形式审美研究和小说与社会历史环境之关系的研究不应当互相排斥，而应当互为补充”[①]。叙事学似乎找到了发展之路。文本的外部研究恰恰弥补了经典叙事理论的不足，叙事学开始走向更为复杂、全面的跨学科研究之路。

后经典叙事理论的特点在于：

1. 研究者们逐渐改变只专注于文本内部结构的研究模式，一般较为注重读者和社会历史语境的分析。

2. 开始重新审视或解构经典叙事理论的一些概念，如叙事性、隐含

---

① 申丹：《新叙事理论译丛 · 总序》，北京大学出版社，2002年。

读者、叙事接受者、叙事者的不可靠性、故事与话语的区分等，提出一些新的解释。

3. 开始注重叙事学的跨学科研究。当代叙事学家有意识地从其他学术思潮中吸收有益的分析模式和独特视角，如女性主义文学批评、解构主义、意识形态理论、后现代主义等研究成果，从而力图扩展研究思路，克服自身局限，使叙事学融入到当代多元互补的理论研究潮流中。

英国理论家马克·柯里简要概括了二十世纪八十年代以来叙事学理论发生的转折：从发现到发明，从一致性到复杂性，从诗学到政治学。[①]也就是说叙事作品不再被动地像建筑物一样被科学地分解，不同叙事间的差异也不再被简约为一套枯燥无味的结构关系模式，而是价值多元，研究者更加关注叙事文本以及读者间的丰富多样性。

同时，“叙事”一词在当代不再局限于小说或其他叙事文学文本，它似乎成了一种思维与存在方式，而无所不在地触及各个角落。文化研究形成了二十世纪八十年代以来的“泛叙事观”。叙事学的研究范围已经扩展到日常生活——电影、广告、报纸、连环画等等——之中，以至于分化出电影叙事、广告叙事、音乐叙事、历史叙事、计算机叙事等诸多研究。而在学术领域，“在个人回忆和自我表述中的个人身份表达中，或者在诸如地域、民族、性别等集团的集体身份表达中，叙事都占有中心地位”，“人被看做一种叙事动物，叙事犹如普通语言、因果关系或一种思维和存在的方式一般不可避免”。[②]叙事已经成为无所不在的言说方式。

因此，在经典叙事学向后经典叙事学迈进的过程中，逐渐形成了女性主义叙事学、修辞性叙事学、认知叙事学几种视角。女性主义叙事学的开创者兰瑟在《虚构的权威》等一系列论著中，讨论话语中的性别因素，结合性别和社会历史语境来阐释具体作品中结构技巧的社会政治意

① ［英］马克·柯里：《后现代叙事理论》，宁一中译，北京大学出版社，2003年，第4—8页。
② ［英］马克·柯里：《后现代叙事理论》，宁一中译，北京大学出版社，2003年，第3—4页。

义。修辞性叙事学重要理论家詹姆斯·费伦“将作品视为作者与读者之间的一种交流，注重作者的修辞目的和作品对人物产生的修辞效果，因而注重读者在阐释作品的主题意义时对人物产生的各种情感”[①]。而认知叙事学结合认知科学理论，探讨叙事如何激发思维，帮助读者认知和理解，促使读者在大脑中重构故事世界。相比前两种视角，认知叙事学更关心叙事中的认知过程和心理意义。

此外，后经典叙事学的研究领域还扩展了非文字叙事文本，比如电影、绘画、摄影、新闻、法律等媒介，以及经典文字之外的文本，比如传记文学和大众文学叙事等等，以丰富叙事研究的成果。

叙事学在二十世纪九十年代已经成为文本研究的重要方法之一，经典叙事学对文本、文学系统自身价值或规律的详细探索为其后来的超越奠定了坚实的基础，后经典叙事学充分利用前期理论的可能性，重新思考了其潜在思想和适应范围。

第二节　儿童文学研究的后经典叙事学视角

后经典叙事理论对文本叙事语境的强调和跨学科的研究方法给本文探讨儿童文学问题提供了极大启发。

语境是什么？这个来源于语言学的概念指的是语言交流的环境。就叙事阐释而言，“‘语境’可分为两大类：一是‘叙事语境’，二是‘社会历史语境’。后者主要涉及与种族、性别、阶级等社会身份相关的意识形态关系；前者涉及的则是超社会身份的‘叙事规约’或‘文类规约’（‘叙事’本身构成一个大的文类，不同类型的叙事则构成其内部的次文类）”[②]。本文认为，虽然认知叙事学对第一种“语境”内涵的使用凸

---

① 申丹、王丽亚：《西方叙事学：经典与后经典》，北京大学出版社，2013年，第185页。
② 申丹、王丽亚：《西方叙事学：经典与后经典》，北京大学出版社，2013年，第223页。

显了科学性研究的意义，但对儿童文学的读者阐释来说，作者与读者共建的“叙事规约”是另一个有待深入展开的领域。因此，本文的研究会主要集中于“社会历史语境”的讨论。

一、关于儿童文学的叙事语境

儿童文学叙事的“社会文化语境”来源于成人与儿童互相建构的权力关系，但它不是单向的，还包含着一种复杂对话的可能。

关于“儿童”与“成人”的社会身份，朱自强在强调“儿童本位”论的合理性时列举了周作人的观点：“人类只有一个，里面却分作男女和小孩三种；他们各是人种之一，但男人是男人，女人是女人，小孩是小孩，他们身心上仍各有差别，不能强为统一。以前人们只承认男人是人（连女人们都是这样想!），用他的标准来统治人类，于是女人与小孩的委屈，当然是不能免了。女人还有多少力量，有时略可反抗，使敌人受点损害，至于小孩受那野蛮的大人的处治，正如小鸟在顽童的手里，除了哀鸣还有什么法子？”[①]朱自强认为，从周作人的感叹中可看出，“儿童是最为弱小的存在，他们的命运完全掌握在大人的手里。儿童无法像妇女发动一场女权运动那样，为自己发动一场童权运动。也就是说，儿童与成人之间，有着其他任何人际关系都没有的特殊关系。”[②]

这种“特殊关系”是什么，又是怎样产生的?

归属于“儿童文学”的主要文本通常被界定为成人创作、儿童阅读的文学，其所负载的功能不仅仅是纯粹的美学精神，而被规范为“教育功能、美育功能、娱乐功能、再现人生”等多种功能的统一，作家对童

---

① 周作人：《小孩的委屈》，《周作人散文全集：第二卷》。见朱自强《论“儿童本位”论的合理性和实践效用》，《中国海洋大学学报（社会科学版）》2014年第3期。

② 朱自强：《论“儿童本位”论的合理性和实践效用》，《中国海洋大学学报（社会科学版）》2014年第3期。

年的重塑也“意味着‘在更高的阶梯上再现童年的真实’，意味着对童年的理性反顾与提升，其中已融入了作家大量的人生阅历与思悟，融入了大量的社会与历史的深厚意蕴”①。可见，“再现”儿童和童年的叙事内容既积淀有社会历史的因素，也受制于这些文化意蕴，它关系到成人以怎样的态度创作儿童文学。

在国外对儿童文学本质特色的讨论中，也有着类似的论述，比如澳大利亚儿童文学理论家约翰·史蒂芬斯认为，儿童书主要处理的是“关于人们在社会族群中如何生存、互相影响并铸造自己身份的事”，“儿童文学的生产和传布总是委付于特定的价值和程式，因为受到人文主义视野中关于道德义务以及利他主义、勇气、尊严、力量、社会能力、精神提升、对性别和种族特性议题的开明态度等的塑造，它致力于发扬成熟、自由和卓越的品质。”②

这些论述表明，儿童文学需要承担太多的责任和意义，因为文本读者还处于童年——一段被认为是不具备“成熟品质”、必须接受知识以及道德储备的时期，他们的文学在主题和叙事上应该是区别于别的文学样式的。于是作者与读者的关系演变为成人与儿童的关系，无论是成人在文本中对童年和儿童的想象以故事形式加以体现，还是成人作者理所当然对儿童读者担负的“道德义务”和“品质塑造”，都成为作者与读者、成人与儿童之间一种复杂的意识形态体现。

当同一种资源的分配不对等，且一方对另一方形成依赖时，权力就

---

① 蒋风主编：《儿童文学原理》，安徽教育出版社，1998年，第67页。

② ［澳］约翰·史蒂芬斯：《儿童文学与文化研究》，陈中美、张嘉骅译，《儿童文学学刊》2003年第9期，台湾台东师范学院儿童文学研究所编辑企划、万卷楼图书股份有限公司制作发行，第54页。

会产生。[1]成人与儿童永远是儿童文学文本[2]中最本质的两极。儿童文学中的“儿童”由于缺少“成熟、自由、卓越的品质”，以及正处于完成社会化的学习阶段，而通常被认为还不具备“准确”表达自己的话语能力，成为被“说”的对象。“儿童文学”是为“儿童”创作的文学，而儿童的不在场和话语能力的缺失，又无疑使他们的童年生活和精神世界具有了被成人无限想象和言说的可能性：或写实或魔幻的校园小说、充满幼儿朝气的儿童诗歌、有着无边幻想的童话等等。很显然成人在知识、教育等方面的优越性使他们在儿童文学这个领域中占据了较多的资源，同时儿童又是以进入成人世界为成长目标，于是成人在儿童文学中对儿童的想象性言说方式就成了一种“合法性”规范中获得的权力。

在这种情况下，儿童文学文本作为成人与儿童对话交流的中介，则是在二者的权力关系中产生的，同时，这种关系也获得了丰富的社会文

---

① “权力”是本文讨论儿童文学叙事语境的重要名词，本文涉及的“权力”含义包含社会学和叙事学的内容。权力存在于社会生活的各个领域，它是一种关系形态，“它不仅表现在政治领域，而且在所有的社会关系和互动中不断地在进行角力或竞争，它一直在个人和团体之间进行结构和划分彼此的相互关系”(Tim O'Sullivan，John Hartley，Danny Saunders，Martin Montgomery，John Fiske著：《传播及文化研究的主要概念》，杨祖珺译，台湾远流出版事业股份有限公司，1997年，第303页)。权力的存在形式可以是压制型的，也可以是对某些基本资源的占有，如所有权、财产等物质资源或知识、阅读书写能力、科学和其他文化的资源，本文所说的“权力”形式主要涉及后者。成人在知识及文化资源的占有上具有绝对优势，同时又会制定一套文化规范来保障这种优势，比如宣布哪些知识是有利于成长的，必须掌握才能进入成人社会；文学中必须涉及怎样的主题和语言形式才是最适合儿童阅读的，等等。儿童在文化资源分配上的弱势地位使他们只能听从于成人对文学的掌控权力。跨学科大师米歇尔·福柯将“权力”一词放入到话语关系中来研究。他认为“权力不完全是一种否定性力量，它更是一种制造话语的肯定性力量。话语被理解为权力的各种表现形式，不仅受到权力的制约，更是权力的产物”。在福柯看来，任何社会中的话语生产，都会按照一定程序被控制、选择、组织和再传播，这中间隐藏着复杂的权力关系。同时，知识也成为一种话语而与权力有着密切关系：一方面，知识是权力生产出来并加以传播的，其功能是为权力实施提供某种形式的“正确”规范；另一方面，知识的生产与传播又反过来产生了权力。因此，成人有权规范哪些知识是“正确”和“合法”的，同时他们对这些知识的占有和传播，比如学校教育、文学经典的确立、文学创作规范的制定等又进一步强化了这种权力。而且，权力的这种实施方式极大影响了文学文本。

② 尽管“文本”一词的外延已被大大扩展，各种社会现象、话语交流、关系、结构等都可被视为“文本”来进行研究，但本文所指依然是其原初的层面，即文学叙事作品。

化意义。在对儿童文学从概念到叙事文本的考察中，我们看到："现代童年概念"的建立，"儿童文学"的界定、写作以及评论、出版等话语权力始终掌握在成人手里，"儿童"处于被"说"、被形塑和被假设的地位。对于一个已经远离而且不可能再回去的陌生的世界，解读的方式只有假设与想象。加拿大儿童文学理论家培利·诺德曼引用杰奎琳·罗丝的观点认为，"成人建构出'去掉了威胁性的童年意象'，然后我们把建构出来的形象在文学作品中呈现给孩子，好说服他们生活的确是我们替他们想象的样子"，"因此儿童文学代表了大人殖民孩子的大规模努力，让他们相信他们应该变成大人希望的样子，并且让他们对于本身所有不符合大人模式的部分感到惭愧"[①]。可见，想象就是一种体现权力关系的意识形态，它使成人有权从宏观和微观上将叙事内容纳入成人世界规定的体制规范中来，他们能选择有利于表明自己意识形态的"合法化"的儿童生活和精神内容，展示人类获得自我的成长经历，同时虚构故事以帮助儿童从角色和情节中学习认同自我身份，完成社会化的自我建构。

儿童观是儿童文学产生的原点。但新童年社会学研究者们认为，儿童在社会化过程中并不总是被动的，他们参与建构了自己的童年和同伴文化。同样，现实儿童作为读者对文本进行接受和主体性认同时，也可能有不断的改造行动。因此，这种权力关系中同时又包含有相互寻求对话的意愿和可能性。以"儿童为本位"的现代儿童观的建立，正体现出成人在权力关系中为"对话"所做的努力。

同时，对于叙事文本来说，对话本身是无处不在的，是作者与读者交流的结果，并且通过叙事进程的推动、聚焦、声音等来表达。但叙事中的对话并不会抽象进行，而必然存在于作者与读者组成的交流环境中。环境预示着双方的社会身份、地位和意识形态关系，从而决定了文本中

---

① ［加］培利·诺德曼、梅维丝·莱莫：《阅读儿童文学的乐趣》，刘凤芯译，台湾天卫文化图书股份有限公司，2001年，第104页。

对话的方式：谁在说，为什么说，怎样说，说了什么或没说什么。因此，与文本叙事、意义、阐释效果直接关联的是交流语境。

文学叙事以现实中互动性的童年文化为基础，建构了想象中的成人与儿童的合法秩序，这个虚构文本又反过来规范了现实中二者的互动关系和行为规则，通过文本成人强化自己的权威地位，儿童也在叙事中明确了成长目标，顺利进入由成人确定的社会体制。于是，文本外带有对话可能的权力关系与文本叙事形成无法分离的结构。

法国思想家福柯极力强调作者的功能就是话语生产，这种生产被某种复杂的权力关系制约着，使得文学与体制和意识形态有着千丝万缕的联系。事实上儿童文学的产生和存在方式同样与体制密切相关，并且通过作者（成人）与读者（儿童）的关系体现出来。

因此，本文认为，成人与儿童之间的权力关系以及运作方式构成了儿童文学文本生产的各个要素，最终决定了文本的叙事选择。

二、儿童文学叙事研究与后经典叙事理论

本文将儿童文学叙事文本置于社会历史语境中考察，这正是后经典叙事理论强调的研究方法。

儿童文学遵循文学领域的基本美学和创作规律，但作者与读者的互动关系直接决定了文本产生方式、叙事技巧和阐释的特性。思想家和社会学家福柯、布迪厄等人对社会结构、话语的分析表明，权力关系存在于社会结构的微观细部，任何一个简单的交际行为都存在于权力交织的网络关系之中。文学写作同样如此，与文本有关的行动者（作者、读者、评论者等等）都在这个网络中对文本的产生过程施加影响。

同时，儿童文学文本叙事涉及的是作者与读者、隐含作者与隐含读者、叙事者和叙事接受者三组对应关系，叙事就在这些言说主体之间以

及文本中的人物或显在或潜在的对话中完成，它们形成了一种双向叙事和多方叙事的局面。而文本外成人与儿童间的权力关系又直接决定了上述几组言说主体在文本叙事中的交流方式。文学理论家米哈伊尔·巴赫金重点研究了这种对话关系，认为整个文本就是说者和他者对话的集合体，而每个人的声音又都是由社会性的他人话语组成的。巴赫金的对话理论因同时关注语言中的个性与共性而成为一种超语言学，同时又与话语权力的论述有暗合之处。比如布迪厄认为，任何一句语言都不是简单的对话行为，而是预先假定了合法的言说者和接收者，是关于具有特定权威性的说者和认可这一权威地位的听者之间错综复杂的权力关系。因此，语言的对话性质实际上也暗含着具有不同权力关系的声音之间的交流与争辩，尤其是作者与读者、叙事者与叙事接受者、人物之间以及人物内心的话语既包含了双声以及复调的语体模式，又体现出声音主体间互动的复杂关系，谁的声音、谁在听、说的目的以及效果成为文本叙事的重要因素。①

① 对话和对话性是文学理论家米哈伊尔·巴赫金重点研究的文学现象，他将文学语言看作是作者个性语言与他人话语的结合，注重语言的他人性和社会性。巴赫金认为，每个人的个性话语都是他人话语的混合体，只是由于混合的范围、层次不同才形成个性，“在一个谈话的集体里，哪个人也决不认为话语只是一些无动于衷的词句，不包含别人的想象和评价，不透着他人的声音，相反，每个人所接受的话语，都是来自他人的声音，充满他人的声音，每个人讲话，他的语境都吸收了取自他人语境的语言，吸收了渗透着他人理解的语言”（巴赫金：《诗学与访谈》，白春仁、顾亚铃、晓河等译，河北教育出版社，1998年，第269页）。话语在起初都有明确的主体，随着使用频率和人群增多，便具有了社会性和普遍性。因此，个性话语就是由许许多多作为社会语言的他人话语组成的，或者已没有明确的主体标记而仅作为语言材料使用，或者具有确定的人物主体。而对话就是在多种声音的混合中产生的同意与反对、肯定与补充、问与答的关系。

巴赫金强调的话语的交流性与社会性另一方面也体现“话语”中隐藏的权力关系，每一种对话形式的产生都夹杂着社会结构、身份、关系、习俗等语境方面的复杂因素。话语进入文本使叙事中的语言具有同样的属性，“小说——是社会各种话语，有时是各种语言的艺术组合，是个性化的多声部”（转引自董小英：《再登巴比伦塔——巴赫金与对话理论》，生活·读书·新知三联书店，1994年，第23页）。巴赫金认为作家的个性与艺术风格都离不开语言的社会性，这种社会性表现为话语方式或社会思潮。因此，整个文学文本实际上都是对话性的存在：文本内部的作者与读者、叙事者、人物等多种声音、意识交流对话，人物个性语言与社会他人语言的对话（潜在对话或显在的思想交锋、人格分裂性对话），整个文本作为作者话语与社会思潮的对话等。这种存在作者和读者两个主体声音、包含了多种意识和他人话语的语体模式又被巴赫金称为双声或复调。

事实上，后经典叙事学常常借用巴赫金的超语言学分析方法探讨文本内外的叙事特征。本文认为，叙事中对话性的存在极好地揭示了儿童文学叙事中成人与儿童的复杂关系。

叙事学研究的重要层面分为叙事诗学、语法和修辞，本文在结构设计上以此为依据，但对每一个层面都只选择其中最重要的成分，并力图融进语境因素的探讨：（1）有关叙事语境的探讨——文本产生的先在因素，涉及作者（成人）、文本、读者（儿童）之间的复杂关系；（2）关于作者与读者在文本叙事内的对话性关系——也是语境中二者关系在文本中的体现；（3）关于语境中权力关系形成的意识形态在文本中的体现方式——聚焦和声音，也是重要叙事技巧之一；（4）关于叙事语法——权力关系在叙事结构中的渗透。其中作者与读者间的交流对话是文本外的权力关系在文本叙事中的重要体现，决定了聚焦、声音、结构等叙事技巧。

但后经典叙事学理论在注重文本的产生及交流语境时，未能区分语境以及结构与语境关系的不同情况。叙事学以探索叙事文本结构特征、寻找文学内在规律为主要任务，因此在研究文类的叙事特征时，其语境是关于作者、读者普遍意义的互动关系；而研究具体文本时，则还要涉及个体作者和读者所处的特定社会历史语境。本文在探讨儿童文学文本叙事时，将采用宏观和微观结合的分析方法，即章节中讨论普遍意义上的作者与读者的对话关系以及儿童文学文本叙事特征和语境，同时再以个案研究的方式从具体叙事语境分析某个文学流派或文本，力图更清晰地揭示儿童文学的叙事特征。[①]

---

① 在现实生活中，对于同一个文本，不同的现实读者会有不同的阐释方式，尤其是生活中儿童读者与成人读者的解读方式有很大不同。如果要考察现实儿童读者阅读文本的个体差异，则需要进行大量的经验调查和参与研究，这又是另外一个重要课题。因此本文没有涉及极为具体化的现实儿童读者，在讨论儿童文学文本读者时以“大多数读者的反应”为标准。

第二章　儿童文学的叙事语境：成人与儿童的权力关系

本章将进一步深入讨论成人与儿童权力关系产生的内部机制和表征。

如果将作者与读者看作“言说者”和“听者”，那么文本即是二者交流的成果，成人期望通过文学阐释儿童世界并将儿童塑造成符合规范的社会化的人；儿童也期望通过文本体验更多不熟知的人生经验，从这个意义上说，文本就是二者间一种特殊的对话。我们能看到的是“说”（叙事）的内容，而对作者与读者背后关系的考察则可以帮助我们了解言说者为什么这样“说”（叙事）、“说”的隐含意义以及听者为什么会“听”（接受）。

第一节　儿童文学的“叙事”语境

儿童文学文本首先遭遇的问题是自身文类的归属，以及文本的存在是否被认为具有“合理”性，即想“说”什么、“说”给谁听、允许怎样“说”、“说”的内容是否可以归入“儿童文学”。同时文本产生的这个前提又是在成人如何看待儿童和童年（即“儿童观”）、如何界定“儿童文学”的观念下形成的。因而对“儿童文学”和“儿童观”的认定直接构成文本叙事存在的重要话语背景，任何一个儿童文学文本作为作者与读者的交流形式都是在对这两个概念的不同阐释中产生的。

一、“儿童文学”：一个责权分明的概念

从儿童文学产生时起，我们就不得不思考如下问题：谁在界定“儿童文学”？界定的依据和内涵分别是什么？

1. 成人与儿童权力关系的形成

十八世纪以后，西方确立较为进步的儿童观，儿童世界有了独立的存在价值，研究儿童的科学或相关学科日渐兴盛和成熟，尤其是儿童心理学和儿童教育学，为世界儿童文学的发展提供了坚实的科学依据。成人终于意识到儿童审美心理的特殊性，儿童作为“他者”①从成人世界分离出来。成人站在儿童的对立面或仰视或俯视这个“他者”，为他们的身心特点做出种种看似科学的界定。洛克的“白板”说，卢梭的“自然人”思想，英国浪漫派诗人对儿童的赞美，弗洛伊德、杜威、华生、皮亚杰、埃里克森、斯金纳等人的学说都对儿童文学产生极大影响，尤其是弗洛伊德的精神分析学说、埃里克森的心理发展理论和皮亚杰的儿童心理学，至今仍是探究“儿童”和“童年”的重要依据之一。

波兹曼认为，媒体不仅仅是一种信息传播的工具，它甚至就是信息本身。活字印刷术导致一个全新的成年世界产生，也导致儿童被驱赶到了成年世界之外，单独构成了自己的世界。②波兹曼所谓儿童“自己的世界”的构建时间正是西方十五世纪中叶，彼时刚进入文艺复兴时期，“儿童”作为“人”的组成部分受到积极关注。十八世纪工业革命以后，随

---

① 巴赫金认为，我之存在是一个“我之自我”，我以外，皆为他者。（[苏联]巴赫金：《审美活动中的作者与主人公》，见《巴赫金集》，上海远东出版社，1998年，第37页）一切离开主体而存在的都是具有对象化和客体化的他者，如对话的对方、审美对象、故事人物，甚至镜中的自我印象。他者的确立使研究对方成为可能，而且也促进了对自我主体性的认识。

② [美]尼尔·波兹曼：《童年的消逝》，吴燕莛译，广西师范大学出版社，2011年，第115页。

着现代学校教育和核心小家庭的兴起，现代意义上的“童年”概念建立起来。这一概念将童年视为区别于成人复杂生活的纯真阶段，以对立的“二分法”思路将童年定义为自然、单纯、非道德、非社会的成长中的个体，而成人则是对应的另一个极端。从“童年”到“成年”，便成为从低级走向高级的“固定的线性发展模式”①。

在生物学、医学和其他自然科学基础上发展起来的早期儿童心理学，从科学的角度强化了现代“儿童”概念的合法性，也催生出儿童“社会化过程”的绝对论研究模式，即认为“社会规约儿童”。“规约的含义是儿童由社会接管，经过训练，最终成为能力强干、能为社会贡献力量的社会成员”②。现代童年概念一方面突出了“儿童”及“童年”的特殊性，另一方面也将“儿童”置于被定义和被改造的境地。

然而福柯认为，真理体制恰恰是权力运作的一个前提条件和重要产物。一方面，这种真理体制为权力运作提供了必要的知识；另一方面，真理体制还使人们自觉接受了权力运作的状态，而将其看作是理所当然的事情，它是权力合法性的根源。③研究儿童的科学作为真理体制的一种，导致成人和儿童之间形成权力关系是毋庸置疑的。这是因为：

首先，科学研究的掌控者是成人，儿童是被研究对象。在被研究中，儿童的发言必须在成人研究者制定的范围内进行，否则会被视为无效的研究信息。比如对各年龄阶段儿童语言能力、认知能力、数学能力、运动能力、儿童游戏等等诸多领域的探讨，每一次学科的再细分都会使研究变得更为精细和微型化，而忽略了人之所以为“人”的整体性的心灵状态和人文思考。此时儿童并没有反抗的机会和能力，他们的心灵世界

---

① 林兰：《论现代童年概念的内涵、缘起与局限》，《华东师范大学学报（教育科学版）》2015年第4期。

② ［美］威廉·A.科萨罗：《童年社会学》（第四版），张蓝予译，黑龙江出版集团/黑龙江教育出版社，2016年，第7页。

③ 杨善华主编：《当代西方社会学理论》，北京大学出版社，1999年，第393页。

只能在研究者成百上千次的失败后才被揭开小小的一角。

皮亚杰的研究就是成人对儿童实施研究权力的一个实例。他一生六十余年用自创的临床法系统地研究了儿童认知的发展，将儿童成长分为四大阶段：感知—运动阶段、前运算阶段、具体运算阶段、形式运算阶段。皮亚杰的临床法最初是与儿童进行交谈，后来发展为以口头提问为主，辅之以摆弄实物，即参与了游戏的自然状态。最后发展为以摆弄实物为主，辅之以口头提问，让儿童完全处在自然放松的生活情景中接受研究，以得出客观的结论。

这种尽量科学客观的研究方法使其他儿童心理发展研究者纷纷效仿，认为找到了接近儿童心理世界的最科学的方法。但二十世纪六十年代以后，皮亚杰的儿童发展阶段论受到质疑，很多研究者认为皮亚杰低估了儿童的认知能力，进而使划分阶段的依据存在问题。而这些质疑又是由皮亚杰的研究方法——谈话结合实验的临床法产生的。《儿童认知发展研究——一种新皮亚杰学派观》一书认为，儿童与外界的交流、交际和交往方式与成人大不相同，皮亚杰没有看到这一点，而用口头交谈的方式与儿童对话，带有太多成人式的主观性。研究者力图设计实验以确立儿童知道些什么，但儿童并不会认识到这些，也不像在交际中富有经验的成人那样，能够认识到不同形式的询问中所包含的言外之意。因而未能正确反映儿童的认知能力，才导致低估了儿童的能力。①

著名的儿童哲学研究者马修斯更是对皮亚杰理论提出了批判性意见。

① [英]迈克尔·西戈、[中]张立新：《儿童认知发展研究——一种新皮亚杰学派观》，四川教育出版社，1999年，第1页。

加拿大儿童文学理论家培利·诺德曼也在《阅读儿童文学的乐趣》中指出，皮亚杰的偏见是“知识上的，也是文化上的；它们假定科学化的思维才是心智成就的极致”，将儿童的实际表现与潜力混为一谈。他同时引用另一位理论家布里夫的观点：“看着皮亚杰那些揭示着实际经验结果的草稿，你不会相信他在挑选符合逻辑的因素时，竟然没顾到情绪、感受、社会文化，以及语言的因素。也因此，很多可能的解释从一开始就被排除了。”（[加] 培利·诺德曼、梅维丝·莱莫：《阅读儿童文学的乐趣》，刘凤芯译，台湾天卫文化图书股份有限公司，2001年，第101页）

马修斯从对儿童哲学思维的观察中认为，皮亚杰与儿童的对话实验中恰恰忽略了他们“最有趣味、最为吸引人的哲学评论”，儿童对“思考、意义、生命、意识”等众多事物感兴趣，而这些都被皮亚杰当作不具有普遍性的“虚构的答案”而否定。[①]

皮亚杰理论的发展正说明，儿童研究的确立实际上是在成人世界里进行的，受到其研究体制、观念选择、经济发展、科技进步的影响，同时又被成人世界认同、批判。成人进一步强化着“科学”和“真理”的权威性，将其作为研究和进入儿童世界的重要依据。

当科学索然无味地对人四分五裂的结构解析遭到质疑后，人文性的想象性研究似乎可以弥补科学研究的不足。从洛克、卢梭、杜威、浪漫派诗人到现代人文学科对儿童世界的探讨，都侧重于对儿童心灵、情感、生活等方面的关注，如儿童教育学、儿童文化学、儿童哲学，这在很大程度上还原了儿童世界应有的丰富性和复杂性。然而人文学科对研究问题形而上的想象性研究方式，使其对研究方法和实际经验材料缺少足够的重视，研究者的理论依据常常是直接借用自然科学和社会科学的研究成果（如心理学、社会学、人类学、民俗学、传播学等等）。因此人文学科对儿童的研究有时是在儿童缺席的状况下进行的，研究的权力依然掌握在成人手里。

当自然科学和人文科学共同构建了“科学”和“真理”的体制大厦后，成人和儿童之间“说”与“被说”的权力关系便取得了合法化的地位。

其次，成人之所以能取得研究和言说“儿童”的权力，在于成人对“合法化”知识的占有。知识与权力密切相关。福柯在《知识考古学》中详细论证了科学、知识和话语的关系，他这样界定“知识”：“这个由某种话语实践按其规则构成的并成为某门科学的建立所不可缺少的成分整

① ［美］加雷斯·B.马修斯：《哲学与幼童》，陈国容译，蒋永宜校译，生活·读书·新知三联书店，2015年，第56页。

体，尽管它们并不是必然会产生科学，我们可以称之为知识。”“知识不只是被界限在论证中，它还可以被界限在故事、思考、叙述、行政制度和政治决策中。”[①]也就是说，知识是能够经历反复话语实践的空间，即长期经验的总结，被称为知识的东西可以形成严密的科学，也可以是促成科学建立的某些边缘化的成分。科学只是知识的一部分，每一个领域都能形成自己的话语实践，在文学故事、叙述中可以经历反复实践的经验成分，也含有“知识”意义。

这样看来，在文学领域，知识的表现形式就是在语言、文字、书写、表达（口头形式或书面形式）等方面的资本获得，这样的知识才具有“合法化”的使用效力，才能得到制度的认可。只有掌握了被认可的“合法化”知识，行为者才获得了进入文学领域的资格，而学校教育、文凭、出版、评论制度的确立使成人在知识的获得上取得了绝对优势。成人在这种制度规范下，因为拥有各个领域的大量知识和经验而在文学领域中占据主要地位，同时为了确立自己相对于儿童的优势地位，成人又会借助权力加强规范的权威性。

正因为如此，福柯认为，知识话语中包含有意识形态内容，是一整套文化规范、社会制度确立了什么是知识、什么不是知识。这一点至关重要。比如在儿童的社会化成长过程中，教科书和学校知识、文学经典、文化传统、成人界定的道德伦理规范等等是需要学习的“合法化知识”，在儿童教育制度规定范围以外的知识，则对儿童不具有“合法性”，比如政治、宗教、军事、健康教育之外的性，同时也包括教育认为“无意义”的某些儿童生活内容，如游戏、幻想、早期哲学式的思考等等。儿童即使在“非合法性”知识方面获得经验再多，也不能在文学领域内拥有言说的权力。于是学校将儿童生活分为“课内”

---

① ［法］米歇尔·福柯：《知识考古学》，谢强、马月译，生活·读书·新知三联书店，2003年，第203—204页。

和“课外”，“课内”知识掌握越多，就越有可能将来在成人控制的制度规范中获得一席之地，而“课外”知识只能作为辅助性内容。但在现实中，儿童往往对课外的“非合法性”知识更感兴趣，尤其是对各个游戏领域的痴迷，比如电脑、航模、军事、时尚以及教科书之外的文学，儿童常常在很多方面表现出令成人大为震惊和感到威胁的才能，而此时成人为坚固自己的控制地位而进行的权力运作便显而易见了，如通过纪律、奖惩制度、话语鼓动等方式宣布某些知识不具有“合法性”而加以限制、禁止或有意忽略（如成人对儿童无数个“为什么”问题的忽视）。

成人在自定的“合法化”与“非合法化”知识的规则中，保障了自身对“合法化”知识的绝对占有，也因而掌握了“言说”儿童的权力。这种权力又在反复的言说中得到强化，直到成为儿童文学叙事语境中的必然因素而内化到每一个行动者精神深处。权力便在这种真理体制中得到“合法化”的承认。

2.“儿童文学”内涵中的权力意识

在儿童文学的叙事语境中，言说的权力首先表现为对概念的区分和界定，这是确立文本叙事规范的前提。

对“儿童文学”[①]概念内涵的讨论，是儿童文学文本形成的首要因素，国内外研究者都试图找到最客观合理的论述。日本关英雄认为：“所谓儿童文学，一般地说，是成年人为儿童所写的文学作品”，“由于儿童的心性所追求的，常常是向往光明的理想正义的事物，因此，任何流派的儿童文学，都应是理想主义的文学”。国分一太郎的定义为：“所谓儿童文学，是指成年人强烈地意识到为儿童阅读所创作的一切文学作品。”

① 即本文讨论的以成人创作给儿童阅读为主的“儿童文学”。

上笙一郎用一句话概括："儿童文学，是以通过其作品的文学价值将儿童培育引导成为健全的社会一员为最终目的，是成年人适应儿童读者的发育阶段而创造的文学。"[①]坪田让治："儿童文学是为儿童而写的文学，虽然儿童们自己写的作文或童诗也是，但还是以成人写给儿童们的童话、童诗、小说为主。"[②]国内儿童文学教科书界定为："儿童文学是那些与各年龄阶段儿童的心理发展水平及阅读能力相适应的各类文学作品的总称，它包括幼儿文学、童年文学（狭义的儿童文学）与少年文学三个层次，其中以小学阶段的儿童为读者对象而创作的童年文学是儿童文学的主体和核心。"[③]等等。

这些对"儿童文学"本质主义的基本一致的探讨中，至少包含以下信息：

（1）儿童文学是特殊的文学样式，作者和读者的特质被特别突出（而在成人文学的各种文学样式中从不会强调"成人作者"或"成人读者"，可见"文学"已被约定俗成地认为是以成人文学为主流形态，儿童文学只是其中一部分，因此才需要特别说明）。

（2）儿童文学的主要文本是成人创作的，儿童自己创作的作品不在其内或只占极少数，至于其中哪些文本可以归为"儿童文学"一类，需要参照成人制定的文学标准。

（3）儿童文学的阅读对象是儿童。

（4）定义中最重要的内容即关于儿童文学的创作目的和主要作用在于：帮助儿童实现社会化。这直接决定了儿童文学的体裁、题材、内容、风格等等。

由此可以看出，"儿童文学"的定义是"童年""二分法"思维逻辑

---

① 以上引自[日]上笙一郎：《儿童文学引论》，郎樱、徐效民译，四川少年儿童出版社，1983年，第2—3页。

② 洪汛涛：《童话学讲稿》，安徽少年儿童出版社，1986年，第5页。

③ 蒋风主编：《儿童文学原理》，安徽教育出版社，1998年，第26页。

的又一次体现①，即“成年”是道德的、完美的、经验丰富的，“童年”是非道德的、缺陷的、非社会的。这种从“低”到“高”、从“简单”到“复杂”的线性发展的童年成长理论带有早期心理学中的进化论色彩，以此来定义的“儿童文学”凸显出“儿童”无法在场的权力关系。

此时，“儿童文学”又是一个责任（或权力）和权利明晰的概念：成人通过文学形式有引导儿童成长的责任或权力，儿童有被接受引导并阅读成人提供的专门文学（无论感兴趣与否、作品是否反映自己内心真实性）的义务，而其中的理论依据正是儿童心理学、儿童教育学或精神分析、人类学等学科对儿童心理和思维的科学结论。其潜在的话语含义是：儿童文学和“儿童”一样，是被成人研究、言说和掌控的对象。儿童文学虽然以展现儿童世界为主，但由于成人作者早已走出童年世界，因而作品会比别的文学带有更多对读者对象的想象因素，而这种想象就是以成人意识形态为主要特征的。因为科学表明儿童的身体、智力、心理、情感都处于成长阶段，而成长的目标就是成为完全社会化的成人，因此已经是成人的作者理所当然需要肩负起教育引导的责任，以帮助儿童更快地走出童年。而在“儿童文学”定义中重要的另一极——儿童，显然一直处于被描述、被写作、被教育的位置。

但这种带有明确权力色彩的概念表述很容易遭遇一个现实问题：儿童创作的作品（即一直被成人界定的年龄界限——十八岁以下的少年儿童创作）应该如何归属呢？大多数研究者都认为，儿童因为思维、情感、语言、书写能力的弱势而难以表现成熟的价值观和稳定的审美趣味，因而只有一部分儿童自己的作品能够算作真正意义上的儿童文学，比如骆宾王的古诗、田晓菲的现代诗或一些儿童写作的童话等等，其评价的依据即是参照成人制定的文学规则。然而，二十世纪九十年代中后期以来，

---

① ［英］艾伦·普劳特：《童年的未来：对儿童的跨学科研究》，华桦译，上海社会科学院出版社，2014年，第9页。

国内写作、出书的少年儿童已经形成了一个数量较多的群体，而不得不引起成人世界的震惊和重视：作者年龄不仅越来越小（甚至才刚刚进入童年期，完全是传统意义上的“儿童”），而且大多数写作都选择了小说这一典型叙事体裁（而非成人想象中本应属于儿童的童话、诗歌等天真幻想型写作），更重要的是叙事内容越来越多地表现为反叛童年生活、学校教育，甚至直接对成人世界进行叛逆性讽刺和调侃，同时在叙事技巧上表现出来的熟练也并不亚于成人文学。[①]

面对这一群社会化程度早早到来的“文学少年”“文学儿童”的作品，成人明显觉察到自身权力地位在文学领域内的威胁，一旦文化资本的掌握不再占优势，曾经的权威就有可能滑落。于是成人将这一“威胁性”的写作现象依然放入体制化的权力——教育制度（而非“文学”）之内来考察，而更多关注于“应不应该”的问题。[②]这样，“少儿”写作便成为另类的、边缘的、难以界定的文学样式，它们既不能叫作成人文学，也不被归入儿童文学，更不是一种流派，而成为无法命名的群体。

在这个新产生的文学现象里，儿童试图发声，他们要改变长期被言说、被界定的局面，而通过自己言说自己的方式证明存在的价值。儿童在市场和成人出版、评论的配合下似乎取得了部分言说的权力，可以恣意纵横、狂放叛逆地表达自己对生活的独特思考。但透过现象便发现，

---

① 在80后和90后的早慧作者中，从陈朗的《灵魂出窍》、肖铁的《转校生》、刘晴的《花瓣背后》、郁秀的《花季·雨季》等一群十六七岁的中学生“自画青春”开始，到蒋方舟分别在九岁和十二岁写作小说《打开天窗》《正在发育》、九岁张蒙蒙的《告诉你，我不笨》，再到六岁窦蔻的《窦蔻流浪记》，作者年龄已从“少年”走向了“儿童”。如今，00后作者群也已悄然登场。比如出生于2000年的尹晓龙写作长篇小说《东墙》，同年出生的朱夏妮出版诗集《初二七班》和长篇小说《初三七班》等。在作品内容上，几岁和十几岁的作者们纷纷表现出少年老成的早熟姿态，或愤怒地叛逆学校制度与教育规范，如谷阳的《不及格》、冬阳的《择校生》等；或尖刻冷漠地调侃成人世界，如韩寒的《三重门》、蒋方舟的《正在发育》等等，而且在叙事方式上显现出惊人的娴熟和圆滑。

② 众多成人作家、评论家纷纷在《中华读书报》《北京青年报》等媒体上对这一现象加以探讨，普遍将低龄化写作与素质教育相联系，或者认为他们的叛逆性思考和自由言说正是素质教育的体现，或者认为如此早熟的写作使童年失去了应有的纯真和幻想。从中明显看出成人对当代儿童“童年消逝”的焦虑。

这种表面上的众声喧哗实际上正是成人世界操纵和利益驱动的结果，而同时少儿作者也正在为迎合成人世界、企图进入主流话语而努力，“写小说并寻求出版的行为本身，就意味着对话语权威的追求：这是一种为了获得听众，赢得尊敬和赞同，建立影响的企求”[①]。少儿作者的天才能力和生活世界在“说”与“被说”的合谋中沉沦，其结果是进一步强化了成人世界的主流地位，成人用排斥归类和“非文学性”讨论的方式显示着权力。

二、“儿童观”中的权力意识

成人与儿童关系中的核心问题是“儿童观”的确立，即成人如何看待和想象儿童。在认定叙事文本是否为“儿童文学”的文类归属后，儿童观的差异则形成了儿童文学文本的具体叙事方式以及意识形态观念。在成人与儿童构成的社会关系中，成人对儿童的看法和界定（即儿童观）以及由此引发的种种想象、假设和言说权力就是一种意识形态[②]，它维系着成人与儿童间的社会秩序，为儿童的成长制定规范。这种意识形态决定着儿童文学的叙事方式，反过来文学又是将儿童读者纳入意识形态体系中的有效方式。

儿童文学理论家王泉根教授认为，成人如何看待和对待儿童，即是

① [美]苏珊·S. 兰瑟：《虚构的权威——女性作家与叙述声音》，黄必康译，北京大学出版社，2002年，第6页。

② 意识形态是“一种信仰体系，通过这种体系我们感知世界，没有它们，社会生活将无法进行”。“所有的发展路线都是由意识形态建构出来的，其中包括服从社会典范。”（John Stephens, *Language and Ideology in Children's Literature*, Longman Group UK Limited, 1992, p9.）简单地说，意识形态就是看待世界的观念，它指导我们了解自我和身处的位置。同时，意识形态又是难以觉察的“明显的真理”，常常内化到自我意识和感知经验中。在文学叙事中，“意识形态是一种观众以不直接的方式，将故事内容作为世界中事件的表征：即使故事的全部或部分是不可能真的存在于现实中。而叙事序列和角色的内在联系亦按读者可理解的形式来塑性，并且此塑性过程的本身即表达了意识形态，诚如它蕴含着有关人类存在形式的假设”（约翰·史蒂芬斯，转引自培利·诺德曼、梅维丝·莱莫：《阅读儿童文学的乐趣》，刘凤芯译，台湾天卫文化图书股份有限公司，2001年，第115页）。

成人心中的“儿童观”，“成年人持有什么样的儿童观，不但直接决定着少年儿童的社会地位和对他们的人格独立性、自主性、自尊心、自信心的尊重与理解，而且也决定着儿童文学的发生、发展，决定着儿童文学的创作思想、美学追求、表现形式乃至用词造句等等。从某种意义上说，一部儿童文学发展史，就是成年人‘儿童观’的演变史。有什么样的‘儿童观’，就有什么样的儿童命运、地位、权利，也就有什么样的儿童文学艺术精神与美学品格。”[①]由此可见，儿童文学文本其实是“儿童观”的产物，而“儿童观”表现的正是成人如何通过对“儿童”和“童年”的描述来调整自己权力的运作方式。

联合国《儿童权利公约》规定，儿童与成人的年龄分界线是十八岁，因而儿童文学的读者对象定位于零到十八岁的少年儿童。“儿童”以及现代“童年”观念的界定，很显然依旧出自成人世界科学理论的发展和不同历史时期社会规范的建立，“儿童”是否存在，完全取决于成人对自我的认识程度和对“他者”的想象。因为：

其一，界定儿童，同时是在界定成人自己。皮亚杰的发展阶段论认为，思维是以一种不断演进的方式获得发展，后来的发展阶段总是比以前的阶段要先进。儿童的思维发展就是这样，运动思维及前运算阶段是低级阶段，而只有到达抽象思维和理性推理阶段，才表明思维走向成熟。皮亚杰的理论影响了埃里克森的心理发展理论和科尔伯格的道德发展理论。于是，整个儿童世界被描述为心理、思维从具象到抽象的成长过程，在进入成人世界以前，儿童从总体上来说是弱小的，智力发展水平低下、逻辑思维能力缺乏、好奇心强、感性冲动、情感脆弱等等。而儿童的这些特质，正是为了界定儿童成长的最终目标——成人世界自身，“如果我们总是从孩子和我们大人所做的有何不同来解释孩子所做的，松恩说，

---

① 王泉根：《儿童文学的审美指令》，湖北少年儿童出版社，1991年，第80页。

那么我们‘投射在小婴儿与孩子身上的，便和大人所赞赏的特质相反。我们重视独立，而定义孩子是依赖的；社会化的任务就是要鼓励独立——大人以一种统治和自我定义的意识形态化过程，利用孩子来定义自己，就和男人定义女人，以及殖民者定义他们所殖民的人为他者类似的方法’”[①]。

也就是说，成人已经将自己看作理所当然的中心，通过定义位于对立面的“他者”——儿童的方式，也定义了自身：儿童无知单纯，成人则成熟复杂；儿童野蛮感性，成人则文明理性；儿童脆弱、理解力有限，成人则坚强、知识丰富、无所不能……所以成人有权以自我为中心界定自己以外的“他者”，同时又在不自觉中构筑了成人的自我形象，并且通过话语权力强化他者眼中的成人形象。

其二，界定儿童，也使成人重新确立了社会秩序和权力关系。儿童与童年的发现显示出一个特殊群体的存在，成人开始考虑自身与儿童之间新的存在关系。成熟的社会化是儿童发展的最终目标和生存目的，童年则存在于每个人曾经的生命中。对于一个已经远去而且不可能再回去的陌生世界，解读的方式只有假设与想象。儿童世界逐渐被认识到的种种神秘和难以接近使成人增加了想象对方的兴趣，同时科学又为成人的假设提供了众多依据以证明其正确性，比如关于儿童生理上的弱势、心理发展的低水平、童年的困惑和幻想等等。在想象儿童和科学论证的基础上，成人与儿童确立了教育与被教育、言说与被言说的权力关系，成人与儿童的对话与交往方式开始变化。

当科学更加强化成人对这种思考模式的接受并视之为常态时，成人想象儿童的方式也不同以往。“我们会把其他的——特别是童年当中，那些我们曾经拥有并相信自己已经成长超越了的——都看成混乱和带有威

① ［加］培利·诺德曼、梅维丝·莱莫：《阅读儿童文学的乐趣》，刘凤芯译，台湾天卫文化图书股份有限公司，2001年，第103页。

胁性。为了不让自己知道这种混乱，我们就建构出去掉了所有具威胁性的童年意向；事实上，金赛断定我们把孩子气看作是‘一种纯洁，一种一无所有和一种毫无内涵，无能为力——不为任何必要的理由所牵绊，一种可以按照我们所喜欢的方式去建构的亦即称作孩童式的那种空白状态’。”①

如此看来，儿童生命中自然的童年状态与成人所界定的“童年”并不完全相同，而后者正是包含有太多成人想象和意识形态因素在内的。成人确立了各种知识的学习、话语规范、文学写作方式，并用教育制度、奖惩制度、真理体制等等权力运作方式强化成人话语的权威。儿童文学便成为构建成人对儿童与童年的想象，并使儿童认同自我、接受这种想象的文本。

三、成人与儿童权力话语中的对话因素

但是在寻求“儿童文学”文本的界定和“儿童观”形成的交流语境中，成人与儿童间的权力关系是否仅仅只表现为一种单向的“说”与“被说”？如果这样，那么巴赫金所极力强调的作者与读者在哲学本质上的对话性又如何在儿童文学叙事中实现？

马修斯对儿童文学作家相当有信心。“如果说皮亚杰这位最早知名的甚至可以说是最伟大的认知发展心理学家都对幼童的哲学思维缺乏敏感的话，那么还有谁是敏感的呢？……那就是儿童文学作家，至少是一部分这样的作家，他们几乎是成人中最为难得的一个群体。”②马修斯认为的“敏感”的作家也正是与儿童精神世界有可能达成对话的那一群人。

对于交流中对话的双方，以往的儿童文学理论在解决这一问题时认

① ［加］培利·诺德曼、梅维丝·莱莫：《阅读儿童文学的乐趣》，刘凤芯译，台湾天卫文化图书股份有限公司，2001年。

② ［美］加雷斯·B.马修斯：《哲学与幼童》，陈国容译，蒋永宜校译，生活·读书·新知三联书店，2015年，第80页。

为，文本的存在以及之所以获得现实儿童读者的认可，是因为作者的成人审美意识和儿童审美意识相互融合，创作时协调统一，作品既表达了作者的成人理性，也顾及到了儿童情感心理，二者是“对应的、矛盾的关系，又是合作的、互渗的关系”①。这些模糊的论述还是未能解释二者的合作关系。那么，在作者与读者的交流中，两种审美意识到底如何“对应”与“合作”才能达到对话的目的？

朱自强认为，想有效地阐释儿童文学的本质，需要“在儿童文学内部建立一种关系机制”，“儿童文学=儿童×成人×文学”，是“你中有我、我中有你的生成关系”。②为进一步说明这种关系，朱自强在对周作人、郭沫若等人的观点进行历史梳理后指出：“在儿童文学创作中，纯然表现儿童的世界是不可能的。这样说，是基于儿童文学是语言创造出来的，而凡是语言世界，就必然呈现语言使用者的主观精神本相，不管其作为文学有多么隐蔽。为儿童创作的文学作品，只可能存在两种形态：表现了成人的世界；表现了融合儿童和成人这两个世界的‘第三的世界’。表现成人精神世界的文学，也可能被儿童所阅读，但是，这些文学难以作为一种范式被称为儿童文学。表现了融合儿童和成人这两个世界的‘第三的世界’的文学才更有可能成为儿童文学的范式。”③

朱自强觉察到了作者与读者之间这种隐秘的关系，但“融合儿童和成人这两个世界的‘第三的世界’”具体有怎样的内涵，在文本中又是如何体现的，他没有进一步表述。社会学对童年的最新研究成果，也许可以成为观察成人与儿童对话关系的合适角度。

美国社会学家威廉·科萨罗总结了新童年社会学的两个中心概念：“首先，儿童是活跃的、富有创造力的社会行动者。他们在创造属于他们

① 蒋风主编：《儿童文学原理》，安徽教育出版社，1998年，第47页。
② 朱自强：《儿童文学概论》，高等教育出版社，2009年，第22页。
③ 朱自强：《论“儿童本位”论的合理性和实践效用》，《中国海洋大学学报（社会科学版）》2014年第3期。

的儿童文化的同时，也参与到成人社会的生产之中。其二，童年是一种结构性存在，是儿童生活中由社会建构的一段时期。我们把童年看成一种结构性存在，意思是说，童年就像社会阶层和年龄群体一样，是社会的一种类别或一部分。”“童年与其他诸如社会阶级、性别、年龄群体的结构性类别相互关联。因此，这些类别的结构性购置以及购置中的变化，会影响童年的本质。”①

科萨罗明确指出“社会规约儿童”的决定论模式的理论局限，从而提出“阐释性再构：儿童集体参与社会建构”的概念。他认为：“我们不能将儿童的社会性发展仅仅看作儿童对成人世界所需技巧和知识的个体性内化过程。”“‘阐释性’强调儿童参与社会活动过程中表现出来的创新性、创造性方面的特征。儿童通过创造性地吸收、整合成人世界的信息来解决同龄人自身的问题。……‘再构’的核心思想是，儿童不仅仅内化社会和文化特征，他们同时积极地为文化生产和转型贡献力量。”②

科萨罗对童年具有“建构”功能的表述无疑深刻揭示了成人和儿童之间对话的存在可能：在这一组权力关系中，儿童并非“无声”，童年文化不仅仅是成人提供的想象模式，很大程度上还来源于儿童自身的主动建构。也就是说，“童年”本身就包含了成人与儿童两种生态的互动形式，“儿童”的在场其实是无法忽视的。这是对两个多世纪以来现代“童年”概念的极好修正。

从社会学角度，这一表述也恰好回应了朱自强未能阐释清楚的关于“第三的世界”的思考。儿童文学文本虽然是成人作者的产物，但我们对“儿童”在文本中的存在无法视而不见。这种“存在”既体现在文本展示

① ［美］威廉·A.科萨罗：《童年社会学》，张蓝予译，黑龙江出版集团/黑龙江教育出版社，2016年，第3页。

② ［美］威廉·A.科萨罗：《童年社会学》，张蓝予译，黑龙江出版集团/黑龙江教育出版社，2016年，第15页。

的儿童世界中，也体现在“儿童”作为读者（现实读者或隐含读者）对文本叙事的参与过程中。因而，成人需要在叙事中寻求一种对话，表现出与“儿童”和解的努力，否则，它就很难称之为“儿童”的文学。这个对话，既在语境中，也在文本中。融合成人与儿童的“第三的世界”，大概可以用这种复杂的对话形式来说明。

本文认为，成人中“敏感”的这一群人，其实正力图提供展现儿童世界的机会，成人与儿童二者在“说”与“被说”的权力框架内，隐藏有复杂的“对话”，本文称之为“权力话语中的对话因素”。但是，处于权力关系中的对话并不容易达成共识。从对“儿童文学”的界定和“儿童观”的发展就可以看出，成人发起的这场对话可能出现不同方向，本文称之为“代替”儿童的发声与“代表”儿童的发声。

前者是成人强调儿童世界的弱小和天真，需要教育与引导而走向“完美”成年，在叙事实践中会使用较多的成人话语，其中儿童言说自己世界的机会并不多。其叙事模式是借儿童之口说成人之意，“儿童”的真实声音不常通过角色、故事、结构、叙事者等因素隐藏和体现，是典型的借故事表达意识形态的“寓言式”作品。“代替”发声的方向模式中，作者交流的对象是理想读者（同样是“儿童”），“他”的回应并不会与作者产生偏差，二者共同建构出 “满意”的文本，是一种单向对话的体现，而这个理想读者与现实读者的多样性有较大距离。

后者是成人意识到童年的独特价值与能动性，将儿童视为对话一方而代表他们描述自己的精神世界，儿童发声的能动性虽然受到限制，成人代言也未必准确，但儿童的身份和声音却在叙事中有真实显示的可能。“代表”发声的方向模式中，作者期望能到达现实读者真实的精神世界，因此建构出多样的主体位置，使得读者有无限阐释和接近的可能，是“复调”对话的体现。

在中外儿童文学发展史上，“代替”儿童发声的叙事模式在很多教训主义儿童观主导的文本中都可以找到，而“儿童本位”观主导的文本多半会“代表”儿童发声。但二者并不绝对一一对应，不时会有例外出现，比如科洛迪的《木偶奇遇记》和张天翼的《大林和小林》中教训主义观点明显，但深受历代儿童喜爱，也就是说，现实读者与隐含读者间的距离并不像其他类似文本那样大。细读这些文本，会发现作者于使用的权力话语中，天才地在叙事者、结构、聚焦方式等层面隐藏着儿童的声音，使其有别于其他教训主义类的文本，从而产生了特别的意义。

从这里可以看出，权力话语中的对话因素之所以复杂，是因为两个主体声音（成人与儿童）的异质性，它们既在现实语境中构成了童年文化的多样性，同时又决定了文本叙事方式的选择。儿童观可能主导了权力关系中对话的方向，但叙事话语的复杂使用，也会潜在地丰富原本单向对话的文本意义。

语境之中的文本，以及“权力关系中的对话因素”如何在文本内的叙事视角、聚焦、人物、结构等技巧①中得以体现，是本文主要分析的内容，在以下几章将会详细讨论。

第二节　儿童文学叙事的“文化”语境

“儿童文学”概念和“儿童观”中的权力关系，以及这种权力关系中的对话因素是直接导致儿童文学文本叙事产生的因素，同时，成人与儿童的权力关系还会受到不同历史阶段的社会文化语境的影响，形成各个历史时期对“儿童文学”与“儿童观”的不同界定。

儿童文学文本存在于叙事语境之中，而叙事语境又是由更广阔的社会

① 儿童文学叙事中的这种权力关系与成人文学是有所区别的。成人文学虽然也在虚构故事中想象被言说对象的世界，但在“说”和“被说”这一外在框架中，权力关系是弱化的，作者与读者均作为成人世界的行动者。前者更多注重表现自己对世界的认识和想象，而主要不在于给“被言说”对象或读者某些“引导”与“教育”。这使作者和读者之间很难形成一种强势的权力关系。

文化语境形成的。成人与儿童在不同历史阶段的权力关系会使儿童文学叙事体现出相应的社会公共话语以及意识形态观念，不同的文化语境也会产生成人与儿童之间不同的权力关系。因此，儿童文学叙事实际上还与两个维度上的语境有密切关系：一是历史语境，二是共时性的社会文化语境。

一、历史语境中的儿童观与儿童文学叙事

不同历史发展阶段直接导致了不同的儿童观，从而形成成人与儿童的权力关系，产生不同叙事方式的儿童文学。儿童观的演变使得成人调整了与儿童的关系，同时这种权力关系的变化又会促使新的儿童观的产生。

福柯在对权力的微观运作进行分析时认为，权力并不总是消极的，也有积极的一面："权力首先被看作是一种生产性的实践或者说生产性的网络。这种作为生产性网络的权力，不断创造出社会成员关系之间的崭新联系，在不同的社会组织形式之间建立新的相互作用。"[①]权力运作中生产性的积极方面激发了活动，诱发了思想，产生了新的话语形式。因此，成人与儿童新的权力关系的形成——即儿童观的演变改变了二者旧有的社会关系，使儿童世界作为独立的客体存在，促成了儿童、童年概念的明晰，也是导致儿童文学这种特殊文学样式出现的重要原因。

王泉根教授详细分析了我国古代和近代社会成人与儿童的关系，他认为，中国传统社会以"家国同构"的宗法关系为整个社会的支撑点，其一是"以血缘纽带为基础的宗法伦理关系"，"强化着家长对子孙的强控制性"；其二是"以封建土地所有制为基础的依附关系"，依附产生权力，从而确立了严格的等级制度。同时，"中国传统的人生价值理论则是把人的个体价值归结为社会价值和道德价值"，而忽略对人之个体和儿童之个体的考察。[②]

① 杨善华主编：《当代西方社会学理论》，北京大学出版社，1999年，第392页。
② 王泉根：《现代中国儿童文学主潮》，重庆出版社，2000年，第7—9页。

因此，现代以前的儿童和童年存在并附属于成人生命之中，有着久远历史的神话、传说、民间故事、寓言、民谣等文学形式作为文学创作体制外的民间产物，虽有朴素和活泼的叙事和精彩的故事，但大部分并没有列入主流文学范围而得到认可，更由于并非针对儿童创作，所以人们对其是否为真正意义上的儿童文学一直存有异议。[①]

现代以来，儿童和童年作为不同于成人世界的“他者”被发现，产生了作家专门创作的儿童文学。在成人建立了与儿童新的关系之后，又出现了两种不同的儿童观：“一个是以约翰·洛克为中心的立于经验主义之上的儿童观。一个则是布莱克、华兹华斯、柯勒律治等浪漫主义诗人的儿童观。前者关于认识产生经验的观点，面向儿童时，便表现为教育和教训；后者关于儿童具有与神相似的创造力和内宇宙，而随着长大，这种能力会逐渐丧失的观点，面向儿童时，便表现为对儿童心性的解放。”[②]日本童话作家秋田雨雀也认为：“一种观点是成人要把成人的世界看成是完善的东西，而要把儿童领入这个世界；另一种观点是，意识到自己和生活的不完善和不能满足，而不想让下一代重蹈覆辙。”[③]

这反映出在不同的历史条件下，成人世界在反观自身、认识儿童的同时，也在不断调整与儿童的关系，这种调整又通过儿童文学叙事得到了充分的体现，使儿童文学的故事内容、叙事方式、角色、视角等形成不同的风格。比如林格伦童话张扬儿童个性、反思教育制度带来的巨大影响，实际上就是作家将成人与儿童的关系从教育型转变到平等对话、儿童本位；美国著名的图画书作家苏斯博士（Dr. Seuss）是二十世纪五十年代少数几个能够摆脱道德说教来写作儿童书的作家

---

① 王泉根教授称之为“传统儿童文学遗产”，见《现代中国儿童文学主潮》，重庆出版社，2000年，第15—21页。

② 朱自强：《中国儿童文学与现代化进程》，浙江少年儿童出版社，2000年，第21页。

③ 转引自朱自强：《“解放儿童的文学”——新世纪的儿童文学观》，见《中国儿童文学》2000年第4期。

之一，那些滑稽的绘画、节奏韵律以及非同一般的叙事风格使儿童终于卸下道德的重负，而在快乐的故事中潜移默化地认同学习一些理性法则和知识。苏斯博士对成人与儿童关系的重新认识与调整使他冲破旧儿童观，而用新的“快乐阅读”“快乐教育”的图书理念改变了美国甚至世界儿童文学传统。

二、社会文化语境与儿童文学叙事

历史发展产生了不同的儿童观，决定了不同的叙事语境。同时，在同一历史时期儿童文学创作又会与其他领域的发展形成网络一样密切的联系，而成为整个社会文化体制内的一部分，主流话语与道德取向都毫无例外地渗透到文学叙事中。因此，具有共时性的社会文化语境同样深刻影响了儿童文学的叙事方式。

法国社会学家皮埃尔·布迪厄将社会各个发展领域命名为“场域”或“场”，指的是“在各种位置之间存在的客观关系的一个网络或一个构型”，其中存在着多重权力关系，有自己的行动规律。行动个体在其中占有的资源越多，就可以在场域中获得较高的地位和权力。但场域又不是一个实体的、固定的可以看见的空间，它不断变化，不断改变自己的逻辑形态和逻辑规则。场域就是一种特殊“资本”的垄断，本身有自己的自主性和历史积累性。于是，整个社会结构在布迪厄看来便分成无数个微小的场域，如知识分子场、文学场、艺术场、宗教场、科学场等等，只要具有相似资本的群体聚集在一起，就可以形成一个有自己独特游戏规则的场域，而在其中进行权力、地位的较量。

从布迪厄的分析可以得出，文学场在更大的文化场域内，又是一个拥有自己独特运行规律的领域，而儿童文学则是文学场中的一个子场域，遵循文学场的法则，同时也形成自己的特色。其结构可以用图表示为：

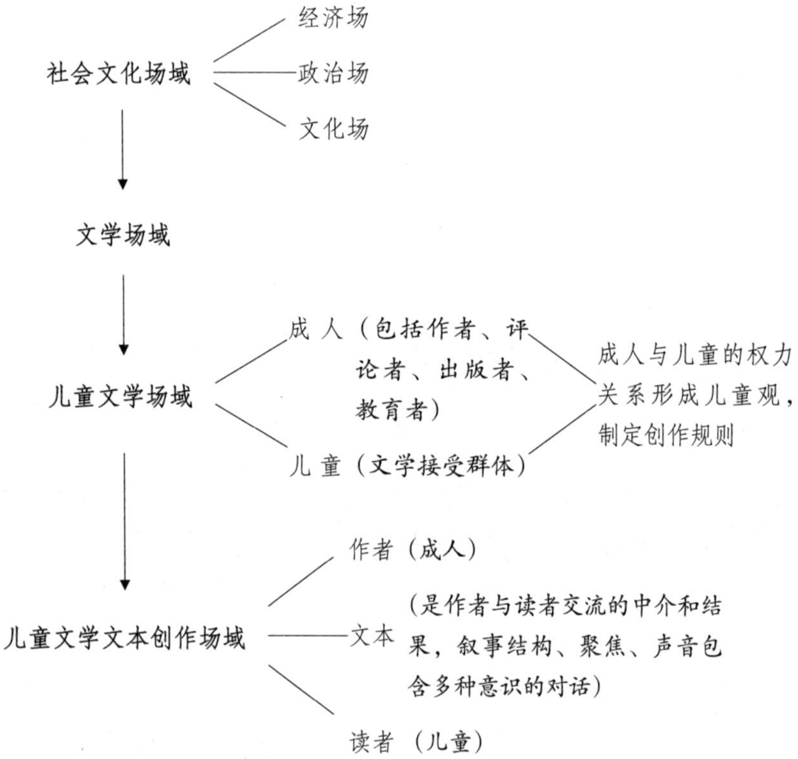

从上图可以看出，本文所讨论的儿童文学叙事处于“儿童文学文本创作场域”之中，是隶属于“儿童文学场域”的子场域，于是成人与儿童的权力关系成为文本叙事语境的核心要素，同时“儿童文学场域”又是隶属于“文学场域”和更为广阔的“社会文化场域”的子场域。因此，儿童文学叙事实际上融入了“儿童文学场域”和“社会文化”双重语境的影响，文本以外的语境共同决定了成人与儿童的关系。

1．关于作品、媒介、评论界与儿童文学经典的确立

如果将儿童文学叙事看作是成人用一种特殊话语与儿童交流的话语实践，那么现在需要考察的是赋予作者使用这种语言权力的制度条件和权威力量，即依靠媒介、出版、评论和学校教育确定儿童文学经典文本的过程。这也是形成成人与儿童权力关系的重要语境因素，从而在某种程度上规范儿童文学的叙事规则。

有关儿童研究的科学与知识在确立成人与儿童的主体地位以及成人认同自我方面起到至关重要的作用，它确保了成人在儿童文学场域中的权力地位。而形成科学和真理权威地位的重要制度条件就是教育和传播，二者分别对应的主要实施场所为学校和出版等媒介。于是，儿童文学场域中使成人拥有话语权力的制度场所实际上演化为成人之间对话语资本的争夺和相互牵制。不同历史发展时期，场域中占统治地位的群体会确立某些“合法化”的知识为真理，比如古代的四书五经、现代以来的典范白话文等等，并将文学经典作为历史传承的文化来规范社会成员。而教育，就是传承这些经典知识的主要方式。

近代以来，学校得以大规模发展，合法化知识在这里被进一步强化和学习，确立了难以颠覆的经典地位。同时，传播业的兴盛为社会成员大量学习、阅读这些经典提供了条件。因此现代以来儿童文学文本依赖于学校或出版商对自身的重视，作品的价值便实际表现为对市场的长期占有和传播的广度，这在某种程度上为若干年后成为儿童文学经典的作品预示了潜在可能性。

除了学校和媒介，评论界是强化知识经典化的另一个重要子场域。无论是对儿童文学作品的阐释与评论，还是理论研究，评论者都是以挖掘、填补叙事背后无限可能的方式确立作品的价值，并进一步规范文学的存在规律。福柯认为，人们能够述说的东西远远少于认识和思想中的

东西，他称为“陈述的稀少性”，这些陈述“是人们不仅用抄写或者翻译的方法，而且通过注释、评论和意义内部派生使其增量的东西”[①]。

作为话语形式之一的儿童文学文本，同样是有阐释的无限可能性，在“言不尽意”的有限叙事中，可以生发或者被生发出无限的意义。而评论的目的，则是找到这种可能的意义。但与儿童读者的阐释接受所不同的是，评论者对意义的追寻更容易受制于意识形态、文化制度、主流文化导向等等影响，强调对儿童文学作品价值的判断，力图建构文学规律性的发展趋势，其话语方式基于文本却又“不受它限制”，成为更具普遍意义的意识形态的传达。而儿童读者则更倾向于用个人化的判断标准对文本进行认同式的解读。正因为如此，评论者往往在制度的许可和推动下，比一般读者更具有阐释的权威性，文本的价值也在评论者那里得到体现。例如，比起经久不衰的《安徒生童话》和《格林童话》，《哈利·波特》虽然还未经历时间的积淀和长期检验，但成人评论者的权威话语已经预示了文本在儿童文学史上的意义。评论的另一种延伸形式是评奖，通过对文本的奖励制度，作品乃至作者的权威地位进一步巩固。

从这些因素可以看出，在儿童文学场域，居于以上群体的成员其实都是成人，学校、出版界、评论界等等正是赋予成人权力话语的制度场所。成人创作的文本需要依赖出版商和评论者的赏识，进而有可能成为文本叙事的经典而纳入学校教育，而已经作为经典的文本又规范了儿童文学的创作规律。他们彼此利益牵制，最后形成相互依赖以达到利益均衡的合作规则。但整个过程中儿童作为文本的直接阅读者和受益者却是缺席的，虽然出版商对市场的掌握、评论者对文本价值的判断有一部分来源于对儿童读者阅读状况的调查，但儿童并不参与传播和评论过程。

因此，成人与儿童的权力关系以及儿童文学经典的确立在某种程度

① ［法］米歇尔·福柯：《知识考古学》，谢强、马月译，生活·读书·新知三联书店，2003年，第133页。

上为文本叙事制定了一种规范，可以说每一部儿童文学文本的产生都不免或多或少受到这种规范的影响。

2. 其他场域对儿童文学场域的影响

以上讨论的儿童文学叙事方式的来源——儿童文学经典的确立实际上已经与文本外的其他场域有密不可分的联系，比如文学场、经济场、政治场或文化场等等。

在儿童文学自身的创作过程中，同时代的经济发展、政治变革以及社会权力阶级的更替都会深刻影响儿童文学场的结构关系，比如科学发展与科幻文学的产生；经济增长与娱乐性儿童文学、大众文化的兴盛；战争与具有民族忧虑感的儿童文学以及流亡文学的发达；体制变革与新的儿童文学流派的兴起；等等。

同时，文学场中的文艺思潮、文学理论也会移入而影响到儿童文学的叙事方式。比如十八世纪以来，在浪漫主义大力发掘民间文学以给文学注入新鲜血液的时刻，格林兄弟在《儿童与家庭故事集》的序文中说："抢救古老的传说和故事的时候到了，再不抓紧，它们就会在我们这个多灾多难的岁月里消失，犹如星火消失于水井里，露珠消失于炎阳下。"这些似乎远离现实世界、充满田园牧歌式悠扬笛声的精美故事，恰恰显示出浪漫主义思潮对纯美的追随和对物质社会的忧虑与批判，而力图从民间的深厚土壤中发掘人性的光辉。格林兄弟收集的民间故事很快演变为儿童喜爱的文学形式，并极大地启发了后来的儿童文学创作。

第三章 作者与读者：叙事中的权力关系

后经典叙事学理论开始注意到语境对文本叙事研究的重要性，探究叙事语境如何进入文本并导致文本叙事话语的产生。儿童文学文本创作作为儿童文学场域的一个子场域，必然受到外部语境运行规律的深刻影响而形成独特的叙事话语，文本叙事语境中成人与儿童的权力关系首先演变为文本内作者和读者（即隐含作者与隐含读者）的对话关系①，即本文所揭示的“权力话语中的对话因素”，从而决定叙事视角、角色、叙事情景、时间的设定、对叙事技巧的选择。文本外的权力关系通过文本叙事得以体现，使得文本内外形成一种“互文性”②。

---

① 巴赫金认为作者与读者的对话性关系是叙事中最重要的一组关系，从文本诞生以来就已经存在，并无时无刻不存在于文本之中。

② “互文性”（Intertexuality）的概念是法国语言学家和修辞学家朱丽亚·克里丝蒂娃在巴赫金对话理论的基础上推导出的，一般指的是一个文本对其他文本的借用，她认为“构成文本的每个符号都与文本以外的其他符号相关联，在形成差异中显出自己的价值。根据这种原则，世间根本就不存在文学‘独创性’这种东西，也没有什么堪称‘第一部’的文学作品，所有的文学都是‘互为文本’的”（马驰：《叛逆的谋杀者——解构主义文学批评述要》，中国人民大学出版社，1990年，第68页）。这里的“文本外其他符号”其实就是巴赫金所说的“他人话语”，“互文性”其实不仅表现在对其他文本、语言的借用，而且还有他人意识的借鉴对话，甚至整个文本的虚构世界与文本外现实世界也形成互文的关系。所以从这个层面上说，成人与儿童之间的权力关系不仅存在于现实世界，而且与文本内的叙事“互为文本”，儿童文学叙事通过聚焦、人物、声音、结构等因素体现成人与儿童间的意识形态关系，从而具有了互文性。

第一节　叙事中的作者与读者

一、作者与读者的对话形式

叙事语境中成人与儿童的权力关系首先通过隐含作者与隐含读者的交流显现出来，他们在创作一开始时就已产生，存在于文本之内，却处于故事之外，是连接现实作者与现实读者的桥梁。

巴赫金对作者与读者对话性的强调揭示出了“作者与交流对象的哲学上的本质——相互补足”[①]。本文认为，儿童文学叙事中这种本质上的对话性不仅是作者与读者间的相互补足、双方资源的相互借鉴，而且反映了一种权力话语的框架下成人与儿童意识的对话意图和呈现方式。

叶圣陶的《稻草人》被认为是中国儿童文学走向现实主义道路的开篇之作，其叙事结构与英国王尔德的《快乐王子》极为类似，但叙事效果却有很大不同。虽然作家都曾信奉“人生艺术化”的唯美主义，但《稻草人》叙事主题、急切的情感表达具有相当多的成人话语色彩，使其成为“儿童本位”并不彻底的文本。在这类文本中，语境如何影响了叙事，作者与读者对话意图又是如何显现的呢？

叶圣陶童话深受安徒生与王尔德的影响，但朱自强在《两个“现代”——论中国儿童文学的矛盾性与复杂性》一文中认为，以《稻草人》为代表的中国现代儿童文学在理论上和创作上是一种错位的“现代性”的体现，“不论是对‘现代人生’的感受，还是童话对‘现代人生’的表现，叶圣陶与金斯莱、安徒生之间都存在着本质上的不同。”“叶圣陶的创作，深刻透露出没有儿童时代的中国社会，难以为作家提供‘儿童本

---

① 董小英：《再登巴比伦塔——巴赫金与对话理论》，生活·读书·新知三联书店，1994年，第299页。

位’的感性体验”。因而童话“只具有文学史的价值而不具有儿童文学艺术范型的价值”。[1]朱自强对中国儿童文学的现代性进程有较为准确的认识，但这是否构成了“错位”的文本叙事?《稻草人》产生的时代语境已经不是1919年对杜威“儿童本位”观醍醐灌顶般欣然接纳的时期，成人对儿童的想象性论述发生了变化。“它深刻地体现了特定历史背景下，中国社会儿童观从‘儿童本位’向‘社会本位’的迁移、转换。”[2]因此，《稻草人》的出现很难说是“错位”的结果，现代时期从新型儿童观建立到文学创作的同步进行和快速转换，体现的是一种失去了节奏的匆忙，这极大影响了叶圣陶对叙事的不同选择。

首先，我们来看看《稻草人》产生的叙事语境。

中国儿童文学的真正开端也是伴随着现代化而来的，发现儿童、张扬人性作为一种新的思想观念加入到了新文化运动，此时儿童观的建立更多地融入了主流意识形态的因素。二十世纪初期西方有关儿童及其文学研究的自然科学和人文科学已相对成熟，因而中国现代儿童文学在建立之初即从理论上引进了较为先进的“儿童本位”的儿童观，尤其是深受杜威的儿童教育学研究和泰戈尔儿童文学的影响，最初的文本叙事趋向浪漫优美，期望在精神深处与儿童沟通。但很快，现实社会粉碎了这种儿童观，儿童文学同样要走上“为人生”的道路，也就是说，成人与儿童之间的关系从以儿童为“本位”、崇尚童心，调整到了儿童作为未成年的个体，必须“告知引导”他们看到真实社会这一层面。

叶圣陶童话从早期到《稻草人》的转变极好地展示了这一点，儿童观变化，成人与儿童的关系也随之改变。到《稻草人》时代，深受王尔德“艺术唯美”影响的叶圣陶开始展示“成人的悲哀”。作者强烈的情感

---

① 朱自强:《两个“现代”:论中国儿童文学的矛盾性与复杂性》,《文艺争鸣》2000年第3期。

② 李学斌:《“诗意童年”与“社会启蒙”——从〈稻草人〉〈大林和小林〉看中国近现代儿童观演变》,《宁夏大学学报(人文社会科学版)》2013年第2期。

表达和焦虑的国家与民族情结使成人表现出急于引导儿童走向救国之路的强势态度，在这种文化语境中，成人与儿童之间改变了以前那种和平超然的对话方式，而寻找另外的话语表达。本文认为，虽然成人已经开始将儿童作为“他者”看待，认识到了童年世界的独立性，但历史文化语境迅速改变了成人对儿童的未来期待，此时儿童观已经走出“儿童本位”的层面，而走向现实教育和引导儿童成长的中国现代儿童文学之路。

这就是《稻草人》产生的叙事语境：成人以更强势的权力话语想象理想的童年，并为儿童预设具有强烈时代感的成长道路。这改变了叶圣陶对创作的思考和话语选择，而与前期的“儿童本位”观发生了“错位”。

其次，我们讨论关于《稻草人》叙事中作者与读者的对话性体现：权力话语“代替”儿童建构新的童年成长方式。

这种权力关系中，作者与读者是否还存在对话因素？巴赫金认为作者与读者之间存在哲学本质上的对话性。《稻草人》经历过几代现实读者的检验，作者与读者在某种程度上有过多种意识的交流，为了完成对儿童的重新想象和定位，童话构建出一个理想读者（儿童），“他”虽是“儿童”，但此“儿童”非西方现代“儿童本位”观中的“儿童”，而是处于现代中国历史语境中的特殊形态：一个被想象为对作者忧虑的成人世界具备完全理解同情的意愿和能力的“儿童”。因此，“他”依然是成人声音的载体，“代替”失语的“儿童”共同建构出新的童年成长方式。

《稻草人》选择了“三段式”叙事，这既是一种传统的民间童话类型，同时也借鉴了王尔德《快乐王子》的叙事方法，但二者的话语差别十分明显。故事中有三件事或三个场景：稻田遭虫袭、渔妇与病孩子、一个女人的自杀，但三件事并无逻辑上的关联，是一种并列关系。每一处叙述都没有偏离故事本身，不忘表达主题，它们单向发展，以传达内容为唯一目的，并导向一个悲观主义的结尾。故事中的主角很显然无法被认同为“儿童”，而是“软弱的小知识分子的代表”，故事中唯一的

“儿童”形象是个不具备叙事功能的生病孩子。[①]同时，作者赋予稻草人拟人化这一典型的童话因素，但“他”又囿于物性的“真实”而不能走动，并未成为故事的叙事者，其所看所想都由第三人称叙事者的强势话语代言。因此，《稻草人》中的幻想因素是被压抑的，在人物对话、叙事者、故事等可以隐藏儿童声音的微妙因素的地方，文本体现得并不明显。也就是说，作者对话的对象，只能是一个完全认同成人意识形态的理想读者。

这里可以看出，作者“代替”发声的话语十分明显，作者只与理想读者对话，而这个理想读者严肃、非游戏性同时缺乏行动力，“他”只需要了解并同情成人世界的悲哀，并将其作为这一历史语境下童年成长的主要内容。

学者李学斌认为此时的作者坚信孩子也是这个世界的“有力的支撑力量，他们有生活的知情权和参与权”，因此这是一种“更高层面对童年的理解、信任与尊重”。[②]本文认为，“对童年的理解、信任与尊重”是“儿童本位”的核心，但如何体现，却需要具体的叙事行为来承载。一直强调儿童世界特殊性和儿童文学艺术表达的叶圣陶此时遭遇了困惑，他在给友人郑振铎的信中说：“今又呈一童话，不知嫌其太不近于‘童’否?”而“在成人的灰色雾里，想重现儿童的天真，写儿童的超越一切的心理，几乎是个不可能的企图。”[③]矛盾的实质在于作者很清楚地认识到了只与“理想读者”对话的效果，而这个理想读者与实际读者间的缝隙，使得现实儿童是否可以通过认同这一角度来实现自己的有效阅读令人怀疑。[④]

---

① 虽然“儿童形象”并不是判定是否为儿童文学的唯一标准，比如《长腿叔叔》中也没有具备叙事功能的“儿童”形象，但通过叙事途径来关注儿童生活（包括物质的与精神的）与童年成长的秘密却是“儿童文学”存在的理由。

② 李学斌：《“诗意童年”与“社会启蒙”——从〈稻草人〉〈大林和小林〉看中国近现代儿童观演变》，《宁夏大学学报（人文社会科学版）》2013年第2期。

③ 郑振铎：《〈稻草人〉序》，见朱自强：《两个“现代”——论中国儿童文学的矛盾性与复杂性》，《文艺争鸣》2000年第3期。

④ 当代一些学者对《稻草人》历史地位和文学价值的重新评价，以及对儿童实际接受程度的考察正说明了这一点。事实上叶圣陶对儿童教育和文学创作采取了不同态度。三十年代他与丰子恺共同编写了《开明国语读本》，其早先的“儿童本位”观得到极好的体现，不能不说是对《稻草人》话语选择的一种修正。

从早期受“儿童本位观”影响而“梦想一个美丽的童话的人生，一个儿童的天真的国土”到“所信的田野的乐园此时也已摧毁。最后，他对于人世间的希望便随了稻草人而俱倒”①，作者急于向儿童言说真实社会，并力图将儿童的成长方式与主流意识形态话语相融合，期望引起“疗救”的注意。《稻草人》中作者努力寻求与儿童对话的途径，但在权力话语下“代替”儿童发声的叙事模式又使文本叙事实践与前期创作理念产生了割裂。

如果说叶圣陶早期的童话创作是站在成人与儿童共同的精神之源寻求与儿童对话方式的话，那么《稻草人》开始的现实主义儿童文学创作，则是走入历史现实的层面重新调整了成人与儿童的关系，从而在文本叙事上与《卖火柴的小女孩》《快乐王子》《水孩子》等西方儿童文学出现区别。②这种“代替”发声的叙事方式对现当代儿童文学产生较大影响，此后的很多儿童文学创作虽然不再体现《稻草人》式的悲凉，但作者往往根据主流话语模式构建与之对话的理想读者，表现出以成人为主导的单一对话模式。③

二、对话形成的过程——构建主体位置

儿童文学是成人（作者）发起的对话，但对话的达成还需要儿童（读者）的接受与认同。这个过程是如何进行的？

---

① 郑振铎：《〈稻草人〉序》，见朱自强：《两个“现代”——论中国儿童文学的矛盾性与复杂性》，《文艺争鸣》2000年第3期。

② 这些儿童文学叙事情节虽然也有强烈的现实特色，但在叙事方式上却更多地显示出儿童的精神特征，比如故事结尾的乐观处理（卖火柴的小女孩飞向天国与祖母相见、快乐王子的铅心被天使带到天国等）、叙事修辞中的隐喻与幽默等等，笔者曾在《一个童话叙事模式的中西比较：重读〈稻草人〉与〈快乐王子〉》（见《浙江学刊》2000年第3期）一文中重点分析了《稻草人》与《快乐王子》在叙事方式上的差异，其不同的原因就在于权力话语中儿童声音（意识）的显现方式是被“代替”还是“代表”。

③ 但其中张天翼二十世纪三四十年代的童话却是例外，作者在以阶段斗争为主题的文本中却能尽力凸现儿童的声音，使读者在极度夸张和幽默的叙事中接受意识形态观念，表现出权力话语中“代表”儿童发声的可能。

科学和真理体制保障了成人在儿童文学场中自认为理所当然的权威地位，他们需要做的是让场域里另一个群体——儿童认同这种地位、确立自我，成为制度中“合乎规范”的主体。而文学就是让儿童认同自我的重要方式。后现代叙事理论研究者在分析文本中的身份制造时认为，我们解释自身的方法之一，是“要学会从外部，从别的故事，尤其是通过与别的人物融为一体的过程进行自我叙述。这就赋予了一般叙述以一种潜能，以告诉我们怎样看待自己，怎样利用自己的内在生活，怎样组织这种内在生活”[①]。文学是一种使社会准则内在化的有力方式，通过讲述别人的故事承载意识形态，使读者站在这种主体位置上认同故事和人物，并进一步认识自我。比如关于童年和童年的发展阶段，关于性别、年龄、文化、传统、交往和各种道德判断、价值观等等，所有成人认为有利于促进儿童成长为像他们一样“合乎规范”的个体的观念，都以知识的形式传达给儿童，文学就是这种知识的载体，但它是以更加有趣和充满美的魅力的形式让儿童愿意接受规范。

于是，作为文本读者的儿童的身份和主体地位也在叙事中被建构，“文学的价值一直与它给予读者的经验相联系，它使读者知道在特定的情况下会有什么感受，由此得到了以特定方式行动并感受的性格。文学作品通过从角色的角度展现事物而鼓励与角色的认同。”[②]而儿童就是站在叙事中提供的主体位置，不断在对他人的认同中成长为自我，吸收另一个主体的某些方面，并根据主体提供的模式改造自我。

因此，儿童文学叙事一直在为交流双方提供一种主体的属性（即身份的归属）地位，文学是对自我以及自我和社会关系的一种重新叙述，儿童文学叙事虽指向童年世界，但实际体现的却是成人对社会秩序、结

① ［英］马克·柯里：《后现代叙事理论》，宁一中译，北京大学出版社，2003年，第21页。

② ［美］乔纳森·卡勒：《当代学术入门：文学理论》，李平译，辽宁教育出版社、牛津大学出版社，1998年，第117页。

构关系的重新描述、想象与建构，作者在不同的角色、个性或群体属性中也描述了自己。虽然文本再现的是不同人物，甚至儿童、动物或其他无生命物体的行为，但从角色努力顺从社会规范和对自我的期待中，在虚构世界建立的主体间的关系模式中，作者确立并强化了自我认识，并力图在叙事中通过角色、聚焦、对话、声音、结构等等设立一系列主体位置来表现出这种主体性。以“儿童”为本位，实际上考察的正是叙事中是否隐含有以“儿童”的精神世界为表现内容的主体位置。

传统文学理论认为，自我是内在的，先于个体从事的行为，即人物个性决定了行为方式。现代理论则揭示了主体与环境（包括主体存在的语境和其他个体）的互动关系，“主体是一个角色，或者是一种能动作用、一个自由的主观意志，它做事情，就像‘一句话里的主语一样’。但是一个主体同时也是一个服从体，是被决定的。”[①]也就是说，主体的建构与环境有密不可分的联系，既是行为的主动实施者，又服从于各种体制，受到所在场域行为规则的形塑，自我是在不断的行动强化和制度规范中确立起来的，通过占据主体地位而成为主体。因此主体的形成是个人和社会共同建构的结果，儿童文学场域中的权力关系既塑造了成人的强势地位，也界定了儿童的主体性，比如《稻草人》以后的主流儿童文学一直努力将儿童塑造为对民族国家“有用”的个体（“共产主义接班人”“四有新人”“全面发展”），这使成人对儿童担当起的教育和引导的作用也反映到儿童文学叙事中，成人的权力话语同时强化了作者的“教育者”身份和地位。

如果说《稻草人》建构的主体位置实际上是提供给理想读者的，那么《快乐王子》则提供了另一种建构的模式。故事呈现的三个场景虽不相关，但以快乐王子和燕子的奉献为线索，建立起层层递进的效果，最

① [美] 乔纳森·卡勒：《当代学术入门：文学理论》，李平译，辽宁教育出版社、牛津大学出版社，1998年，第114页。

后导向了被上帝垂怜欣赏的爱与善的抚慰。这里身为雕像的快乐王子因不能移动而视角受限，但“燕子”角色的加入使叙事视角得到弥补，所以这个故事没有全知全能的叙事者，而是由快乐王子和燕子共同讲述的。这个视角既有物化的真实，又是艺术的真实，成为一种可信的带有亲切感的主体位置。

同时，故事中承担叙事功能的依然没有“儿童”角色，但文本隐藏了另一个叙事进程：燕子的故事，这奇妙地造成了叙事的“漫溢”。燕子因为爱上一根细腰的芦苇而延迟了和朋友同去埃及过冬的时间，但它直率的表露并没有感动有太多亲戚又恋家的芦苇，燕子失恋，在准备去埃及前的最后一个晚上遇上快乐王子。每次快乐王子要小燕子啄下他身上的宝石送到穷人身边去，燕子因耽误了几个夜晚不能飞到埃及而不情愿时，总会说：“朋友在埃及等我，他们正在尼罗河上飞来飞去，同大朵的莲花谈话……”“明天他们便要飞往尼罗河上游到第二瀑布去，在那儿河马睡在纸草中间，门浪神坐在花岗石宝座上面。他整夜守着星星……”“朋友们正在巴伯克的太阳神庙里筑巢，那些淡红的雪白的鸽子在旁边望着，一面在讲情话……”“这是一只饶舌的燕子，它的叙述经常游离主题，甚至毫不相关，情节总要在它的叙述中停留一段时间才会继续向前发展。”[①]“漫溢”或者“游离”，从一个场景常常“走神”到另一个场景，这正是儿童游戏的特点[②]。

燕子的经历对整个故事主题构成了一种补充：如果说快乐王子一直都是崇高的，那么燕子从不情愿留下来到“我要永远陪着你”，经历了一段艰难而又幸福的心灵成长，这是儿童精神世界的一种再现。因此，“燕

① 金莉莉：《一个童话叙事模式的中西比较——重读〈稻草人〉与〈快乐王子〉》，《浙江学刊》2000年第3期。

② 荷兰著名历史学和文化学家胡伊青加在《人：游戏者——对文化中游戏因素的研究》中认为，“儿童游戏具有最本质、最纯粹的形式。”“在接受游戏的时候，你就接受了心灵（mind），因为无论游戏是什么，它都不是物质（matter）。”（贵州人民出版社，1998年，第17页。）胡伊青加明确指出了儿童游戏的忘我和无功利状态。

子”这一角色和叙事进程的多重性，传达出真实“儿童”的声音，由此建构的主体地位，弥补了隐含读者与现实读者的缝隙，作者与读者（隐含读者与现实读者）的复调对话得以实现。

作者（成人）与读者（儿童）主体性的确立是相互建构和塑造出来的，这使二者形成了不可避免的对话关系，而且具有丰富的话语内涵，并在文本叙事中以隐含作者和隐含读者的身份表现出来。

第二节　权力关系中的隐含作者

儿童文学文本的产生是话语从纷繁复杂的生活状态被作者选择进入文本的结果，要考察叙事语境中的权力关系如何在文本中发挥作用、什么样的话语为什么和怎样进入文本，这里首先遭遇的中介便是隐含作者。“他”是现实作者在文本中的“替身”，连接着现实作者和文本，同时又是文本中决定话语叙事方式的权力主体。[①]隐含作者既是承载作者意识的载体，又是作者努力与读者交流以达成对话的桥梁。

美国小说理论家韦恩·C.布斯认为，作者进入文本创作时不再是现实中的他自己，而是成为进入审美状态的“隐含的作者”（也称“第二自我”）。需要识别“隐含作者”的原因在于“无论在生活的哪一方面，只要我们说话或写东西，我们就会隐含我们的某种自我形象，而在其他场

① 近年来，西方叙事学者在进行后经典叙事理论的探索时，曾质疑布斯提出的“隐含作者”的存在价值，很多人认为根本不需要“隐含作者”这个概念，而主张用“作者的意图”“整部作品的意思”或“读者直观感到存在于作品之后的正常规范”之类的论述来代替。申丹在《究竟是否需要“隐含作者”？——叙事学界的分歧与网上的对话》（《国外文学》2000年第3期）一文中详细梳理、评价了西方学者的争论意见，而后指出，“隐含作者”概念颇为有用，“它所指明确，限定于以一部作品为根据所推导建构出来的作者形象，出于同一作者之手的不同作品一般会有不同的隐含作者”。其用途之大小“在一定程度上取决于其与真实作者的距离之大小”。但同时，对“真实作者”的了解也有助于接近“隐含作者”，并进一步阐释作品。因此，对文本的解读必须同时考虑“真实作者”与“隐含作者”。本文认为，“隐含作者”在儿童文学叙事中意义重大，“他”不仅确立了具体文本的叙事规范，而且是对话性叙事的体现者之一（这也是本章论述的主要内容），而经典叙事学对“隐含作者”的论述仍然有较高的借鉴价值。

合我们则会以不尽相同的其他各种面貌出现”。“有血有肉的作者创造出来的隐含作者，会有意无意地渴望我们以评论的眼光进入其位置。这些隐含作者通常都大大超越了日常生活中有血有肉的作者”。[①]“他”既不是文本外的现实作者，也不是文本内的叙事者或人物，而是代表作者存在于文本内，控制整个文本叙事。

“在他（作者）写作时，他不是创造一个理想的、非个性的‘一般人’，而是一个‘他自己’的隐含的替身，不同于我们在其他人的作品中遇到的那些隐含的作者。”“不管我们把这个隐含的作者称为‘正式书记员’，还是采用最近由凯瑟琳·蒂洛森所复活的术语——作者的第二自我——但很清楚，读者在这个人物身上取得的画像是作者最重要的效果之一。”“我们对隐含作者的感觉，不仅包括所有人物的每一点行为和受难中可以推断出的意义，而且还包括它们的道德和情感内容。简言之，它包括对一部完整的艺术整体的直觉理解。”[②]

也就是说，隐含作者没有声音，但文本中无处不在，“他”忠实地传达作者的思想，并且“在作品整体里起支配作用的意识，也是作品里所体现的思想标准的根源”[③]。隐含作者被里蒙·凯南理解为一套价值规范，立足于语言，通过叙述的方式加以体现，作出阐释。布斯的原意并不在于将其作非人格化理解，但他规定了隐含作者的功能：对“完整的艺术整体的直觉理解”。里蒙·凯南说得更明确：“支配”与“思想根源”。“他”带着作者的意识形态控制整个文本，包括语言、情感、文本价值观，以及为此采用的各种叙事技巧，通过整体结构，借助所有声音，无时无刻不显示“他”的存在。于是无论叙事如何复杂，文本总能找到

① ［美］韦恩·C.布斯：《隐含作者的复活：为何要操心?》，载［美］詹姆斯·费伦、彼得·丁·拉比诺维茨主编：《当代叙事理论指南》，申丹等译，北京大学出版社，2007年，第66—67页。

② ［美］韦恩·C.布斯：《小说修辞学》，华明、胡晓苏、周宪译，北京大学出版社，1987年，第80、83页。

③ ［以色列］里蒙·凯南：《叙事虚构作品》，姚锦清、黄虹伟、于振邦译，生活·读书·新知三联书店，1987年，第156页。

一个价值支点，意义由此生成。因此，成人与儿童的权力关系首先通过隐含作者渗透到文本。

一、儿童文学叙事中隐含作者的身份

隐含作者的出现在于现实作者意识形态的复杂多样，后者可能表现出与文本个性分裂的状态，而隐含作者则是作者进入文本的“思想”和艺术化的情感，“他”在布斯看来是一种文学的“面具”，是抹去了自我某些不喜欢或不适合部分的“作者”。叙事话语如语言、视角、叙事时间、功能以及各种修辞技巧的产生，实际上受控于隐含作者。儿童文学创作这个子场域中，成人作者与儿童读者言说方式的差异使隐含作者表现出与成人文学不同的心理特质，“他”需要抹去成人的部分面貌，追寻自我深藏的童年成分，但同时又不得不忠实地代表现实作者，承载场域中作者与儿童间复杂的权力关系，以使文本叙事时时刻刻体现出作者的声音。

早已走出童年世界的成人不可能再还原为儿童心态去创作，但文本却必须让儿童接受，这使得确立隐含作者的心理特质具有相当的难度。理论家们认为，优秀的儿童文学作家都是具有深刻的儿童情结的成人，方卫平将童年“看作儿童文学理论的逻辑起点”，他认为童年情结、童年意识是“成人作者与少年读者之间的艺术对话和交流；在这里，成人与儿童，创作者与接受者之间的相遇、联系和融合，决定了这一活动与成人文学活动的根本差异”[①]。日本儿童文学理论家上笙一郎将其称为“深刻的儿童体验”，他认为成人都有机会玩味儿童体验，但作家将反映这种体验作为了自己的文学使命，只有具有深刻儿童心理体验的作家才能创作出优秀的儿童文学作品。[②]

① 方卫平：《童年，儿童文学理论的逻辑起点》，见《浙江师范大学学报（社会科学版）》1990年第2期。

② ［日］上笙一郎：《儿童文学引论》，郎樱、徐效民译，四川少年儿童出版社，1983年，第48页。

美国学者马修斯从哲学的角度观察作家，他认为“小说作家尤其是儿童小说作家的写作动机是复杂的”，“全部或大部分儿童故事作者的写作动机，比其他类型的小说作者更复杂或更值得怀疑”。“怎么可能会有成人完全像儿童一样欣赏的那种书呢？人们会设想，这种情况发生的唯一途径就是这本书能让成人沉迷于怀念更早更天真的生命。如果这是对的，那么，一本好的儿童读物为了另一种理由就不得不‘诓骗’读者，不得不鼓励读者假想：他们又变成了儿童。”①马修斯所说的“‘诓骗’读者”的方法，其实体现的就是隐含作者的复杂性，既代表作者（成人）发言，又与儿童的心灵世界息息相通，“他”是在成人权力话语下谋求与儿童对话的“成人”。

传播学与接受美学把作品当作交流的中介，但从心理学看，作者与读者对话需要的是心理中介。巴赫金认为作者通常在意识中将自己分裂为两个自我，一个代表自己，一个代表读者，即具有内心话语的复调性，两种话语互相碰撞，产生第三种声音，它毫无疑问属于隐含作者：既为自己说话，又为读者说话，但并非二者简单叠加。因此，文本叙事中作者与读者的对话关系实际上是隐在内部进行的，“说者力图在他者理解视野中确定其话语方位，并进入与这个视野的各种因素对话的关系。说者打入听者的他人视野，在他人的领土上，在听者的统觉背景上建立自己的表述”②。可见儿童文学叙事中隐含作者的声音包含了说者（成人作者）和听者（儿童读者）的双重话语，本身便具有了对话的性质。

二、从现实作者到隐含作者——他人话语的移入

我们会一直困惑“到底哪种作品算作儿童文学，为什么我们会把《哈利·波特》这种长篇巨制般的文本归入儿童文学一类，为什么《指环

---

① ［美］加雷斯·B.马修斯：《童年哲学》，刘晓东译，生活·读书·新知三联书店，2015年，第141—142页。

② 巴赫金：《小说话语》，转引自董小英：《再登巴比伦塔：巴赫金与对话理论》，生活·读书·新知三联书店，1994年，第43页。

王》在西方通常被认为是成人文学一类，而在中国有时会看作为儿童文学”，等等，文学作品理论者汤锐在《现代儿童文学本体论》中认为，决定一部文学作品属于成人文学还是属于儿童文学，主要不是作者“写了什么”，而是作者“怎样写的”。[①]“怎样写”首先表现于作者准备选择什么样的话语和为什么选择它们进入儿童文学文本，这些也是隐含作者决定文本叙事特征的前提。现实作者的儿童观决定了隐含作者的心理特质，而不同文化语境建构的成人与儿童之间的权力关系又会通过隐含作者对叙事的安排得到体现。

1. 隐含作者对“他人话语”的选择

巴赫金将进入文学的社会话语称为文本的“社会基音”，作家个性与流派在文体中的表现为“泛音”，即社会基音的变体，“泛音”不能与话语的基本社会生活道路相脱离。[②]他人话语进入文本所形成的“泛音”便造成了叙事的多种对话和复调，而从现实作者到隐含作者，是存在于社会文化语境和叙事语境中的他人话语影响文本叙事的关键途径。

巴赫金认为他人话语是在社会性语言之上建立起来的他人个性话语和思想意识，比如社会方言、职业行话、权威话语、流派语言、成人语言、社会政治语言等等，每个人使用的语言都包含他人的声音，每个人的语境都吸收了他人语境的语言，每个人接收到的话语也都来自他人的声音。在儿童文学场域中，行动的主要群体是成人与儿童，于是“他人话语”中不仅含有巴赫金所归纳的话语成分，而且还包括成人话语和儿童话语的综合。因此，进入儿童文学叙事的“他人话语”应是权力话语中成人与儿童话语的融合。而实际上，文本话语发出者是成人作者，话语对象为儿童，在这组话语形态中成人占据言说的权

① 汤锐：《现代儿童文学本体论》，江苏少年儿童出版社，1995年，第190页。
② 董小英：《再登巴比伦塔——巴赫金与对话理论》，生活·读书·新知三联书店，1994年，第23页。

力地位，这使得成人借用儿童话语来言说儿童或自己心灵世界的特点更加明显。在能够进入文本叙事的这种“他人话语”中，成人与儿童之间的权力关系得到了明显的体现，比如对儿童某些质朴、纯真语言的选择早已超出了儿童生活语言本身的单纯性，而会蕴含有成人对文本叙事技巧的考虑以及意识形态内涵，这使每一句话语本身都会隐藏相当多的信息内容。

2．“他人话语”与儿童文学叙事

“话语”既是社会学又是叙事学的重要概念，话语在社会学家那里与社会实践紧密联系在一起，具有丰富的文化含义。诺曼·费尔克拉夫在《话语与社会变迁》中认为，语言的使用是社会实践的一种形式，话语一方面被社会结构所建构，并受其制约，同时也建构了社会结构的各个方面，这主要表现在建构社会身份、主体地位、人与人之间的社会关系、知识和信仰体系等等。[①]而文学中的“话语”则与虚构的交流行为——叙事有关。叙事学理论讨论的话语概念主要与“故事”（即内容）相对，“指生产文本的复杂过程——包括词汇、句法、表达顺序的挑选，以及叙述声音的定位（叙述声音既面向叙述材料，也面向隐含读者）”[②]等叙事形式方面的因素。

本文认为，话语在文本内外的概念区别无法掩盖二者间的深刻联系，

---

① ［英］诺曼·费尔克拉夫：《话语与社会变迁》，殷晓蓉译，华夏出版社，2003年，第59—60页。

② ［澳］约翰·史蒂芬斯：《儿童文学与文化研究》，陈中美、张嘉骅译，《儿童文学学刊》2003年第9期，台湾台东师范学院儿童文学研究所编辑企划、万卷楼图书股份有限公司制作发行，第57页。二十世纪七十年代，叙事学家热奈特将话语分为三个范畴：一是时态范畴，即故事时间和话语时间的关系；二是语式范畴，它包含叙事距离和视角这两种对叙事信息进行调解的形态；三是语态范畴，涉及叙事情景以及它的两个主角（实际或潜在的叙述者与接受者）的表现形式。“话语”在叙事学理论中是表现故事的形式因素，叙事话语的概念涵括了文本所有的叙事方式。另一方面，叙事话语有时也指向与声音相联系的语言层面，如叙述语、转述语等语言交流形式，巴赫金对话理论中的“话语”即主要指语言。本文运用的话语概念既与成人和儿童间的权力关系有关，也重点涉及文本叙事的形式因素。

儿童文学文本外话语的产生和存在方式决定了文本叙事的两个层次：故事和叙事话语①。文本的意义即源于这两个层次的相互作用。而隐含作者的功能便是将儿童文学场域中充满权力关系的他人话语有选择地移植到文本，决定文本意义和叙事话语的各种表现形式。

其一，现实作者对社会性他人语言的选择影响了隐含作者对叙事的安排。

语言是话语被说出的部分，也是文本叙事话语的载体，话语的种种特征只能通过语言反映出来，而对儿童文学语言的选择深刻体现了成人对儿童的想象。

儿童心理学的科学研究论证了儿童从牙牙学语到完全掌握语言技能的过程，并将其按年龄段分层。比如从单音节语气词、单词的叠加到双音节的运用，从对辅音的偏爱到元音和辅音的连续运用，从一个动词到两三个字组成的词组，从几个字的句子到了解多个字排列的语法顺序，等等。科学实验力图从语言的学习中解释儿童大脑发育的奥秘，同时为作者选择创作语言提供了依据。于是成人利用其知识和兴趣创造了语言，这种语言在灌输给儿童的过程中，结合其接受特点，成人与儿童便共同制造了儿童语言。当儿童作为他者世界成为被关注的对象时，其语言也被界定为具有不同于成人世界特征的话语部分，并被纳入可能进入儿童文学叙事的范围。

很多儿童文学（尤其是幼儿文学）作家和评论家都十分在意文本语言的“儿童性”“启蒙性”和“儿童情趣”，汤锐根据儿童心理学分析儿童语态的特点就是相当有代表性的观点：

“一方面，由于儿童生理心理发育尚不够成熟，第二信号系统正逐步

① “故事”和“话语”是西方叙事学理论中较为常见的描述叙事作品两个对应层次的概念。1966年法国结构主义叙事学家托多洛夫提出了“故事”与“话语”这两个概念来区分叙事作品的素材与表达形式。（见申丹：《叙述学与小说文体学研究》，北京大学出版社，2001年，第14页。）

发展起来，心理过程相对简单肤浅，因此其词汇量较之于成人相对较少，其句式较之于成人相对简单，其修辞手段较之于成人相对不够丰富，因此其语态较之于成人相对来说显露出某种稚气、单纯；另一方面，由于儿童的言语句式较短、词汇简单，没有过于冗长过于繁复的修饰成分，因而在言语节奏上比较明快，显示出一种单纯明朗和勃勃生气……”[①]

因而儿童文学语言便被成人界定为单纯、稚朴、向上，充满浪漫特色，以此切合儿童心理。这样能够进入儿童文学叙事的“他人话语”便体现为成人话语下的儿童特性语言，每一个语汇和经典用词都精心包含着作者欲传达的意义内涵。成人将符合这种“规范”的社会话语（或者因改变而符合的生活语言）提炼给隐含作者，组织成文本语言。

儿童文学作家金波的创作以唯美抒情著称，无论儿童诗还是幼儿童话，几乎所有体裁的作品都建立在意境深远、语言精致、意蕴悠长的美感享受上。金波的目光喜欢越过繁杂浮躁的此岸，而直达悠远灵动的心灵之地，因此他的作品不在宏大之处给人激情，而注重精微之处引起心灵美妙的轻轻的战栗。他认为“为儿童写作的人，本质上是个诗人，只是歌唱的方式不同”[②]。于是给孩子“灵性”和“美感”是作者的创作目的，其语言的选择和移入无不体现出作者的儿童观。

在童话《雨人》中，作者赋予跳动的雨滴以生命，将其变为一个个鲜活歌唱的“雨人”：

还有许多雨人跳到草坪上，先是落在尖细的草叶上，然后

---

① 汤锐：《现代儿童文学本体论》，江苏少年儿童出版社，1995年，第200页。随着儿童语言研究的深入，不少学者提出儿童并不是成人想象中的简单和肤浅状态，他们的语言具有修辞性和艺术性特点，儿童对世界自有一种独特的美感体验。比如挪威的让-罗尔·布约克沃尔德的《本能的缪斯——激活潜在的艺术灵性》中对儿童与生俱来以节奏、韵律为表征的创造力量的赞赏，郑荔对幼儿修辞语言的研究和肯定（《学前儿童修辞语言特征研究》），等等。

② 金波：《眼睛树·自序》，湖南少年儿童出版社，1997年，第1页。

像滑滑梯似的滑进了草坪。草坪更绿了。

还有许多雨人攀上一棵棵小树，先是挂在嫩嫩的树枝上荡来荡去，像是荡秋千；有的躲在一片绿叶下面，像躲在一张绿色的小帐篷里捉迷藏。然后就从树上顺着树干滑下来，钻进树根，不见了。

他们真的去浇灌了许多绿色的生命。雨人带给这世界一个绿色的梦。

啊，快乐的雨人！当许许多多雨人会合在一起，这世界变得生机勃勃。

文本选择的“他人话语”包含哪些内容呢？首先是关于儿童游戏的成分：滑滑梯、荡秋千、捉迷藏；描述儿童游戏的动词：跳、滑进、攀上、荡来荡去、躲、钻进；以及儿童的口语词汇：一棵棵、嫩嫩的。这是儿童熟知喜爱的生活场景和话语方式，也可以说来源于童年的自然状态。然后是成人习惯采用的书面词汇：浇灌、生命、绿色的梦、啊、会合、生机勃勃。

我们再来看看深谙儿童情趣和美学规律的隐含作者是如何将这两种话语形式整合为“儿童文学”叙事语言的：(1) 想象。无生命的自然现象中的雨滴被想象为“雨人”，这既是借用儿童对物理世界“泛灵论”的思维方式，也是作者感情抒发的着眼点和对生活别致精巧的细腻感受。(2) 比喻、拟人和排比。作者有意识地选用儿童游戏项目和游戏动作作为喻体，使儿童倍感亲切，并采用排比句式，使语言富有诗性美感和节奏韵律，便于吟诵和朗朗上口。(3) 点睛的成人语言。书面词汇总结了雨人活泼的生命方式，自然流露出作者的情感指向，并引出后文：“我”也变成雨人，洗尽“泪河”的忧伤，将快乐的歌带给生命的世界。

显然作者将被认为是具有“儿童情趣”的话语方式确定为该文本的

语言基调，并有意选择这样的“他人话语”进入文本，即使是成人惯用的书面语言，也是抒情和富有朝气的一类，从而使叙事轻灵活泼，充满生气。于是这里可以进入叙事的“他人话语”实际上演变为成人精心选择和重新组合的既有“儿童特性”又含有多重内涵的综合性话语：“我走进雨人的世界，就是走进我向往的世界。雨与大自然的一草一木和谐相处，从而使大地绿色葱茏”，“‘泪河’是一个象征，象征着陈规陋习，象征着人类苦难”。“我不再只满足于感受自己的心境，我也在思考，在发现，发现那隐藏在形象后面的、值得回味的‘思想’”。①

可见话语的进入是在成人对儿童、自己以及生命的思考过程中经过整合和改编而实现的，对“他人话语”的选择过程和其深刻内涵包含了现实作者的儿童观和多重意义：说者的身份（充分掌握了书面语言知识的成人）、听者（被认为是喜欢这种活泼情趣的儿童）、为什么说（从色、触觉对读者进行纯美的艺术熏陶和精神升华）、说者与听者的关系（权威话语中与儿童精神世界息息相通）。

如此看来他人话语已经包含了成人（作者）与儿童（读者）的潜在对话，隐含作者整合话语方式，力图想象并建构读者的阐释经验，“猜想”孩子的阅读反应，“把孩子概论化——概括归纳他们的阅读、思考、喜好及吸收知识的方法”②，以此达到引导读者的目的。这也是隐含作者意欲通过整齐的修辞方式和精致轻柔的语言代替现实作者而与读者达成对话的一种努力。

其二，有更多文本中的隐含作者表现出另外的话语选择取向。

进入文本的他人话语并不总是以突出“儿童情趣”的语言为主，还有一些是从更深的层面，比如成人精神深处对生命成长的需求、对世界

① 金波：《等你敲门》，北京少年儿童出版社，2001年，第200页。

② ［加］培利·诺德曼、梅维丝·莱莫：《阅读儿童文学的乐趣》，刘凤芯译，台湾天卫文化图书有限公司，2001年，第32页。

的感知与想象等等与儿童达成对话。因此这里的“他人话语”更多的是儿童的和成人的，多种意识的融合，现实作者对“他人话语”的选择和移入不是从语言，而是从叙事聚焦、修辞或声音等方面影响隐含作者对文本叙事的安排。

儿童文学作家和理论家班马认为，传统观念对“儿童”“以年龄划分和社会生活圈为限定，区分出一个有别于成人的儿童文学的独立美学范畴，超越了这一范围就是超越了儿童文学的特性，这实际上造成一种自我封闭的状态”。[①]因此突破“童心童趣”的本位观而提出“儿童反儿童化”的观点，认为儿童一方面表现出“野与神秘”的精神内容，另一方面又总是意欲超越所在年龄阶段而具有向上的精神需求。在班马的创作实践中，无论是处于探索阶段的《鱼幻》等小说还是《巫师的沉船》，其隐含作者安排的话语方式都扑朔迷离，充满自我情绪的表达与哲理式的追问。

班马对儿童精神奥秘的探寻与哲学家马修斯有异曲同工之妙，只是马修斯更为坚定地认为：幼童（至少是大多数幼童）天生便具有哲学思维，而哲学就是一种与生俱来的活动[②]。朱可夫斯基认为，儿童对世界及生命最原始、执着的追问使他们的语言产生了隐喻，并具有了“修辞特征”，他们“已经掌握了各种式样、节奏、声音、押韵形式、形象以及伟大作家所采用过的结构”[③]。建立在早期儿童心理学基础上认为童年就是经过一系列与年龄大致相关的阶段、以成熟为目标发展的传统儿童观已不断受到质疑，儿童的思维和语言有着独特的清新与创意。这些奥秘的发现，使得优秀的作家往往能从更深入的层面组织话语的表达。

比如关于身体的大小、物体远近距离带来的大小变化等相对概念，是儿童最早遭遇的困惑之一。在图画书《公主的月亮》中，生病的公主

① 班马：《游戏精神与文化基因——班马儿童文学文论》，甘肃少年儿童出版社，1994年，第2页。

② [美]加雷斯·B.马修斯：《童年哲学》，刘晓东译，生活·读书·新知三联书店，2015年，第141—142页。

③ 朱可夫斯基的观点，见郑荔：《学前儿童修辞特征语言研究》，高等教育出版社，2010年，第1页。

想要月亮，国王问遍了皇家总管、宫廷魔法师、皇家学者，这些被认为最聪明的人对月亮有多大多远进行了不同的描述，以说明摘下月亮是不可能的事。最后宫廷小丑来了，说："你心里觉得月亮有多大，它就有多大，你心里觉得月亮有多远，它就有多远。"于是他去问公主：

"您觉得月亮有多大呢？"

"只是比我的指甲盖儿小一点，"公主说，"因为我举起大拇指，就能把月亮盖住。"

"那月亮离我们多远呢？"宫廷小丑又问。

"还没我窗外那棵大树高，"公主说，"因为，它有时候还会被最高的树枝挂住呢。"

于是，小丑为公主做了个金子做的比指甲盖儿小一点的圆月亮，再穿上一条金链子，挂在公主的脖子上。可国王还是很忧虑：等晚上来临月亮再次出现时，公主一定会发现大家骗了她，"谁能解释，月亮怎么能既挂在天上，又挂在她胸前的金链子上？"可是公主笑着说："……如果我掉了一颗牙，一颗新牙就会从原来的地方长出来，对不对？""月亮也一样啊。……我猜，所有的东西都是这样……"

根据马修斯的观察，大多数儿童都有过对物体远近的不同大小、一个物体可不可以既在这里又在那里的疑问。无独有偶，中国战国时期的《列子·汤问》中有一则著名的故事《两小儿辩日》：

孔子东游，见两小儿辩斗，问其故。

一儿曰："我以日始出时去人近，而日中时远也。"

一儿以日初出远，而日中时近也。

一儿曰："日初出大如车盖，及日中则如盘盂，此不为远者小而近者大乎？”

一儿曰：“日初出沧沧凉凉，及其日中如探汤，此不为近者热而远者凉乎？”

孔子不能决也。

两小儿笑曰：“孰为汝多知乎？”

《两小儿辩日》叙事虽简洁，且未设计过多情节，但用儿童“近取诸身”的思维和话语表达，用“车盖”“盘盂”“沧沧凉凉”“探汤”等提出了智者孔子无法回答的哲学问题。可见，他人话语中的“小儿语”未必是“简单”之言。而《公主的月亮》中，叙事的流畅性很显然是成人话语的优势，但隐含读者选择“指甲盖儿”“被最高的树枝挂住”“新牙长出”等童言，来解决大人百思不得其解的有关大与小、现实与心像、主体与客体、存在等这些“大问题”。这里隐含作者采用了两套话语系统：以国王、宫廷总管等为代表的成人的理性复杂又冗长的表达，和公主简单又深奥的童言，凸显出儿童的声音中所具有的哲学思辨的重要意义。因此，叙事表达的“童趣”不仅是发现了儿童“牙牙学语”的稚拙之美，而且深刻意识到“简单”话语中隐含的复杂奥秘。这里“他人话语”显示出成人对儿童生命的欣赏与尊重，是一种包含了成人与儿童平等对话的复调声音。

英国的罗尔德·达尔是当今世界最受儿童欢迎的儿童文学作家之一，其作品几十年来成为英国最畅销的儿童书，获奖无数，并在很多国家都拥有无数忠实的达尔小书迷。但有趣的是，当儿童读者如此痴迷于达尔童书时，成人（包括成人读者或评论者）对达尔的大多数作品却持有截然相反的意见，争论的焦点主要集中在书中有关贪婪或“残酷的惩罚”的描写上。达尔为什么会选择，又是如何将这类遭遇分歧的“他人话语”移入叙事的呢？

达尔认为，孩子喜欢传奇、紧张和幽默、夸张的想象力，爱憎分明，这些特点来源于他自己做孩子的深刻体会，也是孩子天性使然。达尔熟知儿童的心理需求和话语方式，于是在《查理与巧克力工厂》设置了四个有贪婪陋习的孩子并让他们接受惩罚，只有谦虚、淘气但有礼貌的穷孩子查理得到了巧克力工厂。在这样的叙事中，隐含作者对“他人话语”进行了挑选和适度处理：

首先是儿童式想象的语言。这种想象力完全突破现实束缚，天马行空，不管逻辑，而在儿童世界随处可见。作者将这种想象方式移入叙事，制造了极为夸张幽默的细节，比如故事中令人眼花缭乱的巧克力品种、制造方法和制造机器、巧克力瀑布、薄荷糖草地、永远吃不掉的石头弹子糖、头发太妃糖、果汁枕头软糖、供婴儿室用的可舔糖纸、电视巧克力糖等等，其奇思异想令人叹为观止。

其次是具有安全感的惩罚方式。有评论者认为故事“充满虚假，伪善，从残暴的惩罚中制造笑料，作者对黑人所流露出的蔑视……达尔迎合儿童的虐待狂口味……当他们还没有足够的经验认识虐待狂是怎么一回事”（绮莲娜·卡梅伦，1976）。[①]这恰恰是成人评论者对文本叙事的误读。作者让贪婪的奥古斯塔斯升上了玻璃管、嗜好口香糖的维奥莉特变成紫色大浆果、任性娇纵的维鲁卡被松鼠推入了垃圾管道、过于嗜好看电视的迈克被电视传送，但所有孩子最后不仅安然无恙（身体只有一点小小的变样），而且还让旺卡先生兑现诺言，让每个孩子都得到一辈子也吃不完的巧克力糖，当然查理得到的最多。这种圆满、安全的惩罚方式不但是儿童的心理需求，同时更是成人对儿童精神世界的尊重和选择；既是对儿童“力的宣泄”心态的替代性满足，又是成人对儿童意识的适度表现。

最后是游戏性词语的选择使用。《女巫》是另一部充满紧张感的作品，带着“残暴”色彩的词语比比皆是。比如作品开头即提到真正的女

① 见严吴婵霞：《罗尔德·达尔：儿童的选择》，1989年3月24—25日“儿童文学研讨会”提交论文。

巫非常痛恨小朋友：

> 真正的女巫杀死一个孩子所得到的乐趣，就像你吃一盘奶油草莓一样。
>
> 她预定一星期干掉一个孩子，少了她就不顺心。
>
> 一星期一个孩子，一年就是五十二个。
>
> 弄死他们，消灭他们。
>
> 这就是所有女巫的座右铭。
>
> 她选定对象非常慎重，选定以后就像猎人在林中悄悄跟踪小鸟一样跟住这个倒霉的孩子。她行动无声，越跟越近，等到万事皆备……哇！……她一下子动手了！火花直冒，火焰腾起，脂油沸滚，老鼠嘶叫，皮肤皱缩，孩子无影无踪了。（着重号为笔者所加）

这些充满“暴力”的词语是怎样获得叙事的合法性的呢？隐含作者使用了两种方式组织话语。一是通常让邪恶的一方而非正义方使用“暴力”词汇（上文着重号标注的语言）。唯其邪恶，才能惩罚严重，最后女巫们自食其果变成了老鼠，永远被人类追赶痛打。二是将动词抽象化。“干掉”“弄死”“消灭”“动手”，这些去掉了细节的动词被象征性游戏阶段的儿童（2—7岁）普遍使用。皮亚杰认为，这一阶段儿童的象征性游戏并不是“货真价实”的模仿行为，他们很清楚这种“假装性”。同时，由于儿童现实经验的缺乏，并不能在这些所谓“攻击性”动词中填充更完整的细节[①]。

① 这一点儿童文学与成人文学构成了鲜明的对比，《水浒传》中的打斗情景恰恰以描写细致生动为胜，比如鲜血、脑浆崩流等等，正是这些细节的刻画体现出文学中的暴力因素，而超越了理性成熟之前的儿童对攻击性动词使用的游戏思维，这便使得其不可能成为真正的“儿童文学”。但儿童之所以喜爱《水浒传》也同样是其游戏心理导致了对细节的忽略，令他们将充满血腥的动词还原为抽象的所指。

因此，“干掉”“弄死”等成人世界中具有丰富内涵的能指，在儿童语言中指向的是一个抽象而简单的所指，它们仅仅是“消失”或“变成了老鼠”(女巫的邪恶计划就是要把所有孩子变成老鼠)。

即便如此，隐含作者还要利用叙事者的评论加入一句“他人话语”，很显然此时对词语的使用与上文完全不同：“你必须明白，女巫绝不敲打孩子的脑袋，用刀子捅他们或者开枪。这样做会被警察捉住的。”其中动词“敲打”后加入宾语“孩子的脑袋”，动词“捅”前加入状语“用刀子”，也就是说此时隐含作者安排叙事者使用了“细节描述”，但“他”明确指出，细节描述的动作是违反法律和理性的。这是理性话语对游戏话语的介入，也是同时移入两种“他人话语”所带来的叙事效果。皮亚杰科学地揭示了儿童在象征性游戏阶段的特点，但他又忽略了社会化在游戏中的促进功能，而达尔用文学的方式极好地展示了理性的社会性规范如何能够恰如其分地参与到儿童游戏中。

可见，成人对儿童不同的想象方式，首先影响了作者对他人话语的选择，这些话语一旦进入文本叙事，也会将其社会性和潜在的对话关系通过隐含作者带入文本影响叙事。隐含作者对叙事结构中的理性逻辑、叙事时间中讲述与发生的距离、叙事视角、叙事与接受等等方面的安排充分体现了文本外成人与儿童的权力关系。这些正是以下章节将要详细探讨的内容。

第三节　隐含读者的主体地位——想象与角色期待

在我们讨论儿童文学叙事中隐含作者的心理特质和主体地位时，还有一个重要因素——读者的存在难以忽略。事实上，所有这些讨论都是站在考虑文本读者的基础上进行的，隐含作者本身即是读者推导出来规范叙事的权力主体。只有当读者认同叙事话语所包含的意识形态和聚焦显示的价值观时，文本意义才得以实现，而读者对作者在叙事中设立的主体位置的接受认同又会进一步强化儿童观和成人与儿童间的权力关系。

巴赫金在论述作者与读者的对话性关系时，指出二者形成的对话性框架内，还包含有作者、叙事者、人物、叙事接受者、读者等多重对话关系。上文已讨论作者与读者的对话通过建构主体位置来达成。叙事话语会隐含地显示一系列可能的主体位置，比如主人公的角色定位、对抗不可靠的叙事者和不可能的人物、发现聚焦的视线、评价人物角色、理解文本结构和对话方式等等。文本通过叙事也在建构读者新的阅读经验和新的主体地位，而隐含读者就是现实读者进入文本认同这些主体位置的中介。

布斯虽然建立了“隐含读者”的概念，但他一直重视的是隐含作者的重要作用，将作者视为文本的制造者和读者反应的控制者。这一观点遭到后经典叙事学家詹姆斯·费伦的批评，他认为作者、文本和读者在叙事进程中是相互作用和协同合作的，“尤其关注叙事策略与读者阐释活动之间的关系”。费伦认为人物具有“模仿性（人物像真人）、主题性（人物为表达主题服务）、虚构性（人物是虚构的）”，与之相应，读者也具有多种身份，会从“叙述读者、理想的叙述读者、作者的读者、有血有肉的读者”等不同角度对文本进行反应[①]。费伦建立的读者身份实际上就是叙事接受者、隐含读者、现实读者三方面的结合。费伦对读者的细分在于表明读者阐释行为的复杂性和声音的复调，注重作者的叙事目的、作品对读者产生的效果，以及作者和读者的交流，这又明显受到了巴赫金对话理论的影响。

费伦将读者分为不同层次，明确了阐释中的不同主体地位，其中“叙述读者”（叙事接受者）直接与叙事者、人物话语、声音、聚焦等因

① 申丹：《多维、进程、互动——评詹姆斯·费伦的后经典修辞性叙事理论》，《国外文学》2002年第2期。

素相关，本文将在下一章讨论。而“作者的读者”（隐含读者）和“有血有肉的读者”（现实读者）与作者形成的是更直接的对话关系。

一、关于儿童文学叙事中的隐含读者

同隐含作者一样，隐含读者是隐藏在文本内部的读者形象，布斯这样界定：

“如果我要欣赏他的作品，我就必须大体上同意他的隐含作者对所有事物所持的观点。……不管我的真实信念和行为是什么，如果我要充分欣赏作品，我就得全心全意附属于作品。简言之，作者创造了一个他自己的形象和他的读者的形象；正如他创造了他的第二自我，最成功的阅读是这样的：在阅读时被创造出来的两个自我，作者和读者，能够找到完整的和谐一致。”①

从布斯的论述中我们可以得出以下信息：（1）隐含读者既不是现实读者也不是叙事接受者，他与隐含作者相对（叙事接受者则与叙事者相对应）；（2）隐含读者与隐含作者和谐一致，甚至可以说几乎是同一的，只不过一个代替作者说话，一个从读者出发，作者赋予了读者全部的阅读涵义；（3）隐含读者也是作者创造出来的“自我”和理想的读者形象，完全接受隐含作者的意识形态，而现实读者最成功的阅读就是能成为文本中的隐含读者。

本文以为，儿童文学叙事其实是文本内的隐含作者与隐含读者间交流对话的结果，这种对话体现出一种相互依赖的权力关系：作者的意识形态控制了读者的阅读取向，预构了现实读者的阅读心理，从而在文本中设立的各种主体位置都被隐含读者完全认同和接受。但同时，叙事中隐含读者并非无条件地向作者靠拢，而是约束着叙事方式与叙事内容，

① ［美］W.C.布斯：《小说修辞学》，华明、胡晓苏、周宪译，北京大学出版社，1987年，第152页。

作者的讲述尊重这个读者，时时参考“他”的意见，借鉴其语境资源。作者与读者在互相依赖合作中共同制造了叙事。

这是一种理想的、和谐的对话方式，但论及儿童文学叙事文本时我们又面临了两个问题：（1）如果隐含读者也是作者的“自我”，那么这个“他”是更倾向于“成人”还是更倾向于“儿童”？（2）隐含读者与隐含作者如何取得“一致”？

儿童文学中的读者与作者之间被认为比成人文学有更大的审美经验的落差，这不仅是一种性别、个性、气质、知识水平上的差异，更是成人作者与儿童读者在整体认知结构上的差别。隐含读者虽与作者和谐，但需要与现实读者更为靠近（隐含读者本身也正是从无数个现实读者个体中综合抽象出来的），因而“他”是儿童；同时又要与隐含作者趋同，所以“他”只能是一个具有理解成人思维能力的“理想儿童”，既代表现实读者的审美情趣，又高于他们的审美水平，如此才能代替现实读者在叙事中与作者形成对话。这个隐含读者的心理特质被叙事中的主体位置所建构，在对叙事的认同中确立自我，同时又为作者提供作为“儿童”的语境资源。“他”的存在对作者的儿童观提出了更高的要求。

上文分析过《稻草人》因为成人话语的“代替”发声，使得隐含读者过于“理想”，造成了隐含读者与现实读者间较大的缝隙，给后者的阐释带来困难。相比之下，《快乐王子》通过角色、叙事结构等建构的主体地位具有游戏和成长的功能，文本设立的隐含读者更倾向于现实儿童。但是否类似《稻草人》以教育或成人话语为主导的文本都可能导致阐释的困难呢？回答是否定的。产生不同叙事效果的重要原因依然是设定怎样的隐含读者。科罗迪的《木偶奇遇记》是一部道德和意识形态寓意十分明显的童话，其叙事主线是强调应该如何成为真正的好孩子，否则就会受到惩罚。这里的隐含读者显然带有理想色彩，与作者的成人话语达成共识。但天才的作家创造了一种奇迹，让这种较难把握的教育性主题精巧地融进了奇特的想象夸张和绝妙的讽刺之中，文本中的隐含读者虽然被作者创造出来，必须完全接受这一主题，但却在叙事中体现出了自己的重要性和能动性。正如伊瑟尔所说，若读者自我介入判断，即使是对虚构的故事，也会使“虚构的世界逐渐获得现实的性质”。[①]因为较多的成人话语有可能导致的隐含读者与现实读者间的缝隙，此时得到了很大程度的弥补。而隐含读者的设定及与作者顺利进行对话的关键因素，即是叙事中设定怎样的主体位置。

二、隐含读者对主体地位的认同

儿童文学是成人想象儿童世界、追溯心灵之源的产物，文本叙事为隐含读者提供的主体地位充分体现了作者的意识形态。读者对文本结构作出阐释和选择时，也在对如何建构社会身份、社会关系、知识与信仰作出选择。在儿童文学文本中，以动物形象为主的文本叙事具有代表性的特征，我们可以通过这类作品来考察隐含读者在认同主体地位时与作者的对话。

儿童文学除直接描述儿童的生活世界的文本，还有很大一部分是以动物形象为主的文本。成人对动物形象的偏爱反映出人类与自然在心灵深处的亲近感，而生物学研究表明，人类胚胎期的形成发育复演了整个生物进化的过程，儿童从婴儿成长为成人的身心发育过程也复演了人类文明的进化过程。因此，儿童文学文本对动物形象的选择是成人对人类之源的一种寻找和想象，而这种根的源头，也在童年深处。儿童与动物，有着难解之缘。

远古神话、民间故事的记录者和讲述者对动物形象的采用是完全不顾其现实特征的，而是将其作为对应于人类的角色来描绘人类反抗自然

---

① ［德］沃尔夫冈·伊瑟尔：《作为现实主义小说结构成分之一的读者》，章国锋译，王逢振等编《最新西方文论选》，漓江出版社，1991年，第48页。

求得生存的艰难努力，或是作为有超自然力量的神物站在人类的对立面。在人类无法解决自身难题时，只能求助于非人类的形象。动物形象作为“动物”再次出现在文学中是在文艺复兴以后，此时动物主人公开始寻找它们自己的生活方式，技术的进步也使人们有能力认识到它们更多的物性特征。除了纯粹描述动物生理属性的动物小说，在童话等文本中，动物虽不再具有超人的魔力，却与另一特征——童心深刻地联系起来。

成人自从将儿童排除出自己的世界，认识到他们世界的不同而需要给予特殊的营养以后，动物形象，尤其是性格温顺、无攻击性或幼儿期的小动物，正好成为儿童世界的完美比照。于是有了小鹿斑比（《小鹿斑比》）、小猪威伯（《夏洛的网》）、蟋蟀切斯特（《时代广场的蟋蟀》）、胆小的狮子（《绿野仙踪》）等等性格各异的动物形象，它们在不脱离物性的基础上又完全被拟人化了。人脱离蒙昧走向文明，人成熟长大而远离童年世界，从这个层面看，成人对动物世界与儿童世界的态度是极为相似的，即成人因更成熟的智慧认识到动物和儿童的独立性，并以自我为中心来建构动物和儿童的“他者”世界。因此，温顺或暂时无攻击力的有缺陷的平凡动物在文本中被成人假定为普通无助、需要成人帮助成长并提升社会化程度的弱小者，同时成人作者想象儿童读者是喜欢并认同这些形象的。

作者正是通过两种方式表现出这种意识形态：一是安排酷似人类家庭和生活方式的动物世界。这里的动物虽然不再是神话和民间故事中的智者先知，但它们说着人话，穿上了人类的衣服，并且情感丰富。二是设计无知平凡的弱者动物群体，作为需要指引的儿童的影射。它们对自身困难的克服不是借助魔力，而是凭借长者形象的指导。即使故事中存在大型动物或凶猛动物，也是或作为弱小善良正义的对立面出现，或是引导弱小动物成长的成年长者，它们担当的职责正是为传达成人作者的叙事目的。动物间的角色关系与人类社会如此相似，以至于文本成了成人对儿童自身主体性的唤起方式，而导致读者默认并接受这种想象。

1．隐含读者对儿童身份的认同

作者首先用动物暗示儿童的弱小，为隐含读者设立认同这种暗示的主体地位。

美国作家怀特的《夏洛的网》中八岁女孩芬是故事的引发者和目击者，小猪威伯是主人公之一。故事的开头是刚出生的小猪因为又瘦又弱有被杀掉的危险，芬顿生怜悯之心，同为弱小者，成人的强悍和威严比照出他们对自己生命的无助无力之感。芬拯救威伯的方式只有"哭"："'爸爸，别杀它！这不公平！'芬一边喊，一边抓住了斧柄，要把它从父亲手中夺下来，泪水涌出了眼睛。""'如果我生得瘦小些，你会不会也杀掉我？'芬哭着说，手仍然抓着斧子。"因为孩子和小猪都是无知、不谙世事的，他们并不知道"又弱又瘦"是"很难活"的，因此生或死的命运只能由成人掌握，他们没有权力。等到威伯稍稍长大，芬再也没有力量阻止爸爸将它卖给查克曼舅舅。无助而需要保护是弱者最普遍的感受，作者选择让芬目睹后来事件的发生，而不是别的年龄大的孩子或某个成人的原因之一，就是成人想象中的儿童与弱小动物这个"他者"是相似的。同时，既然儿童是无知、理解力低下的，他们又将如何理解并接受成人创作的文本呢？让儿童与文本中的弱者群体互动，或表现熟悉的弱者生活是成人想象中让儿童接受故事的主要表现手法。从这一点来看，女孩芬和小猪威伯又是儿童读者得以进入文本理解故事的桥梁，从芬惊奇的眼光窥视故事的发生唤起了儿童对自我身份和角色的认同："我就是这样的，没有权力反抗大人的权威""我是弱小的，大人会帮我解决难题"等等。

建构"他者"世界的特点，并强化"他者"对自我身份的认定成为叙事的重要目的。加拿大儿童文学理论家诺德曼引用杰奎琳·罗丝的观点认为："成人建构出'去掉了所有威胁性的童年意象'，然后我们把建构出来的形象，在文学作品中呈现给孩子，好说服他们的生活的确是我们替他们想象的样子"，"因此儿童文学代表了大人殖民孩子的大规模努力：让他们相信他们应该变成大人希望的样子，并且让他们对于本身所有不符合大人模式的部分感到惭愧"。①在拟人化动物形象身上，隐含读者想象并认同了形象本身，不自觉地被灌输这样的观点：你是无助的、渺小的，也只有成长为成人，才可能拥有他们的权力获得自由。权力制造出渴望成长的焦虑，同时又让儿童认同了这种权力。

2. 隐含读者对儿童未来成长方式的认同

通过动物形象唤起儿童对自我身份的认同，成人达到了想象的目的——预设儿童的未来形象，同时文本叙事又为隐含读者设立了另一种主体位置：什么才是"正确"的成长方式。

班马认为，儿童的成长恰是"反儿童化的"，他们在游戏的过程中，"并不为追求对游戏本身形式的欣赏，而是关注于游戏中可供自己模仿的社会内容"。②于是成人通过文学为儿童预设出可供模仿的未来形象，帮助其完成社会化过程。

在保持基本物性基础上充分地拟人化，是成人将想象性的预设体现到动物形象身上的主要方式。它们首先在语言和生活习惯上为儿童预设了理想的生活环境。英国格雷厄姆在《柳林风声》中，描述了河鼠、鼹鼠、獾和癞蛤蟆四个伙伴的生活。其中鼹鼠天真无知，对外面的世界充满了好奇，总喜欢一惊一乍（第一次看到小河、第一次划船、看到丰富的食物等等），因而总成为河鼠不屑和教导的对象。从这种角色关系中可

① ［加］培利·诺德曼、梅维丝·莱莫：《阅读儿童文学的乐趣》，刘凤芯译，台湾天卫文化图书有限公司，2001年，第104页。

② 班马：《游戏精神与文化基因——班马儿童文学文论》，甘肃少年儿童出版社，1994年，第86页。

看出鼹鼠是被想象为无知的孩童的。预设首先便体现在它们的穿着和生活习惯上。鼹鼠在一个春天的上午忙着大扫除，然后河鼠划船带它郊游（鼹鼠不能游泳，一定程度上保持了它的物性），并且带了个装满午餐的柳条篮子，“他们”的午餐不是果实爬虫之类，而是“冷鸡冷舌头冷火腿冷牛肉腌小黄瓜色拉法国面包卷水芹三明治罐头肉沙拉汽水柠檬汁苏打水……”；来到河鼠的家里，河鼠在“客厅里生起了熊熊炉火，让鼹鼠坐在他前面的一把扶手椅上。他从楼上给他拿来了晨衣和拖鞋。他给他讲河上的故事……”在这里，对动物形象用的是“他”，而不是“它”，划船、午餐、晨衣、讲故事，所有这些完全人性化的行为举止都在暗示儿童，他们早已脱离了纯粹作为动物的野蛮无知世界，而进入一个文明有教养的生活优越的社会，这正是儿童正在和即将走入的社会样式。鼹鼠对外面世界的种种惊诧之语正暗示着儿童对未知世界（成人世界）的探求欲望和被召唤的兴奋感。

此外，动物形象的心理成长过程又为儿童预设了理想的成长道路和未来形象。《夏洛的网》中小猪威伯在结识母蜘蛛夏洛以前常常由经历丰富的母鹅和老羊为“他”指点迷津。与现实环境的紧张冲突和外面世界的诱惑使威伯茫然失去自我，逃跑的挫折终于使“他”坦然接受了弱小者的处境：“我现在还年轻，还不能独自到广大的世界中去。”随后老羊告诉“他”猪养大是会被杀掉的，死亡的恐惧才引发蜘蛛夏洛为友谊做出的巨大牺牲。事实上年长者每一次智慧的指点都加快了幼小者认同自身的过程：我是谁，我必须怎样长大，如何去对抗命运的安排。而在兴奋、恐惧、焦虑、困顿的煎熬中，年幼者最终会成长为成人所想象的形象：小猪威伯在年长者的帮助和牺牲下变得成熟而宽容，拥有洞察生活的智慧和稳重的个性。夏洛留下的孩子更是一种隐喻：威伯顺利长大，又要承担起引导教育下一代的任务，周而复始，生命循环。

在定位于指导儿童“心灵成长”的图画书《小鼹鼠的土豆》（熊磊

文，卢欣、韩岩绘画）中，作者和绘画者共同诠释了儿童成长道路上的一个重要关键词——希望。希望是什么？怎样获得希望？图画书主要通过文字和画面隐含了一系列解答这个问题的主体位置。对“希望”这个抽象的名词，主人公小鼹鼠在挖洞、铲土、照顾土豆、与甲虫战斗、失败、挫折等诸多行动中有了很多感悟，明白了追随希望的过程就是成长的过程。叙事中的简短文字或者在图的下方，或者融入图画中间成为其中的一部分，这使作者在文和图共同的构架中埋下了一些意义。画面的构图焦点成为隐含读者站在画外的观察对象和反观自己的主体位置；而图画通过单页、对开页、开放式以及带边框的构图方式在视觉上深藏了文字所无法表达的较多信息，比如小鼹鼠的目光、行动的方式，其他人物的视角以及和读者视角的呼应等等，都显示出作者欲表达的意识形态观念。文本最后一页小鼹鼠面对地平线上半个太阳的喃喃自语，读者的视线追随着它长长的背影，就是对儿童获得“心灵成长”的一种认同。

除此以外，关于性别确认、同伴相处、儿童行为方式等等，对于作者提供的主体地位，隐含读者全部认同。除以动物形象为主的叙事文本，其他题材或体裁的儿童文学文本也会提供相似的主体地位。比如以木偶隐喻儿童的《木偶奇遇记》中，叙事的推动力量是“改变与成长”：“它们传达的信息是，一个人不论过去犯了多少错，不论有多严重的缺点，都是可以改变的，这个信息对大人和小孩一样重要，童话故事中，一趟成功的旅程必定包含这个信息。”[①]为了弥补隐含读者有可能因接受过多成人话语所带来的局限，叙事中为匹诺曹设立了自我意识中的正向目标——变成真正的男孩，以及行为推动力量——自我的消极面。而他所有的困境均来自自我意识中懒惰等消极品质与正向目

① ［美］谢尔登·卡什丹：《女巫一定得死》，李淑珺译，机械工业出版社，2014年，第228页。

标间的冲突。叙事上的双重结构隐喻了成长的真实性，而成为隐含读者进入的主体位置。

三、现实读者与隐含读者

那么儿童文学的现实读者又如何认同“理想化”的隐含读者所处的主体地位，进而在不自觉中接受文本意识形态呢?

读者在现实生活中的差异性使阅读变得千差万别，不同读者分别从不同的切入点进入文本，实际上就是从读者的不同层次以及隐含的多种主体位置认同文本。本文认为，叙事者和聚焦的角度决定读者与角色、事件的距离，这种距离确定了隐含读者在文本中的位置，并影响现实读者对自我身份的认识，使文本内的主体定位与文本外读者在社会关系中的主体地位形成一种相互确认的不断发展的关系。

1. 现实读者对隐含读者的认同

约翰·史蒂芬斯认为，现实读者作为生活中的社会角色，“在他们每天的社会实践中通过建构主体地位来理解文本以及文本中隐含的主体地位。而文本也通过聚焦的过程强化建构这种主体地位。”[①]也就是说，儿童从认同语言中对“我”的定义开始，便在各种实践比如学习、看电视、游戏、工作、阅读等等活动中不断反复地认识自己、界定自己、辨认自己的角色和地位，站在那些社会约定俗成的位置上，了解自己和他人的性别、性格、行为等。当儿童开始阅读，充当起一个感受、思考、行动和说话的主体时，他们是带着自己的经验解释文本，不仅将文本中的角色当作客体进行观察，而且将自己投射到文本，不自觉地接受了作者意图。文本强化、重复了我们生活中已经确定的主体意识，还有

① John Stephens, *Language and Ideology in Children's Literature*, Longman Group UK Limited, 1992, p80.

可能建构的新的主体地位，而使我们从别人的故事中进一步定义自己。

隐含读者在文本中扮演的角色，呼应于真实世界中的社会角色，他“其实就是包含在作品本体中的读者视界的人格化”[①]。读者阅读的乐趣，就是“能把我们抽离而想象我们是别人；我们假定那个别人就是我们认同并想象自己扮演的角色”[②]。而现实读者接受角色和文本提供的主体地位，最终还体现于对隐含读者的认同。

文本“意义的建构是通过自上而下和自下而上的阅读过程完成的，其中一些是读者带来的文本”，“读者有预先的知识和关于世界的概念去阅读，他们有一些关于叙事会如何被塑形才变得有意义的假设，这些信息又是从其他文本带来用于这个文本的”，[③]读者阅读的先在经验以及“互文本”性的阅读方式具有阐释当下文本的可能性。因此，读者的阅读能力与个人经验使其具有了阐释上的主体地位，他们可以通过联想、想象的方式借用在其他文本那里获得的阅读技巧和认知经验来解读文本的表层意义或话语背后的意识形态内涵，可以把一部分话语解释为叙事，而另一部分又界定为无用的信息。

2. 叙事距离——建构现实读者阐释能力的方式

布斯在研究叙事视角时极其强调作者的重要性，认为文本中的视角等各种因素都是受作者支配，为聚焦的观点服务，这一观点又是通过对“同情”的控制而表现出来的，即文本意识形态引导和控制了读者对待角色与叙事事件的态度与距离。在《天棠街3号》（秦文君著）中，作者采用第三人称叙述，但很显然事件的很多细节是透过初中男生郎郎的眼光，

---

① 吴其南：《近年来少年儿童文学中的隐含读者》，见《浙江师大学报（社会科学版）》1990年第4期（儿童文学研究专辑）。

② ［加］培利·诺德曼：《阅读儿童文学的乐趣》，刘凤芯译，台湾天卫文化图书有限公司，2001年，第34页。

③ John Stephens, *Language and Ideology in Children's Literature*, Longman Group UK Limited,1992, p43.

并通过他的思维形成聚焦的视线的。这拉近了读者与郎郎、叙事事件的距离，我们可以直接了解主人公的性格、看到他所评价的世界。郎郎生活在被呵护备至、老也长不大的漂亮妈妈和大家闺秀似的外婆三姐妹组成的家庭里，而父亲在某一天突然离家出走，只留下一枚亦真亦假的镶蓝宝石的金戒指。郎郎就在对父亲的思念、想象、寻找和等待中过着自己的生活。从他的视线我们看到了妈妈的柔弱和对爸爸复杂绵长的思恋、外婆三姐妹的鲜明个性、好朋友郎思林的烦恼、“绵羊头”解伟的软弱和真诚、专欺负人的男生尻的凶狠、漂亮女生苏凤的率直和好强……更重要的是，读者清晰地看到了郎郎在与周围世界相处中的种种思考和成长的痕迹。

小说常常采用内视角的方式使读者进入郎郎内心，获取关于郎郎自己和外在世界的信息，这种内视角制造了读者对郎郎的同情①，使读者进入并认同文本成为可能。但郎郎是一个有着太多困惑和烦恼的成长中的孩子，他对世界、对成人的评判显然不能完全代表文本的聚焦视线。在读者靠近主人公的同时，叙事者夹在郎郎视线间隙的叙述、偶尔对人物的评价以及对读者态度的暗示又时时分散读者对主人公的同情，比如郎郎对尻以强欺弱的矛盾态度、对漂亮女生苏凤的复杂心情等等，叙事者的叙述与郎郎的内心世界交替进行，而使这种同情变得“有距离”，我们既因为内视角而同情于郎郎的真情，又能感悟到成长中的困扰和矛盾带来的思考。

现实读者虽然借郎郎的视线看到了事件的发展，而且文中并没有设

① 马克·柯里认为引起“同情”的原因有：“（1）当我们对他人的内心生活、动机、恐惧等有很多了解时，就更能同情他们；（2）当我们发现一些人由于不能像我们一样进入某些人物的内心世界而对他们做出严厉的或者错误的判断时，我们就会对这些被误解的人物产生同情。”“而在小说中，这种信息通过叙事者而获得。信息既可以缘于叙述者的可靠叙述，也可以通过我们直接进入人物的内心世界去获得。”（《后现代叙事理论》，宁一中译，北京大学出版社，2003年，第23页）

立某个能代替作者表达意识形态的正面形象，比如有明显道德或哲理目的的成人形象等等——这种叙事方式也正是更为复杂的现代少年小说的叙事方向——但我们还是从叙事者的可靠叙述、更多人物的立场和情节最后取向找到文本价值观所在，也就是文本要求隐含读者所在的主体位置，即父亲的缺席让男孩的心灵在寻找与等待中成长。叙事距离的远近决定了现实读者观察事件的立场和方向，并令现实读者靠近文本为隐含读者规定的主体位置。

叙事距离确立了读者的多种主体位置，比如对性别差异的认识、角色所处不同年龄阶段的行为方式、作者对事件的态度、作者宣扬的价值观等等。现实读者在因同情而产生认同角色的判断或事件发展的看法时，实际上已经开始站在隐含读者的主体位置上进入文本。随着阅读行为的结束，读者因接受隐含读者的主体位置而理解文本，自身的主体身份也得到确认或某种改变[①]。

当代叙事理论认为，阅读虽然是一种具有隐秘性和差异性的个人行为，读者早已在现实社会关系中确认了自我，建构了主体身份，但阅读却会在某种程度上与原有的主体性发生联系。比如对角色的同情有可能使读者在文本中看到自己并进行投射，叙事距离又可能向读者显示出隐藏的多种主体地位，这就“构成了叙事的意识形态功能的特点——即它重复并确认了我们的主体性的认同的可能性。这比宣称叙事反映了生活要更有利。这等于在说叙事是制造身份和意识形态的主体之一，也等于说身份的制造并非一种单一的原创性的事情而是一个重复的过程”。[②]读者从不同的角度和切入点进入文本，即是站在不同的主体位置理解文本，

① 不同读者对文本会有不同的阅读反应，当文本价值观与读者不同甚至相违背时，可能出现两种阅读后果：一是文本说服了读者，从而改变读者的主体意识，建构出新的主体身份；另一种是文本不能说服读者，读者并不认同角色和文本价值观，对文本完全采取拒斥态度，此时虽然读者不愿站在隐含读者所处的主体地位上接受文本，但阅读仍然强化、重复了读者自身已经在现实社会关系中建立起来的主体地位。本文讨论的是普遍意义上的读者对文本的接受情况。

② ［英］马克·柯里：《后现代叙事理论》，宁一中译，北京大学出版社，2003年，第37页。

而不同的认同方式又会继续强化读者本身在生活中建立的主体性。

《天棠街3号》主要讲述初一男生郎郎等人的成长经历，人物以男生为主，事件中的几个女性：妈妈晓芙，外婆三姐妹，女同学蔡理、苏凤等，都是以男生郎郎为中心的视线来观察。这首先对读者形成一种性别上的区分，男生读者与女生读者对主人公和事件的同情方式会不同；事件发生在中学校园里，是关于一群成长中少年的生活，因而成人读者、少年读者以及儿童读者会认同不同的主体位置来理解故事，或唤起回忆、体味当代少年的成长心理，或视故事中的同龄人为知己，或为自己的未来生活补充向往和想象的资源等等。

隐含读者是现实读者进入文本、与作者对话的重要中介，对隐含读者的认同，能使读者融入文本话语体系，重构交流语境；同时又因认同主体位置而受制于文本的意识形态，重复或改变自身的主体意识。

第四章 聚焦与声音中的权力关系

第一节 叙事聚焦中的声音——隐藏的权力关系

任何一个叙事文本都存在多种对话关系的交织，而作者与读者间对话交流的复杂形态实际上是通过文本中的叙事者、人物等话语发出者之间的对话体现出来的，也就是说，是不同层面的言说者在对话中的视角、聚焦以及声音共同显示出一种对话性质。因此，除了考察成人与儿童的权力关系在儿童文学叙事中隐含作者与隐含读者之间的体现，我们还需要从聚焦和声音等更微观的因素来分析儿童文学叙事中所体现的权力关系。

所谓“聚焦”，即“描绘叙事情景和事件的特定角度，反映这些情景和事件的感性和观念立场”[①]。叙事中的“聚焦”如同作者操纵的摄像机的镜头，从这个位置和角度可以看到故事，也可以了解作者的观点、听到各种对话的声音。与“聚焦”类似的概念还有“视角”或“眼光”，但聚焦的视线并非总是与后二者重合，比如叙事学家十分重视对叙事视角

① ［美］普林斯：《叙事学辞典》，转引自罗钢：《叙事学导论》，云南人民出版社，1994年，第174页。

的分析，将叙事视角分为“全知全能视角”（即第三人称视角）、内视角（即第一人称视角）和第二人称视角，有时叙事可能是第三人称视角，而聚焦视线却是站在人物的角度。因此视角是一种叙事技巧，而聚焦则更多地传达出人物的声音、意识以及作者的意识形态，儿童文学叙事中权力话语里的对话因素很大程度上也是通过聚焦的角度来体现的。

“声音”也是儿童文学叙事中有着诸多内涵的概念。文本就是一个话语的世界，充斥着各种各样的声音，无数话语在言说和争辩。这里的“声音”不仅是归属于儿童文学叙事层面的人物或叙事者说的话，同时还带有更多文化意味，因为“叙事载负着社会关系，它的含义远远不止那些讲故事应遵守的条条框框。叙述声音和被叙述的外部世界是互构的关系”。“叙事声音位于‘社会地位和文学实践’的交界处，体现了社会、经济和文学的存在状况。而叙述声音也正是在这种状况下得以产生的。”[①]因此，儿童文学文本中的声音既是故事以内的，也体现着故事外的文化性，成人与儿童间的权力关系同样通过叙事者、人物的声音体现在文本中。

后经典叙事学者詹姆斯·费伦深受巴赫金影响，强调声音与意识形态之间的关联，费伦根据语言运用原则解释了声音的内涵：

（1）声音既是一种社会现象，也是一种个体现象。（2）声音是文体、语气和价值观的融合。对声音的感知取决于读者对说话者表现的主题、语气、价值观所作的推断。（3）作者声音的标识可以在叙事者的语言中表现出来，以传达作者与叙事者之间价值观或判断上的差异。（4）声音存在于文体和人物之间的空间中，价值可以通过人物表现，也可以通过正在叙述的声音或“沉默”的作者声音显示出来。费伦认为，这四个原则导致的结果就是，声音成为叙事的重要成分，随着言说者语气和价值

① ［美］苏珊·S.兰瑟：《虚构的权威：女性作家与叙述声音》，黄必康译，北京大学出版社，2002年，第3—4页。

观的不同而不同；声音是一种叙事方法，可以影响读者对人物和事件的反应与理解，而这些人物和事件恰恰是叙事的要点。[①]

费伦对声音的解释涉及了文本内作者、读者、人物、叙事者之间的多重关系以及和意识形态的关联，而不同声音的表达实际上就是一种聚焦的角度，它们传达着作家的价值观，同时又引导和规范着读者的阐释方向。在儿童文学文本中，表层叙事者、人物的聚焦和声音体现的正是深层的作者与读者之间的复杂关系。

一、聚焦中的声音与对话

儿童文学文本中的聚焦可以是叙事的视角，也可以是一种观念立场，因而可能包含多种对话因素：叙事者的叙述、评论、人物意识（当叙事者和人物分离时）、隐含作者的观点等等。当文本中的主人公同时也是叙事者时，人物语言混杂了多种声音，这种复调现象最明显；当人物（主人公或其他角色）与叙事者分离时，二者的言说内容会相互参照和渗透。而这些看似简单的语言交流中，实际上隐藏着成人与儿童之间复杂的权力关系。

英国文体学家福勒在《语言学批评》中提出，视角或眼光（其实侧重的是聚焦的角度）包含有意识形态层面的含义："它指的是由文本中的语言表达出来的价值或信仰体系。"不同的言说者有不同的聚焦角度，"这些通过互为对照的语言风格表达出来的不同眼光处于经常相互冲突和挑战的状态之中，赋予作品一种争辩性质的动态结构"[②]。福勒的观点不仅能够解释儿童文学叙事中聚焦角度具有的多层含义和对话因素，而且还突出了各种聚焦之间的对话性。

---

① [美] 詹姆斯·费伦：《作为修辞的叙事：技巧、读者、伦理、意识形态》，陈永国译，北京大学出版社，2002年，第19—22页。

② 转引自申丹：《叙述学与小说文体学研究》，北京大学出版社，1998年，第190页。

《爱丽丝梦游奇境》是典型的第三人称视角，叙事者不参与故事，仅作为旁观者进行叙述，叙事聚焦的视线主要在主人公爱丽丝身上，有时借她的眼光讲述故事，有时超越于故事之外，同时也加入了其他人物的视角。在还未遇到众多人物之时，作为孩子的爱丽丝从自己的眼光观察周围以及自己同所处世界的关系，也就是说，爱丽丝的视角成为聚焦视线，主人公内心的多种意识构成激烈对话，其聚焦角度也集中于自己和外在世界的冲突上。

无意中掉进兔子洞后，爱丽丝在变大变小中迷失了自我，“如果我不是我，那么我是谁?”“我一定是变成玛蓓尔了，再也没有玩具……不行，我打定主意了，如果我真的是玛蓓尔，我就待在这儿！就是他们把头伸下来叫我：‘出来吧，亲爱的！’也没有用。我只会仰起头说，那么我是谁呢？请先告诉我，如果我喜欢是那个人，我才上去。如果我不喜欢是那个人，我要一直待在这儿，除非我变成别的什么人!”因为身体的大小会阻碍自己在外在世界中的行动（比如太小不能开门、太大又没法出门去花园），从而改变“我”与世界的联系方式，于是爱丽丝感到困惑，她在不停地自问自答、设想和疑惑中找寻自己。叙事者在展示爱丽丝的疑问时，一些描述性的带有感情色彩（同情并认同）的语句也强化了她的困惑和担忧，比如“她的声音又嘶哑又奇怪”“可怜的爱丽丝”“她被这突然的变化吓坏了”“这可怜的孩子”等等。因而爱丽丝的“内聚焦”与叙事者的外在视角形成了一种参照和互相渗透的关系。

同时，聚焦角度在探查自我内心与世界时，也传达出了隐含的观念：儿童在成长中对身体变化兼有恐惧和欣喜的复杂认识，一方面身体变化会令他们突然失去曾经熟悉的自我，改变自我同世界的关系；另一方面又发现了变化带来的便利——可以做以前无法做到的事情。儿童在向往高大（成人模式）和回望幼小（即将消逝的童年）的双重游戏中体验同世界的冲突，而故事给出的解决方案是，只有在不停地变化、尝试中调整自己与世界的关系，才能最终找到一种新的自我。因此爱丽丝逐渐适应了忽大忽小的身体，还通过身体的变化解决了很多难题。

接着文本叙事很快进入多种声音交织的状态，人物形象频繁出场，争相发言，聚焦视线在叙事者和人物之间转换：叙事者、爱丽丝、故作权威的老鼠和可笑的渡渡鸟、故作深沉的毛毛虫、发疯得没完没了的三月兔与睡鼠、帽匠、荒唐的爱想象忧伤的素甲鱼……当叙事者从外在视线叙述时，人物间的争论和叙事者自己的评论组成多声部复调形式，展示出一个有明显寓意的世界：爱丽丝虽年幼，但不必屈从动物世界年长者的权威，她可以自由地质疑、不满、对它们的荒唐发笑。动物也不再是通常描写中弱小、可爱、爱恶作剧的儿童形象的模拟，而被全部赋予了成人负面可笑的行为方式——虚伪、荒唐的想法和行动、对权力的可笑嗜好以及貌似强大的虚弱。爱丽丝表示疑问时，常常因为所谓的无知受到动物世界年长者的呵斥与嘲笑。叙事者站在超越于各种角色形象的高度，提供了一种聚焦的视点，而隐藏在其后的是成人对自我的一种批判，同时中间穿插爱丽丝与动物形象等多种主观聚焦角度，使爱丽丝和动物世界形成一种叙事距离，一种既接近又充满矛盾对立的效果。

叙事在全知全能型讲述中又含有内聚焦的成分，使得文本的最终价值观实际上是在各种视角的对照中体现出来的，是通过所有在场人物的声音表露隐在观点。而聚焦的这种多种声音的对话性同时也为读者提供了阐释的不同主体地位。培利·诺德曼认为，“世界提供给我们各种主体位置：亦即各种人类约定俗成的方式，而采取那些方式，就可以让我们了解自己和其他人。”[①]诺德曼所说的主体位置其实就是文本价值观通过聚焦的方式被阐释和认同的多种可能性，而这些可能性的提供，正体现

① ［加］培利·诺德曼：《阅读儿童文学的乐趣》，刘凤芯译，台湾天卫文化图书有限公司，2001年，第164页。

了作者的观点、期望、想象等意识形态方面的内容，在这个位置上，成人想象与解读童年世界，同时也在解读自己。

二、聚焦与叙事者的声音

儿童文学叙事中的聚焦虽然如同作者的“眼睛”，传达了一种意识形态观念，但在文本中作者并不会出现，而是依靠文本语言的主要发出者——叙事者和主人公作为切入点，来显示作者的意图和对儿童的想象关系。经典叙事学理论对三种人称视角的分类实际上依据的是叙事者的眼光，也称为“叙事声音”。聚焦与叙述者的关系是“看”与“说”的关系，作者通过聚焦的角度和位置来“看”整个故事，最后由叙事者“说”出来。这里的“说”虽并不总是与“看”的角度一致，但“看”常常会潜在地影响“说”的方式。而从叙事者的视角最能明显体现出聚焦角度的是文本中的“不可靠叙事”。

叙事者是整个故事的一个或多个讲述者，他可能是文本中的人物（比如以“我”为主要讲述者），也可能站在文本之外进行全知全能的讲述（如以第三人称为主要叙述方式）。与这个虚构的世界一致，儿童文学文本中的叙事者相信故事的所有部分，他“只是一个作者创造出来的并被接受了的角色，即作者虚构于作品中说三道四的那个饶舌者”。[①]布斯将叙事者分为“可靠”与“不可靠”两种，前者指与隐含作者的眼光——聚焦视线相一致的叙述，后者指不一致的叙述。

叙事者有各种各样的面貌与性格，甚至在同一个文本中的性格都会有变化，如《不动脑筋的故事》（张天翼）中的一本正经又带点嘲讽，《彼得·潘》（［英］巴里）中的温情而淘气，《蓝熊船长的13条半命》（［德］瓦尔特·莫尔斯）中的智慧而幽默……但无论叙述者的视角和

① ［法］热奈尔·普兰斯：《试论对叙事接受者的研究》，袁宪军译，见《读者反应批评》，文化艺术出版社，1989年。

性格如何多样，他变幻无穷的讲述方式体现的正是叙事聚焦的角度。

《彼得·潘》的叙事者只有一个，这从文中不时出现的“我”和“你”等字眼可看出，但他的性格不时变化着。首先他是十分亲切有耐心的，一个典型的有点饶舌又幽默的为孩子讲故事的父亲。当两岁的温迪在花园里摘花：“我琢磨，他那个小样儿一定是怪讨人喜欢的，因为，达林太太把手按着胸口，大声说：‘要是你老是这么大多好啊！’事情的经过就是这样。”达林太太清理孩子们的抽屉：“假如你能醒着，你就能看见你妈妈做这些事。”“你清早醒来时，临睡时揣着的那些顽皮念头和坏脾气都给叠得小小的，压在你心里的底层。而在上面，平平整整摆着你的那些美好念头，等着你去穿戴打扮起来。”此时的叙事者充满家庭的温馨，但当彼得来了以后，他的语气已明显向彼得靠拢，节奏加快，故弄玄虚，难以安静。彼得带温迪他们飞向永无岛，“可是他总要等到最后一刻才使出这招，你觉得，他感兴趣的是卖弄他的本领，而不是救人一命。”彼得与海盗相遇：“有些大英雄都承认，他们临交手时，心都不免有些往下沉。假如彼得那时也是这样，我也不必替他隐瞒。”“在这次战斗中，胡克（海盗）的战略有多少可以指责的地方，还是等历史学家去裁决吧。”当然等温迪他们回了家，叙述者又恢复了平静。

我们可以看看叙事者的视角是怎样体现聚焦的角度的。首先，文本中出现的“我”明显是一个在场的叙述者，但与故事的发展和人物无关，而只是故事外的忠实记录者。叙述者的声音极具对象感，有意突出“讲述”特征，如“我”“你”在叙述语中的频繁出现，强调出童话的轻松和身临其境的效果，甚至口头讲述与书面讲述的差异也被有意忽略。

其次，为便于故事讲述的前后一致性，叙事者“我”一直贯穿全文，但依靠他讲述的节奏，性格语气的变化等已经显示出一种倾向：孩子们不喜欢长大，但又必须长大，成人需要给他们时间和空间，就让童年中的孩子顺着他们的心思地图去寻找快乐吧。

最后，也是最重要的一点：故事讲述出现了较多“不可靠”内容。比如叙述者在描述海盗胡克时，曾有过温情的语调：“他的心虽黑，他的蓝眼睛却像长春花一样柔和。”在看到永无鸟对还未孵出的孩子无限留恋的母爱时，“我”认为“他爱花（我听说），爱美妙的音乐（他自己竖琴弹得不坏）；我们得坦白地承认，眼前这幅动人的景象深深地感动了他”。很显然，这里的叙述是不可靠的。前面的故事已经充分说明，胡克心肠狠毒，如果他还有恻隐之心，就不会对自己的手下和彼得这些孩子如此凶残，孩子们最后也不会杀掉他。而叙述者却用充满柔情的正面叙述认为他被“感动了”，这是与整个文本的情感预期相违背的，读者很容易就鉴别出来。

而隐含作者为什么又要安排有可能混淆主要意识形态观点的叙事者声音呢？实际上此时叙事者的声音增加了两种可信度。一是人物胡克的真实性。故事中的其他人是无法走入胡克内心、了解他的真实感受的，只有全知全能的“我”洞察一切，也许再恶贯满盈的人内心也有脆弱的一面，而胡克最痛苦的事是从未得到过母爱，所以他嫉妒孩子们有温迪当小母亲。而永无鸟的母爱也许又一次刺痛了他的心。二是旁观者对胡克的内心认同的真实性。每个人都会认同和接受不同的行为标准，这正是世界多元化的表现，虽然胡克凶残可恶，正义的读者难以接受他所有的行为和观念，但却不能阻止叙事者“我”对此刻胡克的同情。这种故事的可信度反而让读者顿悟：虽然叙事者“我”在某种程度上认同了反面人物的行为，但叙事者的观点是不可信的，因为整个细节间的“互文性”早已提示了故事发展的趋势，而“我”的叙述恰恰是利用语言的反讽与幽默效果提示了聚焦角度中隐藏的意识形态观点。

可见叙述者在文中做出的许多叙述、结论，甚至有意黑白颠倒，妄下断语，实际上并不会妨碍读者的价值判断，反而是聚焦角度更有力而颇具技巧性的体现。无论是在场的叙事者，还是虽不在场但通过文本中具有阐释性的叙事语言显示了其存在的叙事者，都在为显示文本叙事聚焦角度的存在而努力。

三、聚焦与主人公的声音

在儿童文学叙事中，聚焦中深藏的意识形态观念还会通过另外的视角来体现，即主人公（或称主要人物）的声音。主人公在故事中发声的机会一般不会比叙事者多（除了主人公和叙事者重合的情况外），但却比叙事者的声音更能体现出文本聚焦的角度。主人公的话语、神态、行动，以及和叙事者视线的交叉、融合等往往能更深刻地体现出成人与儿童间的权力关系。

巴赫金从对话的角度详细地探讨过作者与主人公的关系，即创作主体如何将自己的意图体现在主人公身上，又如何从中分离。[①]他将二者的关系划分为三种：（1）主人公掌握作者。主人公的对象性情绪—意志指向，他对世界的认识—伦理立场，对作者有着如此大的权威性，以至他不能仅仅用主人公的眼光观察对象性世界，不能仅仅从内部体验他的生活事件。（2）作者掌握主人公，将完成性因素带入其内部，作者对主人公的态度部分变成主人公对自身的态度。主人公开始自我定位，作者的反应被放进主人公的心灵或口中。（3）主人公即作者，从审美上思考自己的个人生活，带有强烈的主体意识。[②]儿童文学文本叙事绝大部分属于前两类，第三类多见于忏悔性和自传性作品。

巴赫金所说的“作者掌握主人公”的情况在多数儿童文学文本中都可以看见，即主人公被视为“他者”，是他人话语的产物。作者将自己的观点通过聚焦赋予主人公，通过他们的言语、行动、态度显示出来，主人公基本上没有不同意见，其人物视角直接可以显示聚焦的视线，尤其

---

① 主要见于《陀思妥耶夫斯基诗学问题》和《审美活动中的作者与主人公》等著作中。

② ［苏联］巴赫金：《巴赫金集》，上海远东出版社，1998年，第67—69页。

是在主人公为正面角色的叙事中。比如《哈利·波特》里的主人公哈利·波特，虽然还只是一个需要成人教导和指引的孩子，但从出生开始，他就注定是一个富有无穷正义感、道德感和智慧潜力的不同寻常的巫师，其成长也不过是自身潜力被不断挖掘和发挥的过程。隐含作者采用的是以第三人称为主的全知全能视角，主人公的视线、行动、语言基本不偏离隐含作者聚焦的视线，他在成长中的种种经历以及道德准则都成为作者意图的载体。

而本文感兴趣的是儿童文学文本对于“主人公掌握作者”的叙事关系的采用。巴赫金认为，作者与主人公的这种关系是“把作者和叙事人，连同他的所有观点和对主人公的描写、刻画、界定，都转移到主人公本人的视野里，这样，他便把主人公整个完善的现实，变成了主人公自我意识的材料”，“不是主人公在世界上是什么，而首先是世界在主人公心目中是什么，他在自己心目中是什么。”[①]于是主人公的视线里混合有多种声音，包括他对世界、对自己的看法，与自己、与其他人物、与叙事者等的对话。但巴赫金并不认为这种关系会无视作者的主体意识，主人公的自我意识“被纳入作者意识坚固的框架内，作者意识决定并描绘主人公意识，而主人公意识却不能从内部突破作者意识框架”[②]。也就是说，“主人公掌握作者”的叙事关系同样成为一种聚焦的技巧而表现出作者意图。

长篇童话《蓝熊船长的13条半命》中“我”既是叙事者又是主人公，以半生回忆录的方式从“我”的视线和价值观展开故事，这是非常典型的“主人公掌握作者”的情况。叙事中的聚焦角度是如何被主人公体现的呢？首先，“我”是一只成年蓝熊，生命已度过一半（因为故事讲的就是“我”前半生的生活），而且经历过别人无法想象的艰难冒险的成长过

① ［苏联］巴赫金：《陀思妥耶夫斯基诗学问题》，生活·读书·新知三联书店，1992年，第84页。
② ［苏联］巴赫金：《陀思妥耶夫斯基诗学问题》，生活·读书·新知三联书店，1992年，第105、88页。

程，这使“我”的叙述显得成熟可信、思想敏锐、条理清楚，完全符合一个成年人应有的坚强和饱经风霜的洞察力。其次，故事以回忆录的方式讲述，因而视野更开阔，叙述更自由，“我”可以任意变化讲述的顺序，观察世界和身边所有人，任意发表评论，这其实就是一种全知视角，只不过以“我”的视线为主，所有一切成为“我”的自我意识的产物。因此，文本聚焦的角度实际上是纳入“我”的视线，从“我”的角度看世界，而故事的发展、主人公与其他人物的对话和最后结局也证明了讲述的合理性与可靠性。

第二节　权力话语中儿童的声音

聚焦体现出来的意识形态实际上来源于作者的权力话语，成人通过文本聚焦的视线确立了不同的主体地位。而读者能够在阐释中认同这些主体地位，还取决于叙事中儿童声音的显现程度，即在权力话语中儿童参与对话的程度。这里“声音”的所指超越了叙事者或人物本身说出的话语，是隐含在聚焦或话语中的儿童意识。

作为儿童自己的文学样式，儿童本人通过文本来述说自己的内心和幻想世界、发出自己声音的方式并未全部获得“合法性”地位（比如并非所有儿童作者的写作都被纳入“儿童文学”范围，其中只有符合成人规定的文学体制范围内的文学样式，才会获得“儿童文学”文类的认可），文学中的童年世界一直被成人代言，叙事中的“儿童声音”也是成人代言下的产物。

但儿童的出现和作为“他者”的地位使儿童一直努力在成人世界里发出自己的声音，也只有再现了儿童精神需求的儿童文学叙事才能得到读者的认同和接受。这种规律同时影响了儿童文学作者的创作。对于被压抑而寂然无声的群体，“声音”这个术语已经成为获得身份的代称，成人在文本中展现自己对童年的想象与思考，并力图规范儿童世界以逐渐将其纳入成人世界的同时，也力图代表（或代替）儿童发声。于是在儿童文学文本中我们听到的是叙事的双重声音：成人的，以及成人为儿童代言的。每一次显在或潜在的对话交锋都反映出儿童文学场域中儿童与成人不断变化、错综复杂的关系，因为决定文本叙事的“不是某种本质属性或孤立的美学规则，而是一些复杂的、不断变化的社会常规。这些社会常规本身也处于社会权力关系之中，由这种权力关系生产出来。作者和读者的意识、文本的意义无不受这种权力关系的影响。这种权力关系涵盖作者、读者和文本”[①]。兰瑟在这里谈到的“权力关系”不仅涉及表现声音的叙事语境，而且扩展到了文本的社会文化场域，这也正是本文所探讨的文本内外的“互文性”，即语境影响儿童文学叙事，而叙事声音又反映语境中的权力关系。

在成人权力话语中的儿童声音可以通过不同叙事者的视角来用以下几种方式显现。

一、权力话语中作为他者的儿童声音

很多儿童文学文本偏爱从“他”的角度建构童年，叙事者不参与故事，位于叙事时间之外，而从全知角度讲述儿童的故事，这样的叙事声音产生了作者权威性[②]。儿童在文本中成为他者，具有名字或被指称为“他”与“他们”。这种叙事方式似乎在向读者客观地“展示”儿童世界，在场或不在场的叙事者虽然保持着成人讲述的身份，但故事中的儿童能够各自发声，述说着“我”和“我们”的生活与精神状态。而实际

---

① ［美］苏珊·S.兰瑟：《虚构的权威：女性作家与叙述声音》，黄必康译，北京大学出版社，2002年，第5页。

② 本文对叙事者的区分并不以人称为绝对标准，而是以儿童与成人的关系为考察尺度。比如以成人为主要叙事者、儿童作为他者的叙事模式大多数是第三人称为主的文本，但也会有以第一人称“我”为成人，从“我”的角度讲述儿童世界的情况。

上恰恰是这种“展示”方式使作者和叙事者在故事中没有明确的区分，读者容易被引入文本将叙事者的叙述对应为作者，而将自己对应为叙事接受者去接受文本中的主体地位。因此，儿童在作为“他”与“他们”的身份发声时，“展示”的其实是成人想象中代替或者代表儿童发言的声音，叙事者通过讲述能更自由地建构作者的儿童观和意识形态。

1. 专注于表述的叙事者

这种叙事模式中的叙事者超然故事之外，不做任何评价，完全“客观”地叙述事件的发展，使儿童及其精神深处的幻想世界似乎能够获得更多自由发声的权力，比如以儿童为主要人物的少儿小说、童话、叙事诗等等都属此类模式。但如前所述，儿童世界在叙事者眼中作为“他者”被展示，而叙事中的儿童声音也不可避免被包容在成人的想象和话语中，成人作者依靠读者对故事的认同来形塑想象中的儿童世界。

因此，专注于表述的叙事者并非“客观”，成人的意识形态观念会借助叙事者和主人公的声音渗透到叙事中，而且常常还因为渗透了深刻的时代因素，而在成人和儿童的对话中表现出复杂的模式。

张天翼的《罗文应的故事》叙事结构显得很复杂。文本开头表明叙事者不在故事之内：

> 六年级的同学们和几位解放军叔叔交朋友，常常写信。第二小队队员们有一次写去一封信，信上说到了罗文应的事情，是这样写的……

接着展示了信的全部内容，也就是说叙事者有全知视角，但罗文应的故事又并不是叙事者所述，而存在于“第二小队队员们”的信中，故事的叙事者演变为儿童。因此作为罗文应的“他”是被“我们”叙述的，这两个人称具有身份的同一性——儿童，因此故事实际上被双重讲述，此时整个文本的叙事者似乎已经将话语权力移交给了儿童。但在对信的内容的分析中我们可以看出，在信中叙事者与被叙述者虽然具有同一身份，即从儿童的视角看儿童、用儿童的语言说儿童，儿童似乎在自己发声，但事实上其声音已经是成人代替的产物：

其一，在叙事形式上，信的格式符合社会规定的常规要求，比如有称呼、问候语、结尾的敬意以及签名，但信的内容并不具有私人性，而被处理为公开话语，所述事情既不有关自己的私人生活，也不是心得体会，而是有关他人——所属集体的一名成员的故事。同时，第一人称“我们”在通常的叙事模式中应是一种有限视角，但在故事中却呈现出全知视角，“我们”不仅了解罗文应离开学校和第二小队以后的生活世界，而且完全熟悉他矛盾的内心世界。这使叙事在某种程度上具有“不可信”因素，而不可信叙述则会更多地显露出隐含作者聚焦的意识形态。

其二，故事的接受者是“几位解放军叔叔”，而罗文应的故事也是因为他们才产生的。这里成人社会制定的“集体主义”规则使得“入队”成为体现“我们”价值的最高标准，儿童行为本身受到批判，成人的话语激励是促使“我们”规范日常行为的动力，而已经符合成人规范的“我们”则理应担负起帮助的任务，以让更多还拥有太多儿童“不成熟行为”的成员迅速被纳入社会规范的体制中去。因此，这里的所谓儿童声音其实渗透的是成人话语。

其三，从文本叙事风格、语言和人物形象分析，作者欲面对的读者群体为现实中入队前后的小学生。作品通过故事里第二小队队员之口批判“管不住自己的坏习惯”。文本的叙事接受者分为两层：信件接受者“解放军叔叔”；整体叙事接受者——儿童。前者是作为儿童“榜样”和行为标准而存在的成人，他们构成一种虚拟的精神圣像，其精神影响力从故事内的儿童扩展到故事外的读者。而罗文应则以细腻逼真的形象使读者感到亲切，现实读者在认同人物并接受其所处的主体地位的同时，也认同了文本中成人对儿童的精神召唤。

同时，文本在叙事结构、人物心理描绘、话语修辞方式上力图体现儿童声音，真实反映当时儿童的精神面貌，表明了作者既力求反映时代精神，又希望与儿童形成对话所做出的种种努力。事实上小说发表后获得了当时儿童读者的强烈认同，并多次被选入儿童文学教材，也是文本与时代儿童精神及主流话语合拍的证明。

但小说发表于中华人民共和国成立后的五十年代末期，正是提倡集体主义、摒弃个性风格和私人空间的时代。与整个文学场域叙事风格相一致，政治强势话语侵入文本，公共话语取代私人语言而形成独特的发声方式。于是，儿童讲述的罗文应的故事虽出自儿童之口，但却是被成人“代替”发声，成人与儿童之间实际上成为教导与被教导、说与被说的关系。本欲客观展示的叙事方式反而强化了作者权威，成为具有强烈意识形态内涵的文本。从这个层面来说，《罗文应的故事》与《稻草人》的叙事风格有一脉相承之处。

2.“超表述”叙事

儿童作为他者来发声的叙事模式中，还有一类叙事者不仅仅描述事件，还对文本“作深层的思考和评价，在虚构世界‘以外’总结归纳，寻求与受述者对话，点评叙述过程并且引譬设喻，论及其他作者和文本”。[①]这种叙事模式加入了叙事者的主观态度，即故事以外的声音，成人话语似乎直接进入故事，干扰了展示事件的客观性，更容易造成成人“代替”发声的嫌疑。那么儿童如何在这种明显的成人话语里发声，并在

---

① ［美］苏珊·S.兰瑟：《虚构的权威：女性作家与叙述声音》，黄必康译，北京大学出版社，2002年，第18页。

某种程度上还能具有与成人达成对话的可能性呢?

德国儿童文学作家米切尔·恩德在《毛毛——时间窃贼和一个小女孩的不可思议的故事》中讲述了一个关于时间的哲学童话[①]。事实上文本叙事秉承了传统手法，故事按时间顺序讲述。同时叙事者态度严肃，偶尔显示自己的在场，其叙述不仅让人完全信任，而且随时插进自己对人物的议论和主观判断，具有较强的话语能力。比如对于毛毛的受欢迎，叙事者是这样评论的：

> 小毛毛能够做到而别人做不到的只有一点，就是——倾听别人讲话。其实这没有什么特别的，不过，现在也许有人就要说了，咳，听别人讲话，那谁不会!
>
> 如果你这样说的话，那就错了。真的，只有很少人会倾听别人讲话，而且像毛毛这样懂得怎样听别人讲话的人，简直还从来没有过。

第六章讲到人类的时间：

> 为了测量时间，人们发明了日历和钟表，但这并不能说明什么，因为谁都知道，一小时可能使人感到漫长无边，也可能使人感到转瞬即逝——就看你在这一小时里经历的是什么了。这是因

---

① 同时又被称为一部“卓越的政治小说”(见汉斯于尔格·魏特布莱希特：《毛毛——时间窃贼和一个小女孩的不可思议的故事·前言》，米切尔·恩德，李士勋译，二十一世纪出版社，2000年)，文体分类上的模糊代表着作家对儿童文学的认识和儿童观：“从根本上说，我反对为了孩子而存在一种特别的文学的说法……”这并不表示作者没有将儿童看作独立的个体，相反，恩德还曾专门为儿童创作了同样堪称经典的大量童话，比如《永远讲不完的故事》《奥菲利亚的影子剧院》《犟龟》等等。文本认为，恩德的儿童观表明作家在成人理所当然掌握话语权力的同时，也放弃成人中心主义立场，而力争与儿童进行平等的精神对话，寻找成人与儿童精神深处共通的内涵，甚至成人还常常须从儿童世界找回失去已久的东西，《毛毛》就是其中一例。

为：时间是生命，生命在人心中。

甚至连故事的核心内涵“时间就是生命，生命在人心中”也是由叙事者直接说出。在叙事者（即成人）太多的主观话语中，儿童声音可能通过以下方式出现：

（1）主人公小女孩毛毛。毛毛来历不明，没有家庭，她的精神世界还没有被现代工业文明浸染，仍保留着田园牧歌式的宁静与安详，她不说话的眼睛就足以安抚人们躁动不安的心灵。所以毛毛只是个普通的孩子，喜欢休闲的时间做游戏，喜欢朋友，但同时又是这个现代社会的稀罕物。当所有成人都在灰先生的诱骗下丢弃了生命的意义时，作家却将拯救人类的希望寄托在儿童——毛毛身上。

（2）叙事中的隐喻让人深思。毛毛没有父母，也就是说成人的权力在毛毛的生活中是缺席的。当别的孩子都被强迫住进“儿童之家”没完没了地学习、被纳入成人规范时，他们也失去了寻找生命意义的能力；而恰恰是摆脱了成人权威、在成人世界获得平等说话权力的毛毛，成为拯救人类的使者。同时，救赎成人心灵和生命的不是传说中的超人，而是儿童，只有他们才能找回成人失去的东西。文本内成人形象的表面存在也不断地被用来突出孩子的意义。

而且，恩德并不承认自己的作品是儿童文学，叙述语中的接受者“你”和“我们”的身份指向了更广阔的群体，叙事中理想的读者和现实的读者群体都模糊了年龄和学科研究的界限，作品获得了“社会学者、心理学者、哲学家、小说家、诗人”等众多成人的兴趣[①]，而故事的主要人物却恰恰是一个孩子。作者的说明本身就表明了儿童在作者的思想意识里已经成为一个能够与成人平等对话的群体，而对话产生反省，成人

① ［德］米切尔·恩德：《毛毛——时间窃贼和一个小女孩的不可思议的故事》，李士勋译，二十一世纪出版社，2000年，第298页。

力求在与儿童的对话中反省自己心灵的症结所在。因此，这种“超表述”叙事模式中的成人话语，不一定会掩盖儿童的声音，反而可能从更高的层面在成人权力话语中达到与儿童的对话。

二、儿童“我”的声音和作为“他者”的成人

这里的“我”既是儿童文学文本中的叙事者又是故事参与者，从第一人称视角进行讲述。相对于第一种叙事模式，以“我”和“我们”的儿童身份进行叙事的故事似乎更具有真实感和直观性，此时叙事者不必屈从于成人话语的局限，而是把权力直接交给了“我”，由“我”讲述自己的世界和“我们”的生活。

从叙事距离来分，“我”的叙述会出现两种情况：

其一，有关童年往事的回忆。这是一种复杂的回顾性叙事，故事时间可能与叙事时间相隔甚远，也有可能由远及近，直到与叙事时间重合。因此，这里的“我”兼有显在的成人身份和儿童身份，是两种话语声音的重合。“他者”既指向成人也指向自身，但通常情况下作为儿童身份的过去的“我”依然局限在成人身份里发声。这种叙事效果实际上更接近于“超表述”叙事方式。

圣·埃克苏佩里以他不凡的笔力创造了忧伤的《小王子》，故事只有两个角色，其中的“我”不仅混合两种身份，而且常在同一处叙事中使用交叉视角，以复调的形式突出作为儿童身份的“我”的发声。叙事者“我”已经远离了六岁的童年往事，成为飞行员。沙漠中遭遇小王子，使六岁的“我”和小王子成为一个梦的延续。文本中谁是“他者”，谁是观望的主体，在这里已经裂变为复调的多重对话关系：六岁的“我”、故事发生时的“我”以及现在的“我”的分别对话，故事中的“我”和小王子的对话，六岁的“我”和小王子的潜在对话等等。故事开头简短回顾六岁时的“我”为作品一号、作品二号而得意，却被大人们粗暴的毫无想象力的苍白思想

弄得心灰意冷，然后进入成年后与小王子交往的回忆。但“我”的声音似乎不愿长大，“我之所以说出小行星B612号的来龙去脉，透露了它的编号，是为了那些大人。大人喜欢数字。你跟他们谈起一位新朋友，他们绝不会问本质的东西。……他们就是这个样子，不应该怪他们。孩子对大人应该宽宏大量。”“当然，我们这些理解生活的人，才不把数字放在眼里呢！我乐于把这个故事的开头写得像篇童话。”很显然“大人”成为“他们”——一个被观照和批判的对象，而“我”身为成人却站在六岁的“我”的视角（因为这里的叙事方式直接承接了六岁时的态度和声音）。这使“我们这些理解生活的人”成为包含双重声音的叙事主体：“我们”既是保持着对生活本质意义的严肃的孜孜以求的追问的儿童，也是还残存着童年精神的懂得反省的成人。而作为成人“我”的叙事反而进一步强调了儿童的声音，直接显露出作者的儿童观：被理性、利益、欲望围困的成人，恰恰失去了生命的意义。童心孤独，正是成人的悲哀。

其二是作为儿童身份的“我”的叙事方式，故事中的“我”可以是主人公，也可以是以次要角色参与故事，此时成人作为“他者”处于被叙述的位置。在这种叙事模式中，作者更容易将话语权交给儿童，从形式上形成与儿童的平等对话关系。文本聚焦角度成为多种视角和声音的混合体：成人作者视线中的“我”与“我”眼中的世界相互包容，成人也作为“他者”在儿童的声音中反观自身，成人的声音隐藏在儿童话语中，二者形成了一种潜在的对话关系。

三、无声的儿童声音：成人与缺席的儿童

还有一些文本的叙事者是成人，没有出现儿童形象，也就是说叙事中似乎没有儿童的声音，比如古代民间童话、动物故事或无生命物体的故事等。那么这些叙事又如何表现儿童文学的特色呢？

贝特尔海姆认为，童话常常有心理治疗的作用，其形象总是暗示和

象征着人类精神的某些方面，因而文学尤其是童话，在解决儿童的精神困惑和内心冲突方面有重大作用。贝特尔海姆的精神分析式的童话研究虽然有不少争议，但却揭示了成人通过创作儿童文学在精神深处与儿童沟通的可能性，而且心灵的对话不仅仅限于童话，儿童文学这一文类本身即是成人与儿童交流的结果。也就是说，儿童形象的缺席并不必然导致儿童声音的丢失，这些文本叙事追寻的是人类心灵之源。童年既是个人生命的起点，也是人类的起源，在童年的精神深处，成人与儿童可以达成心灵的对话。

比如公主王子型的民间童话或创作童话中，主人公战胜困难过上幸福生活，其实是成人借叙事人物给予儿童获得一个王国的权力欲望，从而缓解儿童在现实生活中对于弱势地位的焦虑感；《海的女儿》一类优美悲剧型的文本，叙事同时触动的是成人与儿童对于生命永恒意义的追寻。对于没有儿童形象的动物故事，正如本文在前一章分析的结论，叙事中的动物角色实际上具有多种暗示性，动物世界就是人类社会的一种影射。

还有一种叙事看似成人在纯粹地表达自己，实际上主题却是寻找人类心灵的影子（这曾经也是儿童的专利）。美国著名的图画书作家谢尔·希尔弗斯坦的作品在时间、空间、角色上的所指常常具有任意性，但作者却用最简约的线条和文字叙述了一个抵达精神深处的寓言。《失落的一角》和《失落的一角遇见大圆满》中，只有一个有缺陷的圆和被失落的一角，它们一直在寻找完美与成熟，最后在“完美”与“缺憾”、“成熟”与“依赖”的思考中各自选择了成长之路。这两个形象超越了成人和儿童的角色界限，指向心灵成长的普遍性。事实上，这个儿童缺席的叙事文本同时走进了成人和儿童的精神世界。①

---

① 希尔弗斯坦的《失落的一角遇见大圆满》曾获得国际读书协会最受儿童欢迎图书奖，可见儿童读者的阐释方式并非受叙事角色和情节性的绝对影响，叙事中的“儿童声音”更是指一种精神层面的意识。

因此，在儿童形象缺席的文本叙事中，作者其实是以象征和隐喻的方式从另外的层面显示儿童的声音，从而在成人权力话语下寻找与儿童沟通的方式。

第五章 叙事结构中的权力关系

儿童文学场域中成人与儿童的权力关系反映到文本中，构成了作者和读者的对话，并决定聚焦、角色和声音等叙事话语的实施。其中最重要的形式因素——叙事结构，体现的是叙事话语的情节组织方式，而且，“叙事结构也是文本意识形态的组成部分”①。

“结构”这一语法形式是叙事学研究的重要内容，并因此形成叙事学的理论特色。叙事结构是法国结构主义叙事学家从语言学中引进的概念，注重的是对语义的微观研究。以语言层为组织单位，使叙事作品形成自己的语法操作规则。较早研究叙事结构的是俄国形式主义学家普罗普，他选取一百个俄国民间童话，在《民间故事形态学》中用同一种方法进行了严密的类型分析。他希望从每一个故事中提取它的基本模式，建立一个普遍的叙事结构，于是提出了功能（即人物的行动）的概念，将所有童话归纳为三十一种功能，由此构成的抽象结构便是隐藏在一切故事下面的那个最基本的故事。法国结构主义叙事学家布雷蒙则进一步提出了“序列”的概念，指出一个基本序列由三种有逻辑关联的功能组成：可能性的出现——实现可能性的过程——由此产生的结果。复杂的作品

① John Stephens, *Language and Ideology in Children' s Literature*, Longman Group UK Limited, 1992, p6.

都是由不同方式交织在一起的序列构成的。但法国人类学家列维-斯特劳斯和叙事学家格雷马斯则认为，普罗普和布雷蒙的分析还停留在故事的表层，即人物行为方面，没有反映出叙事作品的本质结构，于是他们又分别将文本中人物的功能抽象为几组对立的行动者和基本模型，以此构成故事的深层结构。荣格对童话的分析与普罗普有相似之处，虽然没有抽象出固定的模式，但他从精神分析的角度分析了各类童话（如智叟型、半人半兽型等）的不同象征涵义，实际上也是从众多类型的童话中抽象出几种精神原型以及人类潜意识在童话中的表现。

上述理论家或者注重行为功能随时间而发展的顺序，或者注重故事深层的元结构，但本文认为，对行动功能、模型或行动素等叙事结构要素的探讨以认知为基础，并不是抽象静止的，叙事结构的建构方式同样离不开叙事语境的重要影响。

在儿童文学文本中，叙事语境里存在的成人与儿童的社会角色、各自认同的主体地位及其想象性的权力关系被隐含作者叙事化，转化为正在进行的角色行动和情节结构，通过情节的编排使社会角色关系自然化，并植入故事人物的生活体验。同时，叙事结构的建立又影响着读者的阐释认同。这就是叙事结构也表现意识形态的原因。

因此，后经典叙事理论认为叙事结构的语法问题无法与设计和阐释叙事的语境分开："我们不仅应该探究故事的结构，而且应该研究读者和听者将叙事结构连接到话语中呈现的某些事件串时采用的程式化的而非随机的方式。我们还应该审视讲故事者如何为了特定叙事目的而利用接受者推断叙事结构所依靠的特殊话语标记。"[①]也就是说，作者会利用读者推断故事结构的普遍规律而设立很多话语标记。这一方面是帮助和引导读者理解故事，另一方面又成为作者通过结构技巧设立一系列主体位

① ［美］戴卫·赫尔曼主编：《新叙事学》，马海良译，北京大学出版社，2002年，第8页。

置来表达自己意识形态观念的重要途径。叙事结构的建构同样是作者与读者相互交流、相互影响的结果，而这种交流又必然与叙事语境有着密切的联系。

儿童文学中的叙事结构明显体现出这种规律。结构并不是故事简单的线性发展，每一个文本的结构设计都会含有较多的观念内涵，而叙事语境中成人与儿童间的权力关系也会在这种精心建构中得到体现，比如儿童文学叙事结构中的逻辑性、关于叙事时间和空间的设计等等。本章关注的即是儿童文学文本叙事结构的处理策略及其权力关系对结构建构的影响。

第一节　儿童文学叙事结构中的逻辑关系

普罗普将人物行动看作叙事结构的基本要素，但他对三十一种功能的关系只是按时间排列组合，并未说明叙事功能之间的内在逻辑性。从逻辑学角度探讨叙事文本深层结构的是叙事学家布雷蒙。他在普罗普的基础上发明了“叙事序列”的概念作为叙事基本单位，以此说明功能之间不可分割的严密逻辑关系。但这些从叙事句法、语法对故事逻辑条分缕析的解析，还是难以解释文本的独创性和与语境的互动性。通过对儿童文学叙事的历史考察，本文发现，儿童文学（尤其是文人独创作品）叙事结构的形成是成人与儿童之间想象关系介入的结果，这种介入同样体现出权力话语下成人与儿童力图达成对话的双重声音。

一、想象关系的介入与叙事逻辑的形成

如果考察儿童文学文本的叙事结构，就会发现以安徒生时代的儿童文学为分界线，民间儿童文学文本与文人独创文本的结构模式并不完全一样。

1. 民间故事叙事结构

最初的儿童文学以民间童话、传说、神话等样式为主。按照普罗普在《民间故事形态学》中的“功能”分析法，童话一方面千奇百怪，五彩缤纷，另一方面又如出一辙，千篇一律，因而可以提炼出万变不离其宗的结构模型。但从普罗普归纳的三十一种功能中我们可以看出，这些功能其实是故事按时间发展的序列。同时，在故事开始和结束的过程中，三十一种功能里还呈现出情节起伏的特征，比如主人公经历一小段波折后，功能十八“坏人败北”，功能十九“最初的灾难与贫穷得到解除”，然后是又一小段波折—获得胜利—再遇波折—最后胜利。[①]

这种被认为是表层结构的分析方式解释了民间故事工整的线性发展结构：(1) 叙事的连续性。正因为民间故事有严格的、前后相接的时间序列性，普罗普等人才能总结出不变的结构规律。(2) 叙事频率的整齐。故事以发生—行动—达到目的作为起伏的节奏，而且在很多民间故事中还出现了行动功能的反复，如“三件事”“三段式”模式，即“性质相同的事件反复三次”[②]。这种结构的特点在于：一个人物行动三次，或三个人物行动三次，虽然在人物最小行动单元——行动素之间必然有着紧密的逻辑联系，但较大的行动单元（如主人公在一个小时间段内遭遇挫折，然后获得胜利）之间却难以找到必然的内在逻辑联系，比如前一次胜利并非是下一个困境的原因，最后的胜利并非与中间某一事件有关等等。事件只是排成时间的序列，但因“性质相同”而较少有内在逻辑联系，事件之间即使调换顺序，也并不影响故事的意义。

---

① 关于普罗普童话三十一种功能的详细介绍参见罗钢：《叙事学导论》，云南人民出版社，1994年，第29—49页。

② 也可称为“三迭式”，被认为是民间故事的典型特征。见刘守华：《比较故事学》，上海文艺出版社，1995年，第446页。但“三”是一个象征性的概念，具体故事中可能多于“三”，也可能少于“三”，但由此形成的反复节奏却是显而易见的。

比如《贝洛童话》《格林童话》等童话集主要以收集整理民间童话为主，因而大多数作品都表现出上述特征，如《穿靴子的猫》《白雪公主》《勇敢的小裁缝》等等。以《勇敢的小裁缝》为例，故事的主要行动功能为：（1）小裁缝打死七只苍蝇，想让全世界都知道自己的能干；（2）小裁缝出走；（3）途中遇到巨人，与巨人比本领（比力气、扔东西、扛大树、跳过树顶、巨人欲谋害小裁缝但失败）；（4）到达王宫；（5）国王给小裁缝出难题；（6）杀死两个巨人；（7）制服独角兽；（8）捕获野猪；（9）国王不愿履行诺言，小裁缝险些被害；（10）小裁缝当上国王。其中（1）是起因，（3）（6）（7）（8）是按时间排列的主要行动单元，（10）是行动的最后结果。但在（3）这个行动单元中几个行动素之间没有必然性和缺一不可的逻辑联系，（6）（7）（8）三个行动单元之间也可以互换顺序，毫不影响最后的结果。

然而，在遭遇安徒生以来的文人独创文本时，普罗普的功能分析法便显得力不从心了。情节结构变得复杂多样，而且文本之间的个人性和差异性也开始增大，比如故事打破时空的排列、开放式的结尾、情节的淡化等等。结构也具有了表意的功能。本文认为，传统叙事学对故事结构规律的把握只是提供了产生和阐释故事的可能构架，而文本以及读者阐释的语境最终导致了文本意义的无限丰富性。普罗普的分析之所以难以运用于文人独创的儿童文学文本，就在于作者、文本、读者以及各自的历史语境和当下语境共同参与了意义的构成，成人对儿童的想象介入了叙事结构，使事件之间形成了相互容纳又彼此对话的复调关系。

2. 叙事结构中的逻辑性及其想象关系

对儿童心理和思维的科学研究表明，童年期以前儿童的物理守恒、序列、分类等概念和可逆性运算能力建立得较晚，这使儿童的注意力、感知、记忆长期处于随意阶段：“由于儿童把物理过程有系统地同化于自己动作中的结果，这种同化作用往往导致类似魔术般的看法，直到后期才转变为合理的因果性”。[①]与原始思维同质异构的儿童思维，恰恰与不大注重逻辑推理的民间故事叙事结构有相似的思维模式，儿童对古老故事的喜好正是一种心灵沟通的自然状态。但现代社会以来，随着成人与儿童权力关系的调整，现代儿童文学在叙事结构上走向了理性逻辑的形态，同时又力图在权力话语的框架内获得儿童的重新认同。

成人对儿童作为“他者”的排除和界定，以及主体定位被有意识地反映到文本之中，使文学叙事成为成人想象儿童的方式之一。成人被认为是“某种社会的群体的代表，某种特定社会教育观念的载体，某种严肃历史使命的文学使者，一个由于儿童自己不会创作所以不得不聘用来生产儿童文学作品的工匠，一台儿童心理测试仪”[②]。于是，“为儿童写作”的读者意识被纳入文本创作，促使叙事结构变得复杂，并开始融入成人的儿童观、作者对读者的界定与想象，以及塑造童年和成长的意识形态。对于被界定为弱逻辑的、感性的、未社会化的读者群体，成人有责任在故事中注入以成人世界为标准的道德规范和合法化知识。于是创作技巧被有意识地运用到儿童文学中参与意义的建构。叙事结构不仅是事件时序的排列，而且成为文本意义及这种想象关系的重要构成部分。

首先，读者意识的明确形成了复杂的叙事结构。比如在儿童文学的逐渐发展中，时空序列的结构排列被打破，出现顺叙、倒叙、插叙等多种叙事方式；叙事时间和故事时间分离，使叙事至少形成“故事发生”和“讲述故事”的双重结构；叙事者、人物之间形成多种对话关系；事件不再是零散的、无目的的被叙述，而力图在时间和空间的流动中体现意义等等。

格林童话虽然收集的是民间童话，但在作者再版的改动中已经开始出现有意识地通过叙事者来建构结构多重性的现象。比如，在故事的结

① ［瑞士］J.皮亚杰、B.英海尔德：《儿童心理学》，吴福元译，商务印书馆，1980年，第83页。
② 汤锐：《现代儿童文学本体论》，江苏少年儿童出版社，1995年，第226—227页。

尾加入叙事者的评论："你坐在家里，穿着深灰色粗绒布外套，拖着辫子，胡思乱想，所以想不通，谁要是白天不出门，就会这样的。"（《猫和老鼠做朋友》）"是的，人间的事情就是这样的。"（《狼和七只小山羊》）这种叙事方式构成了结构的双重性，即按事件时间序列安排的故事和按讲述时间安排的叙述，前者包容在后者的结构之内。叙事者选用的词汇和语气（如第二人称"你"和评价性词汇的运用）表明文本设定的读者为儿童。双重结构使文本呈现出明显的隐喻和对话特征，并力图体现作者在故事中隐藏的意图。叙事者的明确出现改变了传统民间故事结构上的单一，增强了故事的讲述性，使作者与读者、叙事者与接受者、文本与现实读者形成了一种对话关系，更标志着儿童文学的接收对象——儿童读者的存在和被重视，使"儿童"的文学得以产生。

到安徒生以后的文人创作时期，叙事者以及由此产生的叙事人称、视角都出现更为多样的变化，故事结构也更为复杂。事实上，成人对儿童不同的想象方式（即不同的儿童观）会使作者采用不同的结构方式。

其次，叙事双重结构间的逻辑性增强。叙事者的评论不仅体现出强烈的儿童读者意识，而且与讲述的故事融为一体，形成了一种前因后果或者前后承接的逻辑联系。叙事者的目的不是揭示故事的内涵，而在于参与叙事。[①]这种多重叙事结构的萌芽在后来的文人创作文本中得到了更充分的展现。事件之间的组合手段受到重视，尤其是序列或故事之间意义上的逻辑联系也参与到文本意义的构造中。

王尔德的《快乐王子》中主要行动功能可以分为以下几种：（1）燕子来到快乐王子雕像身边；（2）快乐王子恳求燕子将剑柄上的红宝石啄

① 虽然《一千零一夜》也形成故事套故事的较为复杂的叙事结构，但文本只有内部叙事者与叙事接受者的对话关系，并没有形成文本与现实读者、作者与读者的对话。古代寓言故事也会在故事结尾加入作者的总结评论，但其接受者并不是儿童读者，而且结论和故事没有形成叙事上的融合关系，二者没有必然的缺一不可的逻辑性。贝洛童话以及十五、十六世纪开始出现的儿童读物也已经有针对儿童的读者意识，但还未体现在结构上，有意识地注重文本叙事技巧的状况尚处于萌芽阶段。

下送给生病的母子；（3）快乐王子恳求燕子啄下自己的蓝宝石双眼送给贫穷的作家和卖火柴的小女孩；（4）快乐王子恳求燕子啄下自己身上的金片分给穷人；（5）快乐王子和燕子死去；（6）快乐王子的铅心和燕子到上帝身边。如果再次简化行动功能，则可以分析为：（1）是事件的起因，（2）（3）（4）是过程，（5）（6）是事件的结果。叙事结构与民间故事有相似之处，即“相同性质的事件反复三次”，但其结构的内在联系却与民间形态有很大不同：

其一，在故事起因和结果之间插入了市参议院、母亲、孩子等等非主要角色的谈话，同时，结尾处出现了叙事者“我”的叙述，证明其在场。这使整个故事呈现出相互容纳的三重结构、三种聚焦角度，即叙事者“我”、非主要角色、快乐王子雕像和燕子。

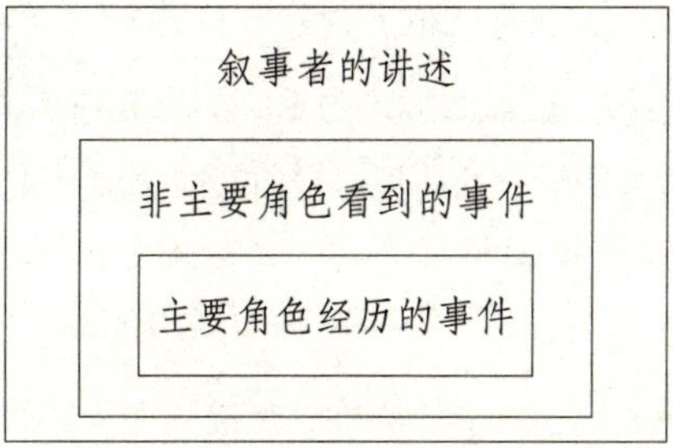

故事中叙事者看到的事件比非主要角色和主要角色所看到的事件更具体详细（比如了解雕像的来由和最后去向）。非主要角色看到了雕像的建立和最后倒塌，而主要角色只了解自己经历的事件，所以叙事结构形成了上图所示的包容结构。中心事件按时间序列安排，但叙事者的出现又使整个事件成为一种追忆（比如“我后来听见人谈起他们”，“后来”一词表明叙述时间与事件发生时间相隔很久），而且主要角色讲述事件时常常运用插叙交代自己的出身，体现人物个性。这种结构形成了不同的叙事视角，而视角的聚焦体现的就是人物的个性和隐在的意识形态。

其二，主要角色经历的事件虽然是“三段式”，但之间除了时间上的前后联系外，还有程度逐渐加深的递进关系。啄下剑柄的宝石→双眼的宝石→全身的金片，快乐王子雕像为帮助穷人，将自己的身体从次要部位到重要部位都奉献出去，使读者深刻体会到快乐王子身体的痛苦和心灵的快乐，增强了故事的悲壮性和作者强烈的悲悯情怀。所以此“三段式”结构的安排极其重要，直接参与了文本意义的建构。

其三，叙事结构中还出现了燕子喋喋不休的“无关”事件和“无关”角色的议论，如燕子与芦苇的恋爱、南方埃及的同伴生活、参议院的争吵等等。它们似乎是主要结构之外的事件，但读者却不仅从中看到人物的性格，而且这种结构上的“漫溢”形成一种隐喻，运用对比手法突出快乐王子的高贵与善良，鞭挞世俗社会。因此，它们并非“无关”，而是成为主要结构不能缺少的元素。

可见，结构作为重要的形式因素，不再外在于文本内容，而是积极参与叙事和作者意识形态的体现，它们共同生成意义。

二、叙事结构与话语标记

儿童文学的叙事意义是否存在，最终依靠读者的推断和阐释的能力。而叙事结构不仅反映了作者的意识形态，而且为读者解读文本提供了依据。当代美国叙事学家戴卫·赫尔曼指出，经典叙事学过于注重结构主义分类法，而没有涉及故事在会话和其他话语语境中的交际功能。他认为叙事不是先验存在的形式结构，不同交流环境可以引发各种阐释策略，叙事只有在对话双方协商交流的基础上才能达到特定的交流目的。因此，他主张利用社会叙事学的互动叙事研究，将叙事置于“认知、语言、语境”的交叉点上进行讨论。故事只是被讲述之事，而话语则是千变万化的讲述方式，故事的进行依靠话语的策略。

故事是如何被“视为”故事的，叙事者如何达到与接受者的对话，成人作者如何利用儿童读者的认知经验来建构文本，同时读者又如何根据文本结构这种形式标记来推断故事？本文认为，叙事结构等叙事形式因素在一定程度上既是儿童文学作者建构文本的方式，又可以成为一种读者阅读的策略。这是通过结构中的特定话语标记来体现的。

赫尔曼指出，故事存在的基础是各种推断力量，它是对话双方根据不同的话语标记而得出的结果。在儿童文学叙事中，叙事接受者和叙事者对双方话语的推断、鼓励和对话平等引导着故事继续向前发展。也就是说，叙事接受者对叙事者话语的推断导致了故事的进行，而读者对作者话语的推断使得文本的意义得以展现。同时，叙事者与接受者、作者与读者又分别拥有自身的语境资源。在符合儿童文学对话双方的语境和行为预期的情况下，根据话语标记推断进行的故事会有相当强的“可讲性”①和真实感，这也是儿童读者能够认同文本的标准之一。

1. 关于故事内的话语标记

它们是一种能够促使产生叙事者与叙事接受者、人物之间对话并发展故事的推断行为的标志。

我们以长篇童话《蓝熊船长的13条半命》②第一章“我作为侏儒海盗的生命”为例，具体分析话语标记是如何形成推断并导致对话产生的。文本第一段写道：“一般说来，生命始于诞生——我的生命却不是。”这

① 当代美国文学批评家乔纳森·卡勒在探讨“文学是什么”时认为，文学的“话语与听众的关系在于它的‘可讲性’”，“它要具有某种意义或者重要影响”，“文学作品经过了选择过程，也就是说，经过出版、评论和再版的过程。读者是因为确信别人已经发现这些作品构思巧妙，‘值得一读’才去阅读它的”。（乔纳森·卡勒：《当代学术入门——文学理论》，李平译，辽宁教育出版社、牛津大学出版社，1998年，第27页）赫尔曼的观点见戴卫·赫尔曼主编：《新叙事学》，马海良译，北京大学出版社，2002年。

② ［德］瓦尔特·莫尔斯：《蓝熊船长的13条半命》，李士勋译，人民文学出版社，2002年。当代欧美畅销儿童小说（童话），本文认为该作品无论故事还是叙事方式都远胜过当前热销的《哈利·波特》。

里“一般说来”是个标志，在语言形式上暗含了叙事接受者“你”的存在，想对“你”说一个可能有点不寻常的故事，同时为后文制造了悬念；在语义内容上表明人们通常的看法，但只是一个引子，有明显的转折之意。后面的“我”和“却”两个词果然与前面呼应，证明推断的准确性。“至少我不知道自己是怎样诞生的。”“至少”一词显示出中间省略了叙事接受者的诘问：“你的生命怎么可能不是诞生出来的呢?”所以“我”用委婉的回答挽回刚才的武断结论。如此推论，开头一段的对话形式为：

> (你要讲的是关于什么的故事呢?)
>
> 一般来说，生命始于诞生——我的生命却不是。
>
> (怎么可能呢？你的生命怎么会不是诞生的呢?)
>
> 至少我不知道自己是怎样诞生的。
>
> (那你是怎么来到这个世界的?)
>
> 可能我是从波浪的泡沫中诞生的，(这不可能!) 这完全合情合理，或者是像一颗珍珠那样从一个贝壳里生长出来的。
>
> (不会吧!)
>
> 也许我是从天上、从一颗流星上掉下来的。
>
> (真是太荒谬了，我不会相信你的话，因为你只是说“可能”“也许”。)
>
> 不过，有一点是肯定的，我是作为一个弃婴被抛进大海的。……

随后“我”回忆说自己第一次遇到了马尔姆激流漩涡。

现在，大家必须想到，这是那种在大海上可能遇到的最走投无路的情况。每一个头脑还清醒的海员，都会绕一个大弯，避开那个叫作马尔姆激流漩涡的地区……

“现在”这一时间名词指的是叙事时间，表明“我”暂时跳出了自己的故事，以提醒大家对叙事的重视，那是“我”推断出叙事接受者有可能不太看重自己说到的马尔姆激流的情况下，“我”对叙事语气和语句结构的重新调整。“每一个……都”又一次暗含转折，以让对方推测“我”的行为。

然后“我”被侏儒海盗所救，并被收留，直到身体长得太大才离开。其间“我”常常一边回忆故事，一边跳出故事与隐在的叙事接受者对话，在双方话语的共同激励下，推动事件发展，使其按照一定的序列串联起来。

括号中的语言是隐藏的叙事接受者根据叙事者的叙事内容和语言形式产生的。可见，(1) 叙事者语言中的动词、情态动词（如“可能”“也许”“必须”）、程度副词（“完全”“都”）以及联结词（“至少”“或者”“不过”）都是相当明显的话语标记，使叙事者和隐含的叙事接受者推断和评价对方话语，并相互激发使这种对话持续下去，形成故事。(2) 叙事实际上是在对话双方互动协商中的结果。话语标志使对话者能够将某种互动活动转化为特定的活动类型，通过约束推断来限制阐释。如上述对话限制在关于蓝熊“我”的出生问题上，以引出下文“我”的成长经历和“13条半命”的含义。(3) 对话双方各具独立意识，形成的交流环境引发了下文的人物行动序列，即关于“我”的来历、成长故事，共同促使叙事从一个言语事件转移到下一个言语事件（隐在的或显在的，前者如叙事者与叙事接受者，后者如人物之间的对话）。

因此，语句内容和形式的相互作用产生了文本内的交流语境，促使叙事者、叙事接受者、人物和隐藏的成人与儿童等各种声音意识在这种结构形式中对话争辩。赫尔曼认为：“使故事成其为故事者不只是叙事的形式，还在于叙事的语义内容、这些被叙述内容得以显现的话语的形式特征，以及这种形式与内容的相互作用所促成的各种推断这三方面之间的相互作用。”[①]推断的目的是使故事持续进行。语句内容、标记性的形式因素和因此产生的推断，共同形成了巴赫金所说的对话性。

2. 关于读者阐释中的话语标记

现实读者对文本的阐释和接受也有标记可循。

在《蓝熊船长的13条半命》中，首先从语句内容和形式上来看，“我”的出现不仅暗含了叙事接受者“你”，还有读者“你”的存在，“你”不仅接受“我”讲的所有故事，而且理解文本中无所不包的知识信息，否则叙事不会以此种方式存在（而叙事接受者并不一定理解所有信息，这从叙事者“我”所用的标记语言可以推断出）。读者站在“你”的位置上参与文本对话时，也在接受其中的主体地位。

其次，文本叙事以第一人称视角为主，以表明故事的真实感。但在描述他人话语时又加入了他人对另外角色和世界的看法。同时，故事中每出现一个新形象，就以“引自《查莫宁及其周边地区的奇迹、种群和怪异现象百科全书》教授阿卜杜·纳赫蒂博士编”的形式加以说明。这种交错的对话性弥补了第一人称视角的限制，实际上也在提醒读者该文本的故事性。

另外，从叙事结构上，“我”和隐在的“你”形成了说者和听者的关系，从而使文本成为无关旁人的封闭型言语结构。儿童文学的源头——民间故事、神话等故事形态在结构上的工整性已经成为一种文化符号和叙事方式的符码，被作者沿袭、流传，同时也被读者接受。因此，文本以回忆的方式连接事件串，容易被认同为故事。叙事者通过有意延宕或压制有关事件的信息，讲述此事件或不讲述彼事件，以此引导或规范着读者的阐释方式。

---

① ［美］戴卫·赫尔曼：《新叙事学》，马海良译，北京大学出版社，2002年，第158页。

在“我”与“你”的交流中放置标记，以导引出作者与读者的对话，这似乎是儿童文学尤其是童话偏爱的叙事方式。达尔的《魔法手指》同样存在着类似的标记：

> 革利鸽夫妇家的农场与我们家的农场相邻。革利鸽夫妇有两个孩子，他们都是男孩。这两个男孩一个叫菲利普，一个叫威廉。我有时到他们家的农场那边去跟他们一起玩。
>
> 我是个女孩子，今年八岁。
>
> 菲利普也是八岁。
>
> 威廉要比我们大三岁，他今年十岁。
>
> 什么？
>
> 噢，对了，好吧。
>
> 他今年十一岁。
>
> 上个星期，革利鸽家发生了一连串非常滑稽的事情。我这就尽我所能把这些事告诉你们。

在这个开头中，不仅有“我”，同时点明了“你们”的存在。“什么？”这句话作为叙事接受者的质疑问句，同时也设立了一个读者进入文本的位置和进行阐释的可能标记，面对叙事者的不可靠叙述，这个“你们”会提示读者做出判断，考虑是否同意作者即将传达的内容。

三、叙事进程与读者阐释

随着十九世纪以后儿童文学的迅速繁盛，作者会更为关注故事情节的曲折生动，作品结构已经变得复杂多样。即使在教育目的明显甚至“代替”儿童发声的文本中，往往也会利用结构上的变化或者话语标记来弥补与读者间的缝隙，而读者意识的参与，又一定程度上改变了叙事的走向，从而使作者“代替”发声的权力关系弱化。比如《大林和小林》秉承“花开两朵，各表一枝”的中国说书传统，这种双线结构极为重视读者（听者）的功能，在浓厚的政治意图和教育目的中增添了叙事的生动与趣味；拉格洛芙应瑞典教育部要求以介绍国家地理为目的的儿童教育读本《尼尔斯骑鹅旅行记》，采用冒险小说中多个事件与场景串联的结构叙事，形成一种连续不断的心理“体验”，这已不再是民间文学反复呈现的“三段式”叙事，而是各部分彼此牵连以丰富主题；此外，上文所讨论的《快乐王子》的话语“满溢”，显示出故事不再是单线情节发展模式，同时还存在一种隐形的补充结构，它未必连续，也不占据显著位置，而成为与情节并行的叙事动力，共同促进作者与读者的对话。这些都说明，叙事结构不仅包含动态的情节发展过程，而且因其多样模式的出现，形成了作者（成人）与读者（儿童）对话的复调性。这在后经典叙事学的代表人物詹姆斯·费伦那里被称为“叙事进程”。

费伦希望修正关于情节（时间序列）的普遍理解，认为叙事进程是文本动力与读者动力综合作用的结果。“叙事从头至尾地运动和控制这种运动的原则。进程沿着两个同时间的轴进行：叙事文本的内在逻辑和那个逻辑在由始至终阅读的读者中引起的一系列反应。尽管这番描述聚焦于叙事由始至终的时间运动，但对进程的关注却不仅仅是对作为线性过程的叙事的关注，这正是因为它认识到了作者的读者对开头、中间和结尾的了解中存在着能动的循环关系。”[①]也就是说，叙事进程既包括故事内部的逻辑运动，还包含了读者对这种逻辑运动的反应。从故事的“头”开始开启一个运动或确定一个叙事的方向，读者就参与了其中的聆听、理解、判断和对话，二者同时进行，共同推动情节发展。

上文提到的话语标记体现出文本开启叙事进程的重要方式，此后的

① [美]詹姆斯·费伦：《作为修辞的叙事：技巧、读者、伦理、意识形态》，陈永国译，北京大学出版社，2002年，第173页。

叙事中，我们会发现多种多样的叙事动力。

1. 显性的叙事进程

费伦对叙事进程从开端、中段、结尾进行了更为细致的划分，指出每一阶段都由读者与作者共同完成。这对于很多情节发展标记显著的文本来说十分适用，比如上文分析的“我”和“你”“你们”对应的叙事，情节从头至尾都以二者间断续的互动对话作为推动力，将故事导引至合理的逻辑方向。在另一些并非第一人称叙事或者叙事者有意隐身的文本中，叙事进程常有一些特别的推进方式。

早在《爱丽丝漫游奇境》中，卡洛尔就进行过叙事探索。比如在正文的叙述中，不断出现括号的插叙，它们承担着多种功能，或者补充情节，或者穿插来自叙事者的评论，或者加入主要角色爱丽丝的内心独白，这种间隔方式一直贯穿于整个叙事进程：

开头：（第一章 掉进兔子洞）

> 这并没有什么大惊小怪，就连爱丽丝听到兔子自言自语：“噢，天呐！噢，天呐！我太迟了！”她也没觉得奇怪（虽然事过之后，她再想起这些，认为自己应该感到奇怪，可当时一切看来都确实自然得很）。

括号里显然是叙事者的补充叙事，“事过之后”指向的是所有故事结束之后的时间，提示读者意识到即将叙述的故事也许惊险，但并无大碍，冒险总有完结的一刻。而且对后续所有故事之所以发生进行归因：都是由于犯了童话中常见的一种禁忌——对奇怪的事情没有保持警惕。费伦将“开头”的概念扩展到中段和结尾，亦即开头中已包含了结尾。这个开头正是如此，其并列的补充结构规范了叙事进程的方向和有节制的限度。

同样在开头，补充叙事还承担了评论的功能。

> “我想知道现在我掉了多少英里，”爱丽丝大声说道，“我肯定离地球中心不远了。让我想想，差不多掉了4000英里了吧，我想……”（你看，爱丽丝在学校已经学过的这类知识很有一些呢，尽管现在不是个显示知识的好时机，因为没有一个人在听她讲话，但这仍是个很好的锻炼机会）“……是的，大概就是这个距离——那么我到了什么经度和纬度了呢？”（爱丽丝其实并不太清楚经度和纬度的意思，可她觉得这两个词挺好听的）

这里叙事接受者“你”出现在括号里，不仅形成了叙述的双重声音，而且再次构成一种并列结构，造成了话语的旁溢。括号里的旁溢话语是不是多余的呢？事实证明，如果没有它们，读者将会进入完全不同的阐释误区，比如可能认定爱丽丝是个严肃而思维缜密的小姑娘，已经对科学知识有精确的把握，完全了解“经度”与“纬度”之类的科学术语等，这将与后面爱丽丝经常茫然不知所措和容易情绪激动之间出现较大的裂缝，情节的推进也将走向不同的方向。

可见，文本中的补充叙事为读者提供了判断的方式和依据，叙事的走向既是作者希望的，也是读者愿意把握的，它们在童心的自然逻辑上获得了一致，这便是作者在权力关系中努力再现儿童的真实状态和声音并寻求对话的重要前提。

2. 隐性的叙事进程

在儿童文学文本中，结构并不总是如此单纯一致，不仅情节线索可能同时有几条，即使同一情节也可能出现几种不同方向的叙事推动力，从而邀请读者从多个角度进入文本。比如娜塔莉·巴比特的《长生不老的塔克》(*Tuck Everlasting*)，从英文标题即暗含了叙事的走向，同时邀请读者以常识判断：长生不老是人人渴望的，塔克一家理应快乐无比。但故事中的实际情况恰恰相反，塔克一家非常痛苦、孤独，到处流浪，这使叙事从标题开始就形成了一种反向的张力，两种力量相互影响促使情节不断推进。①

正式进入故事时，主线是塔克一家与温妮的交往。从温妮想喝泉水而被劫持，到她知悉塔克一家长生不老的秘密和痛苦、共同阻止黄衣人利用泉水破坏人类的正常生命运转，再到最后从监牢里解救塔克的妻子梅，温妮选择至死不喝泉水，情节集中且并未出现旁溢情况，"泉水"意象似乎完全承担起了串联情节的功能。但细读文本会发现，"泉水"在叙事中并未具有象征意义，反而是一只蟾蜍从头至尾隐含了较多内容。②

费伦对叙事进程的讨论主要关注的是具有明显动力走向的文本，但申丹认为叙事中还会出现一种"隐形进程"："在叙事文学作品中存在双重叙事进程，一是情节发展，另一个则是情节后面的一股叙事暗流。这股叙事暗流与情节发展呈现出不同甚至相反的走向。""这种隐性进程不是我们通常所理解的情节本身的深层意义，而是与情节并行的一股叙事暗流。""如果情节后面存在隐性叙事进程，而我们仅仅关注情节发展，就难免会对作者的修辞目的、作品的主题意义和人物形象产生片面或者不恰当的理解。"③

---

① 中文版本的标题为《不老泉》，突出的是作为故事线索的"泉水"，所有与此有关的人物和情绪都被暂时隐藏。所以从这个角度来说，中文标题暗含的叙事内容相对较少。同样的情况还出现在《绿野仙踪》(*The Wizard of Oz*) 等作品的翻译上。

② 事实上英文原版的封面也正是温妮手捧一只蟾蜍而非"泉水"的形象，可见"蟾蜍"承担的叙事功能远远大于"泉水"。

③ 申丹：《"隐性进程"与界面研究：挑战和机遇》，《外国语文》2013年第5期。

在《长生不老的塔克》(*Tuck Everlasting*)中，可以说正是“蟾蜍”而非“泉水”这一意象开启了一段隐性的叙事进程。在与主线情节并行的这段进程中，“蟾蜍”非常不起眼，只有温妮注意过，而且它从未像童话中的动物形象一样开口说过话，只是一个极为写实的沉默的生命。蟾蜍一共出现了五次，两次在温妮被劫持之前，两次在温妮被送回自家树林时，最后出现在六十八年后温妮去世的墓碑旁。它隐藏在情节之后，看起来可有可无，但却比“泉水”更见证了故事的发展，成为一种有关“时间”的具象表达和隐形线索。蟾蜍的命运事实上已形成一种隐性结构，部分地影响到情节走向。

蟾蜍在开头可能只起到点缀情节的作用，比如：

> 八月同一周的同一个中午，温妮·福斯特坐在栅栏边扎人的草地上，对蹲在小路旁几码外的一只大蟾蜍说话。“我会走的，你等着瞧吧，也许就是明儿一早，趁大家还在睡觉。”
>
> 很难说蟾蜍没有在听。不过，就算蟾蜍故意不搭理，也只能怪温妮自己。

温妮对着蟾蜍自言自语，抒发各种情绪，类似场景出现在前三次。蟾蜍看起来只是一个孩子打发无聊时光的陪衬，它似乎与情节无关，也许仅仅充当起衬托人物的孤单处境这一功能。但到第四次出现时，我们就发现它具有了特别的意义：

> 温妮站起来看看那狗，它还在栅栏外等着，脑袋歪在一边，热切地望着她。“这是我的蟾蜍，”温妮告诉它，“所以你最好离它远点。”接着她灵光乍现，转身跑进屋里，冲到卧室里，打开衣柜的抽屉，取出瓶子——就是杰西送给她的那个装泉水的瓶

子。很快，她跑回院子里，蟾蜍仍然趴在那里，狗也仍然等在栅栏边。温妮拔出瓶口的木塞，跪下来，缓缓地、小心翼翼地把珍贵的水倒在蟾蜍身上。

……

小瓶子现在空了，落在温妮脚下的草地上。如果那一切是真的，林子里有的是泉水。等她到了十七岁，万一她想去喝，去林子里喝就是了。

温妮笑了笑，弯下腰把手伸出栅栏，放走了蟾蜍。“好啦！”她说，“你安全了，永远安全了。”

温妮和蟾蜍这次相见之前，有一个关于泉水的重要转折点：塔克家的秘密被黄衣人发现，他们必须再次流浪，十七岁的儿子杰西装了一瓶泉水给温妮，希望她长到十七岁时喝下，然后去找他们，永远幸福地在一起。这是个两难选择：喝还是不喝？喝下，她将辜负塔克对“生命是一个轮子”的苦心思考；不喝，她将辜负杰西的期待。温妮的矛盾纠结在蟾蜍这里得到了最为集中的展现。她把如此珍贵的不老泉水倒给蟾蜍，是因为心里已经暗暗做出了“不喝”的选择吗？显然不是，因为她还在想着“万一”。那么，让一只蟾蜍长生不老对情节有什么意义呢？善良的塔克一家却忍受着“长生不老”的痛苦，也许“蟾蜍”这个温妮最熟悉的无声的生命，将会作为她的使者永远等待塔克一家。至于温妮自己，她一直在犹豫，直到生命结束。

围绕“蟾蜍”的线索在这里开始与主线情节发生交集，故事因此得以化解难题而走向结局。此后“蟾蜍”再次消失，这段进程也再次回到隐性的层面，直到结尾：当多年以后塔克夫妇回到温妮曾经居住的林子，那里早已面目全非，他们发现了温妮的墓碑和一只跳过的蟾蜍。如果没有“蟾蜍”对温妮从始至终的陪伴这一不起眼的叙事发展，温妮对是否长生不老的两难选择将会被无限延宕而无法结束故事。

申丹认为："由于我们看到的不再是情节发展的单一叙事运动，而是一明一暗的两个并行的叙事运动，各有其特定的主题关怀，因此我们对作品的总体理解会发生变化，会看到两个叙事运动如何从不同的角度，共同表达作品的主题意义。隐性进程会揭示出人物的一个不同层面。看到隐性进程，我们就可以看到更加复杂丰富的人物形象。"[①]《长生不老的塔克》（*Tuck Everlasting*）补充"蟾蜍"这一隐形的叙事进程，增强了温妮作为儿童的叙事真实性，她快乐而顽皮的举动显示出生死选择的艰难。同时，孩子与一个卑微生命的相处，不仅是邀请读者（儿童）进入文本进行阐释的主体位置，而且进一步强化了作者的意图。

在《夏洛的网》中，叙事进程也呈现出明暗两个不同的动力走向，使读者可以从多个角度进入文本。故事情节主线是威伯与夏洛的友谊，以及有关生与死的意义等主题，但叙事是以女孩芬从爸爸的斧子底下抢救一只刚出生的柔弱小猪开启的。故事直到第三章，芬才退到次要位置，由小猪威伯和随后出现的蜘蛛夏洛担任主要角色推动情节。随着叙事的推进，芬出现的频率逐渐降低，甚至到结尾再没有出现。如果说女孩芬在故事开头充当了极为重要的叙事推动力量，那么中段以后，芬几乎游离了故事，虽然她依然常常搬着小凳子去农场听动物们谈话，但她既不是解救威伯的帮手，也不是发现夏洛伟大创举的第一个人，甚至在去集市确定威伯的价值的关键时刻，芬最为惦记的不是威伯的命运，而是不断找妈妈要钱去玩遍集市里的游乐项目。也就是说，芬事实上并没有承担主要叙事功能并参与情节主线，因为她不是叙事者，故事也不是聚焦于她的视角来呈现，而是始终沿着自身的叙事轨道发展。

那么，女孩芬的行动轨迹，在叙事结构上存在怎样的意义呢？细读

---

① 申丹：《何为叙事的"隐性进程"？如何发现这股叙事暗流?》，《外国文学研究》2013年第4期。

故事会发现,《夏洛的网》是一个有关成长的故事，这个主题是通过芬和威伯分别贯穿的双重结构来体现的，二者各自表达了成长中遭遇的不同问题。作为主线的威伯的叙事进程，讨论的是孤独一人的成长（如果没有亲人）中对生死这个重大问题的思考，它需要精神导师和强大的友谊来支撑，而夏洛承担了这种职责。隐藏其后的芬的叙事进程，讨论的是成人世界对成长的不解和恐慌，但小女孩在这种压抑中依然会如蓓蕾般长大。这个进程对主线起到了重要的补充作用，它不需要成为叙事者，也不参与主线情节（虽然芬能听懂谷仓里动物们的谈话，常去看望威伯，动物们都喜欢她，但她从不参与发言），但却从另一个侧面深化了主题。

同时，这两个叙事进程从角色到情节演进都各自设置了合乎逻辑的主体位置。比如芬的成长，其转折点是担忧的妈妈去找多里安医生。这个有趣的医生详细询问了芬的情况，然后说：

> “我想她会一直爱动物。不过我不相信她会一辈子待在霍默·朱克曼的谷仓底。男孩呢——她认识什么男孩子吗?”
>
> “她认识亨利·富西。”阿拉布尔太太一下子欢快地说。
>
> 多里安医生闭上眼睛沉思。“亨利·富西,”他喃喃地说,“嗯嗯嗯。好极了。好，我认为你没什么可担心的。如果芬高兴，你就让她和她谷仓里的那些朋友打交道吧。我可以不假思索地说，蜘蛛和猪完全与亨利·富西一样有趣。不过我说在前面，有一天连亨利也会偶然说出些吸引芬注意的话来。真叫人惊奇，孩子们一年一年变样。……”

事实上，芬从此自然地不再常去谷仓，在集市上最关心的是与富西一起去坐费里斯转轮，而不再是威伯的命运。她长大了！因此，这个进程的存在，使《夏洛的网》不再是一个单纯的动物故事，也让读者（儿童）对文本有了更多角度的阐释和认同。

第二节　幻想叙事的时空性——一种心灵体验结构

儿童文学叙事在遵循文学规律的同时，其本质性的叙事形态——幻想表现出了不同于别的文学类别的特殊魅力。本文之所以将叙事中的幻想世界视为结构因素，是因为其中作者对时间和空间的设置有较多的文化内涵，幻想也是体现作者意识形态观念的文本结构形式。

成人叙事文学的虚构方式是力求接近和还原现实，而儿童文学的幻想则表现出尽力远离现实世界的趋势。幻想不仅仅是虚构，也不是简单的夸张、变形，它是一种融合时间叙事和空间叙事的结构模式，在时空交融中模拟作者与读者的心灵体验。[①]而这种虚构的时间和空间也是成人在强势话语中力图寻找与儿童对话、凸现儿童声音的重要叙事模式。

一、寻找幻想地点——关于空间的互文性

幻想空间的物化形式首先是为故事寻找一个地点。我们发现，幻想性故事总是会假想一个属于孩子（或前文已论述的具有象征和隐喻意义的动物）的独特领地：被视为混乱的梦境，并不存在的永无岛，未曾被人发现的一片大陆、农场、花园、森林、荒原或者魔法世界。成人希望

① 以幻想和想象为主要叙事方式的作品是本文在这里重点讨论的对象。当代儿童文学在叙事的复杂性上已经完全可以和优秀的成人文学比肩，但又总有一些特别的东西使读者能够马上区别出文类上的归属。本文在这里力图探讨的就是大部分文本（比如多数图画书、童话以及模糊了文体的长篇作品《哈利·波特》《蓝熊船长的13条半命》《来自矮人国的小兄妹》等融小说和童话因素为一体的幻想故事）体现出来的儿童文学特性。而另一部分较为写实，主要叙述当代少年儿童的校园、家庭生活和精神世界的文本则不在讨论之列，这样的儿童故事、小说与成人文学的总体叙事风格较为接近，需要另外研究。

儿童脱离蒙昧走向文明，却又赋予蒙昧世界特别的含义，“大多数童年世界体现着现代社会的田园传统，这是欲从文明束缚的厌倦中安全撤离的理想化和浪漫化。”“童年图景被界定为文明社会成人世界的对照和避难所。”①成人对儿童的想象性界定很大程度上合并成了对田园和朴素的过去的怀念，即使某个小镇、小城，也是一种摹仿文明社会的产物，这种仿制反而使作为城市反叛力量的周边世界（田园的象征）更加突出。因此，叙事中的幻想地点被赋予了较多的含义，幻想与现实、成人与儿童的精神向往世界等等形成了互文性的暗示关系。

《绿野仙踪》的幻想空间里出现翡翠城与乡村的分离，成人与儿童分别成为其中的主宰。文明世界是不会有魔法师的，所以代表成人世界的翡翠城里的奥芝是骗子，他们盲目地推崇着财富和特权，使得奥芝需要假扮魔法师以获得权力。女孩多萝西以及需要帮助的动物朋友则是向往成人世界并努力追逐成人身影的儿童世界的代表，但他们显然只有回到乡村（拥有真正魔法的世界）才能体验到受保护的安全的心灵场景，并真正获得权力。

这两个虚幻之地相互暗示，“城市和工业化的美国的巨大社会冲突转化为难于压制的儿童与成人权威之间的冲突，而冲突反过来又通过对土地的诉求得到解决”②。土地的主宰被幻化为一片童年图景，因为那里是还没有被社会化的精神避难所。

还有相当多的儿童文学文本用现实与虚幻之地的对比来取代城市与乡村。这实际上形成了一种“超互文性”③的空间叙事关系，二者以对方

---

① Susan E. Honeyman, Childhood Bound: In Gardens, Maps and Pictures, *A Journal for the Interdisciplinary Study of Literature*, Winnipeg, Jun.2001, p117-132.

② Susan E. Honeyman, Childhood Bound: In Gardens, Maps and Pictures, *A Journal for the Interdisciplinary Study of Literature*, Winnipeg, Jun.2001, p117-132.

③ 西方学者吉尼特在“互文性”基础上又提出“超互文性”概念，即“一个文本与作为其基础但又被变形、修饰、发挥或扩展的文本或文体之间的关系”。见黄鸣奋：《互文性：网络时代对后结构主义的追思》，文化研究网（http://www.culstudies.com）。

为基础，相互借用、发挥，同时又相互指涉和依赖，共同暗示意义。成人从现实回望虚幻世界，在无法回返的想象性田园空间中重铸个人记忆；儿童又在拥有自己权力的虚幻世界里努力寻找通向现实的成长道路。因为田园世界不能永久停留，社会化还是其成长的目标，所以温迪他们必须回家；爱丽丝必须从梦里醒来；小飞人卡尔松去了又来，来了又去，小弟还是要在自己的家里长大。儿童与成人分别在两个世界拥有各自的运行规则，但每一个世界又都清晰可见对方的身影，交织成难以分离的网络。

图画书《跳舞的班亚普在梦里》（*A Dream of Bunyips Dancing*）分为白天和梦境两个世界，这是典型的相互指涉和借用的两个场景。露露想知道传说中的怪物班亚普长得什么样，但爸爸、妈妈、奶奶众说纷纭，无人知道，只有爷爷晚上回忆起童年曾和露露有同样的追问，最后露露在梦里见到了跳舞的班亚普和爷爷。首先故事有一个前文本存在：《伯克利小河边的班亚普》（*The Bunyip of Berkeley's Creek*），讲述小怪物班亚普追问“我是谁”进而寻找自我的过程，最后他通过镜子和同类的归属终于认识了自己。班亚普的困惑明显暗示着儿童认识自我的方式。而传说中的班亚普若干年后又交织到露露的童年梦境中，成为找寻童年之梦的新符号。梦境来源于现实，随处可见现实的身影：家庭生活秩序、爷爷奶奶父母在生活细节中的角色界定、成人与儿童的对话和身份关系等等。但梦境又是一个解决精神困惑的理想境地，露露在梦中见到班亚普并和它们一起在月光下跳舞，暗示着儿童在幻想空间中解决了与现实的冲突。而找回童年记忆的爷爷走入理想的虚幻之地，也正表明成人与儿童共同远离现实困扰而达成对话的可能性。

《哈利·波特》里明确区分出似乎难以相容的两个地点：现实世界的“女贞路4号”与魔法世界的霍格沃茨学校，二者分别被对方含义丰富地指称为“麻瓜世界”和讨厌的地方。这使叙事形成明显的双线结构，哈利·波特频繁地穿梭于两个世界成长，中间的通道则是既真实又虚幻的“国王十字车站的9¾站台”[①]。车站具有很强的暗示意义，它既是连接两个世界的桥梁，又是二者形成互文性关系的标志。魔法世界本是逃避文明束缚的精神向往之地，（现实中的）成人不能进入和控制，但这个世界却交织着各种现代声音：学校制度、国际魔法联合会、巫师职称评定、宠物、能升级换代的光轮2000飞天扫帚、收集画片——食品的现代游戏方式、百年老字号店招牌——文化传承与商业运作接轨、类似于足球的魁地奇球以及严格的队员选拔制度等等，到处充满着体制化、社会化的现代文明秩序。在远离现实的不知位于何处的世界，魔法学校已经不仅仅是儿童玩乐学习的理想的安全世界，而且成为成人在现代文明浸染下还能通过复魅形式获得心灵归依的象征。

二、寻找幻想时间——一种心灵体验方式

儿童文学与其他文学样式一样，是在时间中展开的艺术，故事在结构上的顺叙、倒叙、插叙以及叙述的视角移动等安排实际上都是时间的处理策略。每个叙事文本都必然存在两种时间：故事时间和叙事时间。前者是故事发生的自然时间，需要读者自己凭借阅读和生活逻辑经验重建；后者是文本中呈现出来的时间，即叙事者讲述的时间发展状态。故事时间固定不变，而叙事时间则是作者采用的千变万化的叙事策略。这两种时间的存在首先便在结构上形成两层相互叠加的空间状态。因此，时间也是一种叙事语法。

后经典叙事学者乌里·玛戈琳在讨论时态、体式、情态和文学叙事的性质时认为，人类历史事件是随时间展示的动态情景，“文学叙事，尤其是叙事声音的话语，向我们展示了人类心灵作用的各种模式，建构了

① “国王十字车站”是英国伦敦真实存在的火车站，而“9¾站台”是作者虚构的。

对动态情景的各种不同的内部再现（认知图谱）”，她还引用了雅肯道夫的观点，即“动态情景是人类认知结构活动的一个主要对象。这个活动的产物是人类的各种概念结构或精神建构，体现了动态情景将有关于时间状态和真实地位的印象留在人类心灵的不同方式”。①因此，人们可能希望看到全面展示的稳定统一的事件，于是产生了回顾性叙事；或者认为我们只是处于事件的进程之中，永远不可能完结，于是产生了同步叙事；或者认为世界未来包含着不确定的潜在空间，于是产生了预示叙事。经典叙事学一直将叙事描述为“过去+事实+完成构成”的模式，即故事既然能够被讲出，则必然是已经历史化了的过去，但随着叙事技巧的发展和人类对时间的心灵体验，玛戈琳等后经典叙事学者扩展了叙事时间的内涵。

本文认为，经典叙事学对“时间”的理解停留于叙事形式的表面，玛戈琳等后现代叙事者虽扩展了叙事作品时间的阐释方式，提出对“心理体验”的重视，但还是没有能够更深入细致地探讨对时间的体验过程。

从对儿童文学叙事中幻想时间的分析我们看到，由于成人与儿童之间构成的权力关系决定了叙事方式，因而从更深层的心灵体验看，儿童文学中的幻想叙事不是成人指向逝去的童年，而是指向现在和未来。贝特尔海姆甚至认为，“从情感的角度看，童话不前不后，就是从儿童所处的状况开始的，它们告诉儿童必须往哪里去，怎么去。童话通过暗示做到这一点，用的是儿童能够理解并与自己的问题联系起来的幻想材料。儿童可以像他们所需要的那样利用这些故事，因为这些故事运用的意向使他们容易理解他们要理解的基本的、本质的东西是什么。”②贝特尔海姆用精神分析法将童话看成心理治疗的手段，因而只局限于文学叙事对儿童心灵

① ［美］乌里・玛戈琳：《过去之事、现在之事、将来之事：时态、体式、情态和文学叙事的性质》，见［美］戴卫・赫尔曼：《新叙事学》，马海良译，北京大学出版社，2002年，第112页。

② 转引自［美］阿瑟・阿萨・伯格：《通俗文化、媒介和日常生活中的叙事》，姚媛译，南京大学出版社，2000年，第102页。

体验的同步性，而没有涉及另一个重要的心灵体验方式——未来性。

童年在儿童那里总是一个朝向未来的成长过程，而在成人那里则是已逝去的时空，但尽管如此，成人却期望通过想象和重构的方式寻找理想境地。于是儿童文学对于成人不仅是想象与预设儿童成长之路的方式，可以积极建构理想的童年模式，而且在这种理想模式中又促使反思自身的当下生存状态。因此，童年在成人那里也不是回望过去，而是指向现在和未来的时间体验。即使在回忆性的儿童文学叙事中，成人的心灵体验也饱含了对现在或将来童年成长方式的期许。

由于成人确信儿童思维的成长模式是从低级到高级、简单到复杂，因此运用一种已经发生且得到确定的、总体一致的叙事结构更利于表达自己对世界的掌握程度，并使儿童学习和进行自我认同。于是幻想世界中作者寻找的时间与虚幻地点紧密联系在一起，使故事世界形成封闭性的时间单位，在叙事者描述之前所有相关事实和关系都已存在（或被叙事者肯定为可能存在），比如传统叙事模式的“从前”“很久很久以前”等等。在这种叙事回顾中，成人作者似乎展示的是已经发生的故事，对曾经童年世界的追寻，但通过叙事声音表现出的实际叙事态度却是对一种曾经拥有但已无法回返的世界的想象和期待。成人将重构童年作为理想目的，并为儿童预设“合法化”的成长道路，这种想象不在过去，而是一种现在和将来状态的心理时间。因而儿童文学叙事在结构上可能表现为回顾性特征，但却是一种同步或指向将来的心理体验。

同时，儿童文学的幻想世界中叙事者又会完全确信虚幻地点和事件的真实存在，并往往将观察行为的“现在”置于事件结束之后，事件的内在时间结构则是已经完成的统一体。尽管叙事者也会对已发生或未发生、可能发生的某些事件表示一种不确定的态度，比如“听说”“可能”“也许”等动词的运用，但事件的这种多样性或不确定性本身已经是故事不可简约的事实，而并非叙事者假设的心理状态，这并不会影响读者对故事的确定程度。

比如《毛毛——时间窃贼和一个小女孩的不可思议的故事》在完整地叙述了关于时间的整个故事后，又在《作者简短附记》中写道：

> 我本人既不认识毛毛，也不认识任何一个她的朋友。……关于那个大城市的情况，我也只是根据猜测写的。当时，我正坐在火车里做长途旅行（今天我仍然在旅行）。一天夜里，我和一个引人注目的旅客坐在同一个单间里。……不管怎么说，是他在那个漫长的夜里给我讲了这个故事。

叙事者“我”以不在场的方式肯定地讲述了前面的故事，却又在最后对故事是否存在表示怀疑，但读者立刻便能发现此处“我”的不可靠叙述，回顾性叙事完整一致的结构已经在读者心中形成稳定的心理体验。故事已然完成，但作者在事件中指涉的却是人类的发展之路：守住理想中的童心，才能不失去时间。

因此，幻想世界采用的回顾性叙事方式是在成人权力话语的框架下，一方面对儿童来说是同步性的心理体验，另一方面强化了成人想象的未来时间状态。同时这种时间叙事形成的封闭结构又进一步满足了读者对于完全把握故事而获得完整心理体验的期望。曹文轩的《草房子》是一部将时间处理得相当巧妙的叙事作品。在整个故事开始及结束之时，只有一个明确的时间：“1962年8月的一个上午，秋风乍起，暑气已去。”时间首尾呼应，中间的故事则是一种回顾性的叙事方式。而这个时间在整个故事中只是一个虚幻的所指，既没有再在故事中出现，连接事件的序列，更剔除了“1962年”所带来的沉重历史意义，故事似乎与“1962年”没有必然的联系。时间的意义穿透故事表层，其所指就有了无限的心理层面上的内涵，而作者在后记中也深刻说明了这一点：“感动今世，并非一定要写今世。‘从前’也能感动今世。我们的早已逝去的苦难的童年，一样能够感动我们的孩子，而并非一定要写他们处在今天的孤独中，我们表示了同情时，才能感动他们。”“感动他们的，应是道义的力量、情感的力量、智慧的力量和美的力量，而这一切都是永在的。”[①]显而易见，故事里的时间只是象征性地指向“逝去的苦难的童年”，而作者想要表达的是如何感动“今天的孩子”，甚至寻求童年在未来中永恒的美学意义。桑桑、细马、秃鹤等孩子的成长心境以及他们在这个成人世界的生存状态是贯穿于过去、现在、未来几代童年的普遍经历，而使能指的时间指向了无限的心灵宇宙。

在具体的时间设置上，儿童文学叙事有以下几种方式：

1. 传统叙事的时间结构

如“从前”“那一天”，或者用虚构地点暗示时间的久远，如“在一个湖边”“北方的大海中”等等。这种叙事模式将故事时间与叙事时间尽可能地拉长距离（事实上的或读者心中形成的心理上的长距离），与虚幻地点相连，构成明显的幻想空间。事件基本按时间顺序排列，文本不断并置起两个层面的时间、意识和各种判断，无论叙事者是否在场，都制造出“讲述”和“发生”的痕迹。而在空间的两个层面上，时间构成的叙事距离产生一种持续的张力和认同感，使读者很容易认识并接受久远故事中的人物的困境以及最后的解决方法，从而认可作者隐藏其中的想象与期待。这种叙事时间设置为过去，但指向的却是作者和读者“现在”的心灵体验。

米切尔·恩德的《奥菲利亚的影子剧院》选择了传统的开头模式：“在一个古老的小城里，生活着一位名叫奥菲利亚的老小姐。”“古老”和

---

① 曹文轩：《草房子·追随永恒（代跋）》，江苏少年儿童出版社，1997年，第278页。

没有名字的“小城”暗示了时间的久远，同时故事地点除了小城以外还有天堂，在读者心理上形成了远距离的时间体验。

此外还有现实时间和虚构时间并列的叙事，在叙事方式上与传统叙事时间类似，故事时间可能指向过去，但在心理体验上却是指向现在或未来。

2. 叙事隐藏了时间而直接让形象出场

如美国图画书作家谢尔·希尔弗斯坦的经典作品《失落的一角》，既没有时间，也没有虚构地点，直接呈现一个故事：

> 它缺了一角。它不快乐。
> 所以，它动身去找 它那失落的一角。
> 它一边滚动 一边唱着歌：
> “噢，我在找我那失落的一角
> 我在找我那失落的一角
> 嗨——哟——哟，我要去，
> 寻找我那失落的一角。”
> ……
> 因为缺了一角 它滚不了太快 所以它会停下来 和虫儿说说话
> 或者闻闻花香……

从开头到结尾只有一个圆一直在寻找那“失落的一角”，叙事时间、故事时间均不确定，直到最后还呈现出故事未结束、“在路上”的状态。虽然文本叙事简单，只有叙事者的聚焦角度和一个主要角色，但读者却难以建立起两个并置的时间、信息和意识的双层结构，故事的发生时间具有任意性。因此文本叙事模式难以归为通常的“回顾性”叙事，而更接近于乌里·玛戈琳所界定的“同步叙述模式”，即叙事表明的是一种“人类心灵的机能以及我们能认识什么、认识多少、如何认识的认识论或心理学假设”，我们始终置身于事件中间，处于认识事物的过程当中，“像我们的意识一样，永远在展开，对它的任何封闭或封顶，都只能是人为之举。”[①]这种叙事——无时间的永远的寻找和“正在进行”的状态还原了人类心灵意识的自然性，也是儿童和成人心灵共存的本真状态。因而时间和虚构地点的不在场，使幻想空间超越了现实世界的权力关系，直达心灵宇宙。没有时间的叙事使故事的所指变成了任意的时间，过去、现在抑或未来，处于永远正在发生的状态，在这里成人与儿童共同追随生命体验，寻找精神之源。这也是成人作者在强势话语的框架中欲与儿童在心灵深处达成对话的努力。

① ［美］乌里·玛戈琳：《过去之事、现在之事、将来之事：时态、体式、情态和文学叙事的性质》，见［美］戴卫·赫尔曼：《新叙事学》，马海良译，北京大学出版社，2002年，第108页。

结语

德国儿童文学作家米切尔·恩德在一次授奖演说《超越儿童文学》中说道："从根本上来说，我反对为了孩子而存在一种特别的文学的说法……据我们的经验，孩子原则上丝毫也不关心的主题，或是孩子完全不理解的主题，是不存在的。问题是你如何用心、用头脑来叙述那个主题。"① 恩德的感受印证了古往今来儿童文学经典之作的共同特征，它们穿透历史时空，关注精神深处具有普遍性的主题，向儿童也向成人讲述人类心灵成长之路。因此，儿童文学（本文特别指"儿童文学"概念中的主体——成人为儿童创作的文本）只是主要针对儿童这个接受群体的文学门类，如同表现女性意识的女性文学、表现乡民精神世界的乡土文学一样，其美学内涵与成人文学并没有绝对界限。儿童文学的本质并非仅仅表现快乐和成长，更多的经典文本与成人文学一样，力图在童年中找寻人类曾经拥有而现在已经逝去的东西，所以儿童文学中深藏的哲理和象征往往更具形而上的精神魅力。成人总是欲通过描写童年生活（比如以儿童生活为主的文本）、精神世界等等来寻找心灵的根。

但儿童文学既然冠以"儿童"之名，在体现文学共性的同时，也必

① 转引自彭懿：《毛毛：人类的守护天使》，见米切尔·恩德：《毛毛——时间窃贼和一个小女孩的不可思议的故事》，李士勋译，二十一世纪出版社，2000年，第298页。

然存在自己的个性。那些现代派文学中的变形和夸张、魔幻现实主义文学中的怪异和神秘，或者有关幽灵鬼怪的成人文学，首先在直觉上都不能归为儿童文学。那么我们又根据什么来界定“儿童文学”？是儿童的阐释能力还是故事中的“成长主题”？很显然儿童文学并非以儿童角色或类似形象为标准来区别于成人文学，而且儿童的阐释能力和解读方式往往高于成人的估计。因此本文认为，儿童文学的美学特质不是体现在主题内容上，而是文本特殊的叙事方式，同时这种叙事特色又是由叙事语境中成人与儿童的特殊关系决定的。

对文本叙事的考察离不开作者与读者的关系研究，因为文本来源于作者，读者的阐释又确定了文本的意义。巴赫金认为作者和读者有一种本质意义上的对话关系。而儿童文学与成人文学的区别首先在于，作为成人的作者和作为儿童的读者的关系不同。根据各种学科对儿童的界定，成人在其成长中负有至关重要的责任和权威，这直接决定了成人对儿童的话语方式，也不可避免影响到虚构叙事。如果将儿童文学文本的产生和流通看作一个无形的场域或者话语产生的语境，那么成人与儿童则是其中最重要的两大群体，二者之间的权力互动方式决定了叙事特征。

在儿童文学场域中，成人是理所当然的权力拥有者，他们制定了场域内的运行规则，儿童成长和社会化过程也是被逐渐纳入成人设定的社会体制规范的过程。因此，抛弃童年走向成人世界不仅是成人对儿童实施教育的责任，同时也被内化为儿童自觉的成长目标。于是有关性别的确认、道德规范的建立、合法性知识的获得等等都成为进入成人世界的文化资本而注入到儿童世界，这其中儿童文学便是促使儿童进入体制规范的重要载体，因此儿童文学叙事实际上是成人言说儿童的桥梁。

福柯认为，权力不全是否定性力量，同时也积极地建构着双方的主体关系，成人与儿童在不停的调整中确立了双方的话语交流方式。在这种语境条件下，儿童文学叙事必然会以教育或引导儿童读者进入成人社会、完善儿童人格为主要目的。由于成人已经远离童年，只能依靠想象和假设来言说儿童，这种想象也是一种意识形态因素，它界定了成人眼中的童年模样，并通过文本中设定一系列主体位置来预设理想的成长方式。同时，为使儿童接受这些主体位置、认同自我角色，成人还需要在权威话语中找到与儿童沟通对话的方式，从而又形成“权力话语中的对话因素”。成人与儿童这种复杂的权力关系构成了儿童文学叙事产生的语境，而直接决定了文本叙事结构、角色、视角、时间、修辞等叙事方式。

以布斯、热纳特等人为代表的经典叙事学注重从科学的角度对文本作共时性和整体性分析，力图找到故事背后的普遍性规律，却忽略了文本作为一种话语方式所存在的语境，以及叙事的说者和听者对文本意义的重要作用。九十年代以来的后经典叙事学发展了前期理论，并借用巴赫金的对话理论将语境研究和作者与读者的复杂关系摆到重要位置来探讨。本文力图从叙事学角度将儿童文学文本置于语境中进行探讨，分析场域中成人与儿童间的权力关系如何形成作者与读者在本质上的对话关系，以及如何影响文本叙事结构、聚焦和声音。

绪论中对于儿童文学语境及叙事特征提出了几个问题，通过以上各章的讨论回答这些问题已不太困难。本文的论述主要涉及以下几方面：

1. 影响儿童文学叙事方式的语境中的权力关系

科学和真理体制确定了儿童作为“他者”的特殊地位，成人由于对场域内文化资本的绝对占有而使自己成为理所当然的权威，同时也成为儿童进入社会体制、完成社会化的成长目标。于是这种权力关系虽有对立和反抗，却也是双方互动交流的结果，成长为合乎社会规范的人是成人和儿童共同的迫切愿望。而儿童文学即是帮助实现此目的的载体，通过界定儿童文学概念和创作规则、确定角色身份以及文本的评论和流通，文本叙事产生的叙事语境形成了。

因此成人与儿童的关系成为儿童文学叙事语境中的核心要素，成人看待儿童和童年的方式就是“儿童观”，而不同时期、不同作家的儿童观又受到更大的社会文化场域的决定和影响。这样儿童文学叙事产生的过程实际上为：社会文化语境→叙事语境→儿童文学文本叙事。

2. 作者与读者的对话关系

文本外的权力关系首先会通过文本内隐含作者与隐含读者加以体现，使文本内外形成“互文本”形式：成人创作文本，并设立一系列主体位置，儿童读者通过阐释认同这些主体位置，从而确立自我，接受作者的意识形态。在这个过程中会形成“权力话语中的对话因素”，成人作者虽然掌握叙事权力来虚构故事，但却需要找到使读者接受的沟通方式，于是便出现在权力叙事话语的框架下“代替”或“代表”儿童发声、力图展示儿童意识、寻求成人与儿童对话的叙事模式，从而出现多种声音（成人的、儿童的）的“对话因素”。

3. 在叙事语境的权力关系中形成的儿童文学叙事特征

这是进入文本叙事的微观层面进行研究，文本外的权力关系和作者与读者的对话又是通过叙事聚焦、声音和叙事结构等具体形式表现出来的，比如聚焦中的多声与对话、儿童声音的显现、结构中的意识形态以及叙事时间和空间的特色等。

在对儿童文学叙事文本的分析中，本文多次提到在成人权力话语中“代替”儿童发声和“代表”儿童发声的叙事方式，虽然两种话语方式都是成人在自己的权力话语中寻找表现儿童声音的途径，但很显然前者更多地侵入了成人的强势话语，此时儿童言说自己的机会是不多的，比如过多强调教育性而在叙事中缺少与读者交流对话的文本。而在“代表”儿童发声的叙事方式中，成人主动调整与儿童对话的位置，尊重儿童的独立人格和感受能力并在与其不断交流中推进情节，从而帮助和给予他们言说自己的机会和权力。因此，“代表”儿童发声的叙事模式也是本文认为的能够使成人与儿童真正形成精神对话的理想叙事，即使是教育性较强的文本，也可能通过叙事技巧的使用来弥补与读者阐释的距离。

叙事理论的前沿性和复杂性，使儿童文学叙事研究不免有用成人文学理论研究儿童文学作品之嫌（目前有学者呼吁要建立儿童文学自己的话语理论体系），但本文认为儿童文学首先是文学，它符合作为文学的一切发展规律、创作规律，只是由于接受者的特殊性（这种“特殊性”也是成人界定的）使整个文本叙事出现了自己的特性。历来文艺理论家在揭示文学普遍规律时通常只以成人文学作品为范例，而忽视了儿童文学的存在，实在是极大的遗憾。同时，正是由于儿童的成长性，使得儿童文学本身具备了广阔的社会文化因素，儿童文学研究也需要涉及跨学科理论才能从更深的角度接近文学的内核。在当代文化已经转向大众传媒时代之时，儿童文学更加与整个经济文化的发展和媒介传播密不可分，而对文本美学特色的研究也无法割裂语境联系而单独进行。

本文在普遍意义上对作者、文本和读者进行的宏观讨论中，还有诸多细节问题有待进一步详细探索，比如在具体文类的叙事特征上，本文主要描述的是各文类叙事共性，还未能在叙事个性上展开讨论，尤其是下面几类文本：

一是儿童诗。具有抒情性的诗歌是否属于叙事学的研究范畴？在传统研究中，常用形式主义或新批评的细读式研究方法探讨诗歌的形式结构特征，很少涉及综合性的叙事因素。后经典叙事学对“叙事”一词外延的扩展，使叙事作为一种言说方式而无处不在，包括诗歌，其中的言说规律和与语境的深刻联系同样成为后经典叙事学的研究对象。但与传统意义上的叙事文本相比，诗歌在叙事方式上的形式特征如语言、结构、修辞等方面依然存在自己的独特魅力，尤其是儿童诗和幼儿文学中的童谣，其文本叙事特征比儿童文学中的小说、童话、散文和其他类别更为特别，因此很需要对具体文本专门论述。

二是图画书。图画书是典型的将多种媒介结合的叙事文本，文字的画面感与图画的故事性完美融合在一起，其文图结合的叙事模式使故事的表现变得多样，尤其是图文叙事中的隐性进程。图画中隐藏的叙事线索，是特别值得关注的特征。同时，文字不仅蕴含自身的信息，而且在很多时候已经成为画面的一部分，这使故事文字具有更多可供阐发的空间。图画书由于加入了画面视觉效果，其形象化的叙事方式则涉及绘画、图像等方面，特别是叙事者在画面风格、构图、色彩、尺寸、留白、画面多种视线的焦点以及与读者在视角的沟通上都有较多内涵，读者对画面细节的阐释接受也与纯文字叙事有一些差异。因此，关于图画书叙事的研究和讨论尤其需要专门进行。

除了儿童诗和图画书，还有在这个多媒体互动时代与儿童文学相关的文类，比如网络文学、动漫等文本也体现出叙事共性中的个性。当代文化体制内的儿童文学还有相当多的现象和发展趋势值得研究，比如关于多媒体时代的文学叙事是否会打破经典理论对“儿童文学”的传统界定，当代儿童读者对精品的接受心理与传统相比是否出现不同（许多所谓精品创作实际是成人商业炒作的结果，儿童在广告的宣传下也可能对其趋之若骛，这掩盖了作品在儿童心中真正的价值）等等。而文本外的文化现象也正在越来越多地影响到文本的叙事特征。

对儿童文学叙事的研究，是本文从文本外的语境角度把握儿童文学创作的一种尝试，笔者期望通过文本叙事的探讨对儿童文学创作寻找可能的美学规律。儿童文学精品的出现，需要成人用真情和生命来写作。

个案研究

关于“探索性作品”的叙事学分析

二十世纪八十年代中期至九十年代初，当代中国儿童文学史上出现了一批“探索性”文本，这是一个既引起相当大争议又对国内儿童文学创作产生了一定影响的流派，这批作品极为明显地展示出叙事语境和儿童文学叙事之间深刻的互动关系。

二十世纪八十年代以来的中国文学围绕着思想解放等命题展开了一系列创作和论争，儿童文学场在文学场以及整个社会文化场内的运行都蕴含着深刻的文化意味，这使文本叙事也出现不同的特征。八十年代中后期，国内儿童文学综合刊物《儿童文学选刊》从1987年第1期开始至1990年，连续从其他刊物收集选登了一批小说、童话，并命名为“探索性作品”，对它们加以关注和讨论。①（主要作品列表附后）。这批作品以强烈的表达欲望所折射出的历史焦虑感直接影响了文本的话语选择和叙事特征。

一、二十世纪八十年代儿童文学场域内的成人与儿童

“探索性作品”的兴盛时间集中于二十世纪八十年代中期到九十年代

① 《儿童文学选刊》杂志在二十世纪八九十年代儿童文学界具有一定权威性，且集中时间段和篇幅专门探讨“探索性作品”，引起较大反响，因此本文沿用了“探索性”这一概念，并选取在该杂志“探索性作品”“探索与争鸣”“探索专页”等栏目出现的作品作为探索性儿童文学的代表篇目。

初期，与“先锋派文学”[①]的主要时间段大致一致或稍有滞后，同时在叙事指向上受寻根文学和现代派影响，形式因素浓厚，可见文学场的发展脉络深深影响了儿童文学子场域。

1.“探索性”儿童文学的社会文化语境

二十世纪八十年代以来文学一再表示要寻求自己的独立品格以及人性的张扬，但纵观各种叙事文本，对“大写的人”和民族国家宏大叙事的追求依然占据重要位置。即使八十年代前半期短暂兴起过“意识流”写作，其叙事动机也是隶属于“探索现代人的灵魂世界”的标题之下。文学虽然不再附庸于阶级斗争，但我们还是可以看出经济、政治等社会文化场域如何形成了文学创作的外部语境。

二十世纪七十年代末进入改革开放时期，西方经济和科技的涌入迅速加快了中国现代化进程。随之而来的是思想文化层面的现代性冲击着国人的精神领域，与西方的差距立刻演化成一种民族焦虑感渗透到精神生活。此时寻找民族文化之根、走向世界（也即走向西方）、重建国家昔日之辉煌的意识，成了每一个中国人内心深处抑制不住的奋斗动力。在这种主流话语引导下，文学从反思派走向寻根派，力图写出民族生存的历史文化谱系，并用现代意识观照民族进入现代化进程后所遭遇的价值危机。因此，即使八十年代前期即已提出“回归文学”、张扬人性的艺术主张，但所有人性和“我”都不由自主地加入了宏大叙事的行列。在意识形态充分活跃的时期，文学承担了启蒙和“救赎”的历史重任，儿童文学也应“承担着塑造未来民族性格的天职”[②]，民族作为“想象的共同

① 陈晓明认为：“‘先锋派’这一概念在当代文学批评实践中有了特定的所指，为了与八十年代上半期出现的现代派区别，它用于指称八十年代后期出现的一个在文学形式方面大胆创新的群体。”（陈晓明：《表意的焦虑——历史祛魅与当代文学变革》，中央编译出版社，2002年，第79页）

② 曹文轩：《中国八十年代文学现象研究》，作家出版社，2003年，第359页。

体”[①]根植于每个人的精神世界，而个人话语以及个人写作带来的形式和叙事上的创新还未能引起重视，如成人文学中先锋派作家早期作品、儿童文学作家梅子涵在一九八五年以前的叙事文本等。

二十世纪八十年代中后期，经济有了进一步发展，意识形态轴心开始偏向经济建设，成人文学和儿童文学都逐渐走过历史焦虑期，文学的个人化写作因及时提供了艺术上的新颖形式而凸现出自己的价值。前期的启蒙意识被搁置，文学写作在重新发掘自身的意义。此时先锋派文学兴盛，不再显示主题的历史深度，而是将注意力转向叙事技巧，文本形式和语言的创新因素成为首要表现的内容。

从以上简要分析可以看出，社会文化场域中的意识形态深刻影响了文学场的主流话语，从内部形塑并改变了文学的发展趋势。而一个流派的兴起以及在文学场内中心地位的占据，无疑是在社会文化场域的支配下文化资本和权威地位的重新调配。

2．“探索性作品”在儿童文学场域内的地位

二十世纪八十年代前期现代派、寻根派文学借助主流社会思想氛围占据文学场权威地位，作家的个人表达方式在叙事中的作用远远不如主题内容被看重。二十世纪八十年代中期开始，一直未进入主流话语圈、过于讲究个人语言技巧的文学形式有了兴盛的可能。文学场结构发生变化，大批作家开始热衷于追求叙事技巧，掌握这种文化资本的人逐渐取代了先前的中心而成为评论界关注的焦点。先锋派文学有意远离意识形

① 这一概念由美国学者本尼迪克特·安德森提出，认为民族其实是“一种想象的政治共同体——并且，它是被想象为本质上有限的（limited），同时也享有主权的共同体”。“民族”的想象能在人们心中召唤出一种强烈的历史宿命感，因为出生地、肤色、语言的不可选择使人们在“民族”形象之中感受到一种无私的大我与群体生命的存在（本尼迪克特·安德森：《想象的共同体——民族主义的起源与散布》，吴睿人译，上海世纪出版集团，2003年，第5、13页）。八十年代国家意识形态深刻体现了想象性的民族历史感，这直接决定着文学的主题，如反思、寻根、改革文学中的问题意识等等。

态中心，希望凭借形式创新书写个人经验，但这种个人化写作方式又被迅速再造为新的中心地位，成为文学场的新权威。“这就是话语的权力，通过谈论某种话题，这个话题被置放到历史的中心，于是这个话题起到意识形态的轴心构造作用，在这个标题（纲领）之下，人们写作了一种历史文本，讲述了一个时期的神话。”①

“探索性”儿童文学创作经历了大致相似的发展过程。以揭示社会问题、反思历史问题的少年小说和“热闹”“抒情”派童话为主流地位②的儿童文学子场域在八十年代中期出现了新的格局，被命名为“探索性作品”的叙事文本迅速成为另一个讨论的中心。

首先，文学场内具有举足轻重地位的评论界关注的焦点转移到了先锋派文学，而以班马《鱼幻》为标志的“探索性作品”发表或受关注时间与先锋派文学相同（前者1986年发表于《当代少年》，先锋派以马原、洪峰等人1986—1987年发表的一系列作品为标志，也是在1987年受到评论界关注），而且同样在叙事方法上有令人耳目一新的改观。可见文学场内中心地位的变更也影响到了儿童文学子场域，“探索性作品”对叙事技巧的重视和个人经验的书写逐渐占据场域内主要地位，从而获得了话语权力。

其次，《儿童文学选刊》1987年开始“探索性作品”的集中选载和评论，确立了叙事文本的中心地位和历史影响。从作品列表中可以看出，“探索性作品”原散见于不同刊物，作者之间也未形成某种团体和统一主张，但权威性刊物的选载将其界定为一类，很大程度上宣布了场域内这一群体文化资本拥有的合法性③。

---

① 陈晓明：《表意的焦虑——历史祛魅与当代文学变革》，中央编译出版社，2002年，第85页。

② 王泉根教授指出，八十年代以来“因循守旧的板块终于被总体骚动、局部深入的艺术新格局所取代，统率这种新格局奔突向前的则是少年小说和新潮童话两股热流”。（《现代中国儿童文学主潮》，重庆出版社，2000年，第208页）

③ 《儿童文学选刊》在选载《鱼幻》的“编者按”中写道：“本期起增设‘探索性作品’栏。”“近年来常见的探索性作品的提法，显然是狭义意义上的运用，指当前生活观念和文学观念更新过程中作家在作品思想与艺术上变化幅度较大的追求，带有试验的性质。本刊这个栏目也指此。”（1987年第1期，第32页）

二、叙事语境——成人与儿童在当下场域中的权力关系

当不同创作流派分别在儿童文学场域中占居中心地位、获得话语权力时，文本叙事的对象同时也是场域内行动者之一的儿童又在何处？成人对儿童想象方式的变化也必然通过场域内不同流派对话语中心地位的争夺而体现出来。

二十世纪八十年代前期，儿童文学急于纠正“教育工具论”等“左”的儿童观，大力提倡“回归文学”和“童心定律”，力求增强成人作家的历史使命和人文关怀，儿童文学意欲“走向”儿童，但现代化带来的历史焦虑感又使作家无暇关注儿童自身世界的声音，而将文学紧紧贴近主流意识形态，努力寻找民族—国家的精神记忆，儿童文学也成为反思民族国家等宏大主题的载体[①]。

王泉根教授将二十世纪八十年代的少年小说主题总结为“问题小说”“代沟小说”“身边小说”“男子汉小说”“工读生小说”等[②]几种类型，此时儿童作为集体群像的符号标记出现，文本叙事中的每个人物都足以代表一种社会问题或现象而引起成人社会的讨论。同时，被讨论的是与主流话语息息相关的文本的主题内容，而作为文学形式本身的叙事意义被搁浅。因此，成人的“救赎”心态实际上带来的是儿童作为个体特征的缺席和失语，他们显然是作为社会问题的符码被权力话语“言说”和想象。

儿童失语状态在“探索性作品”中出现了某些改观，成人作者开始寻找与儿童读者平等对话（而非单方面的“救赎”）的途径。1987年班马在与楼飞甫的通信中详细阐明了自己创作《鱼幻》时的思考和动机：

---

① 郑渊洁童话却是一个例外，其娱乐性的想象力和“热闹”的叙事不能不说是代表儿童发声、展示儿童个性世界的体现（当时在儿童读者群体的影响也足以说明），但也正因与主流话语的某些疏离而一直引起争论。

② 王泉根：《现代中国儿童文学主潮》，重庆出版社，2000年，第208—209页。

"谁说孩子们的内心直指向未来，其实在他们心中，星际航行和古代事情是并存的，只有他们才天生地接近洪荒、巫术和古人，只是他们无法讲清种种远古情绪。""儿童文学的创新突破，更重要的应是在开拓儿童读者'接受'上的新领域，而不是仅为形式上的一味出新，或题材上的出格。""所谓'接受美学'上的'接受'，其真意并不在读者爱不爱看，接纳不接纳作品，而是旨在探索作品应如何在阅读进程中才完成，唤起读者在读解上的主体意识。"①

班马的思考已经显示出对成人与儿童"救赎"关系的反思，并开始寻找儿童作为他者的真实精神世界以及文本叙事中的读者语境和阅读体验。②但班马越过了现实读者的主体认同，认为作品的意义在于唤起"读者在读解上的主体意识"，他的"读者"仍然停留在隐含读者（理想儿童）的层面，因此与其理论上对儿童的认识是存在矛盾和偏差的。这影响了作家的叙事选择。在此时的儿童文学场域中，成人想象儿童和童年，为儿童预设一种不同于"救赎"关系但依然理想化的成长方式。从用文学"救赎"儿童到"为儿童写作"，从儿童文学的宏大叙事走向面对"儿童"的小叙事，"探索性作品"对"儿童"和"儿童文学"的思考是二十世纪八十年代中后期一个极深刻的侧影。

三、权力关系中的话语方式——"探索性作品"的叙事特征

"探索性作品"逃离主流话语、注重自我和儿童精神世界的表达，使其成为儿童文学场域中新的关注焦点，成人对儿童想象的变迁，深刻影响了文本叙事方式。

---

① 班马、楼飞甫：《关于〈鱼幻〉的通信》，《儿童文学选刊》1987年第3期，第55页。

② 这种特征较明显地体现在《鱼幻》及以后的"探索性作品"中，但当时儿童文学理论还没有大量注意到文本叙事的变化，理论主题依然集中于成人"救赎"的强势话语，比如对班马小说和《黑发》的部分争论。关于"塑造未来民族性格"和"人的主题"的提法也分别出现于"探索性作品"兴盛的1988年和1990年。

二十世纪八十年代中期以后的儿童观虽然变化，但文学已经无法进一步言说现实而被主流话语边缘化的趋势往往也使作者产生了另一种急切心态：用形式的创新来言说意义，以在场域中重新获得地位。这使“探索性作品”叙事同样表现出表意的焦虑：成人走出用儿童文学进行宏大叙事的状态，期望真正审视儿童的精神生活，但焦虑和急切又使作者急于塑造另一种合乎想象的“儿童”，比如浪漫的、苦闷的等形象。这再次导致了理论和创作上的错位，在叙事选择上，成人依然在“代替”儿童发言，这造成了与现实儿童的隔离。直到“探索性作品”后期，叙事实践才出现改观。

从总体上看，“探索性作品”表现出努力逃离现实总体性的束缚，而进入个体经验式的描述的倾向，如《鱼幻》《野蛮的风》《双人茶座》等文本对个人表达和语言技巧的重视。同时，作者和文本内的成人形象都似乎减弱了自己曾经的强势姿态，儿童作为个体世界的真实声音和阅读体验开始得到显现和重视，“探索性作品”努力在主题上贴近儿童真实内心世界。比如在《鱼幻》和《野蛮的风》里班马主观上力图探索儿童精神世界的源头，还原儿童内心原始力量的本真面目①；梅子涵擅长用第一人称倒叙、插叙等叙事时间的间隔错位展现少年躁动、复杂的真实心态，讲究意识流动的不完整性和真实性。但正如班马对“读者意识”在认识上的矛盾，这个“读者”依然是观念上的想象载体。但到后期两位作家的《六年级大逃亡》《我们没有表》等作品中，叙事有了改变，展现出儿童心灵的原生状态，叙事凸显了读者意识，让儿童更多表现出自己的真实声音。此时，现实读者（儿童）的热烈

① 尽管班马在理论上还未能清楚地认识到和阐明儿童世界的特殊性和与成人世界的平等对话性，比如依然承接传统观念认为“儿童状态就是低级的，包括审美。我认为我们儿童文学中传统标准对‘儿童水平’的颂扬，是一种失误”。但实际上其创作已经摆脱主流创作模式的困扰，而开始注重儿童的精神内涵和作为读者的接受体验：“我愿追求‘超前’的观念，追求运用感触性字面去写那种孩子们还表达不出来的‘感觉’。”这在某种程度上正是班马意欲重视真实读者、努力“代表”（而非“代替”）儿童发声的体现，也是叙事技巧上形成对话性局面的开始。

回应[①]也正是作者的叙事选择获得认同的证明。

“探索性作品”的叙事转变极具代表性。其最开始出现正是整个文学突然对现实失语的时期，形式主义策略隐含了强烈的表意焦虑，柔美的抒情、叙事的长句以及叙事者（也可以说是隐含作者）强烈的主观感觉意识成为主要表现方式。但这种叙事策略实际上依然强化的是成人的主观感受，借用形式来言说意义的目的，也使作者在主观上寻求与儿童对话的愿望没有在叙事实践中得到体现。

在选载的“探索性作品”中，有一部分在题材上突破了某些禁区，但并未在语言形式上有所创新，比如《黑发》《那神奇的颜色》《“女儿潭”边的呐喊》《“砍协”秘书长》《一岁的呐喊》（即使形式上有某些新颖之处，如采用第一人称不可靠叙述，但内容的强势话语还是胜过叙事技巧的运用）等等；另一部分文本则注重叙事形式上的突破，如《双人茶座》《我们没有表》《长河一少年》等。其中班马的作品兼具叙事形式和内容上的创新性，同时作品在时间上的先后排列也显示出“探索性作品”本身在叙事上的发展脉络，因此本文将其作为“探索性作品”的代表进行分析。

班马被纳入“探索性作品”的三篇小说《鱼幻》《野蛮的风》《六年级大逃亡》都曾引起激烈争论，其焦点在于：（1）情节淡化是否符合儿童阅读习惯；（2）自我表达是否真实地反映了儿童内心。而这些疑问直接针对的是文本在叙事上的创新所带来的与现实读者的距离。

在《鱼幻》中，文本的叙事视角一反常规，采用第二人称叙事，形成强烈的叙事对象感和对话姿态。将聚焦视线设置为“你”的角度，虽然在阐释心理上更容易造成与读者的亲近感，成为一种叙事推动力，但主人公被讲述和被展示的状态十分明显。叙事者超然事外，却表现出强

① 方卫平在《走向新的艺术常态——〈我们没有表〉〈六年级大逃亡〉读后》中写道：“而少年的读者也以他们真诚的共鸣回报了作家的努力。当我读到少年朋友给发表《六年级大逃亡》的编辑部和作者班马的部分信件时，我为他们对作品的深切体味而感动。”（《儿童文学选刊》1991年第1期）

烈的叙事控制姿态，在大量的个人体验描述中，随主人公视线展示的感觉经验实际上寄居在叙事者的主观描述中，这使儿童声音依然被成人权力话语代替，聚焦中体现的意识不是人物的，而是叙事者或成人作者的主观意识和想象。因此，本应由“你”开启的与叙事者或作者的对话并没有达成，“你”在更多时候是一种“被偷视”的无声状态，也更难成为一种主体位置被读者认同。比如文本开头的叙述：

你一眼就识出了蓝底白十字的挪威旗。一个穿短袖红衫的外国水手，孑立在风很大的甲板上，你不知不觉地将自己细细的手臂撑在堤上，就像撑在船舷上一样。你老喜欢琢磨那些海轮的漂亮外形，望着舷窗，望着舰桥，望着各自不一样的红烟囱、灰烟囱或是蓝白烟囱，看它们缓缓从外滩驶过，你知道黄浦江就从那密集着桅杆和吊塔的江段朝吴淞口流去。出了吴淞口，就到了长江口，出了长江口，就到了海洋了。

主人公“你”的视线形成一种“内聚焦”，从人物有限视角观察外界对象，显示出作者寻找与少年内心对话模式的努力。但叙事很快进入“全知全能”的被述状态，“老喜欢”“琢磨”“知道”“望着”“看”等表达心理、认知或动作的词语具有了描述心理情感和情绪色彩的功能，将叙事幻化为浓郁的抒情风格，成为突出的形式表达因素。

此后人物对白以及主人公对鱼的幻觉实际上也成为叙事者（成人）的想象，儿童并未真正发声：

这大鱼的影子总是不离你。有时它出现在船尾，牵动股股水纹。有时它在浅滩上露出墨黑光滑的脊背。又有时穿过一段白墙庭院，森森的龙檐伸向夜空，而水中豁啦一声，你觉得又是它，也在这里掀露一段鳞身，便没入那深水之中。……

你从绳圈上站起看。桅灯在甲板上照出一圈光影，岸上仍是很黑。在缓缓的行进中，只见参天古树紧挨着开始多起来。

叙事使用第二人称，似乎站在主人公的角度进行，但聚焦和言说方式均与故事外叙事者的话语混同，成为全知全能的叙事模式。主人公虽为少年，但明显处于被描述和被述说的位置，人物自己的真实声音很难在叙事者的强势话语中显现，因而难以形成少儿读者可以接受的主体位置。这也是评论者争议最多的地方。①

其次，由于文本采用的第二人称视角，使得叙事时间与故事时间同步，都指向正在进行的“现在”：正在叙述，也正在发生，体现出作者意欲“展示”（而非主观性地“讲述”）少年内心体验的愿望。而叙事者强烈的主观表达，却难以达到“展示”的客观性。

班马在“创作谈”中写道：“比之‘寻根’，我更倾向于‘文化背景’的说法，要促使这一代青少年的心灵与我们本土的文化背景中的闪光点相碰撞。”而《鱼幻》“想写的是主人公由陌生地域的陌生感所产生出的神秘感。我认为这是合理的心理，也更符合少年儿童的特点”②。由此可见，作者力图发掘少年儿童内心体验，还原其本真形态，这正是“探索性作品”以前的文本在主流意识形态话语框架内被忽略的内容。但也正因为作者同样强烈的表意焦虑，在意图远离主流话语困扰的写作状态中，文本却又通过形式创新和语言的修辞策略来转化一种被压抑的表达欲望，作者对话的是观念上的“儿童”，这个隐含读者体现出了明显的“被想象”特征，使叙事走向单向对话的模式。

① 很多评论者认为《鱼幻》的探索并不成功，原因在于成人主观意识的强势话语掩盖了表达对象的真实声音，从而造成阐释的困难，比如郑晓河的评论文章《不要离开自己的读者》和楼飞甫的质疑。而后对《野蛮的风》也有过类似争议。

② 班马、楼飞甫：《关于〈鱼幻〉的通信》，《儿童文学选刊》1987年3期。

尽管班马一再表明自己对少年心理和阐释接受的重视，但叙事实践和创作理念还是出现了疏离。

事实上，叙事视角或情节的统一连贯并不是叙事的唯一方式。“很多叙事抵制、逃避或拒绝这一情节模式及其关于叙事的一致、连贯和目的的明确假设。”“这些文本坚持其碎片性、开放式结尾、矛盾性、挑战性，让故事‘没有情节’。”[①]在叙事更为开放多样的文本中，同样需要在与读者的相互交流中形成推进情节的动力，而不仅仅是作者自身观念话语的单向表达。

就在“探索性作品”一直困扰于这种叙事形式时，《我们没有表》和《六年级大逃亡》等文本带来了转机。在《六年级大逃亡》中，文本中的叙事者与主人公为同一人，“我”——一个六年级学生李小乔拥有了话语权来讲述自己的故事。与前期“探索性作品”一样，聚焦角度依然习惯指向人物内心，但与《鱼幻》不同的是，作者把话语权交给了“我”，而《鱼幻》中却是由成人为主人公“你”代言。“叙述的展开主要不是受制于某个清晰的外在的事理逻辑，而是更多地服从于叙述者模糊的内在的情绪逻辑”，“作为社会存在的文化环境、氛围与主人公的精神世界之间，已经开始实现了一种自然而深刻的沟通和联系。这是试验小说进入新的艺术常态并逐渐走向成熟的一个预兆。”[②]也就是说，虽然文本是成人创造，叙事无法摆脱成人的想象性意识形态，但在这种权力话语的框架内，成人力图避免自己的强势表达，而让儿童发声。

我们从《六年级大逃亡》的叙事结尾可以相当明显地看出与《鱼幻》截然不同的“代表”儿童发言的话语方式。文本在最后一小节“作者附

---

① ［美］布赖恩·理查森：《超越情节诗学：叙事进程的其他形式及〈尤利西斯〉中的多轨迹进展探索》，［美］James Phelan、Peter J. Rabinowitz主编：《当代叙事理论指南》，申丹等译，北京大学出版社，2007年，第174页。

② 方卫平：《走向新的艺术常态——〈我们没有表〉〈六年级大逃亡〉》，《儿童文学选刊》1991年第1期。

言”中写道：

> 小乔，我的朋友，我当然会在这里尽力向读者们写下你那时的真实心情。可我也确实担心，在他们还没有把关于你全部经历的小说都读完之前，我的笔是否可以将它传达出来。

叙事者在这里以在场的方式将聚焦角度从“我”的视角转移到故事以外，李小乔的身份也从“我”变换成“你”。但与《鱼幻》中的“你”不同的是，作为成人的叙事者“我”（或者“作者我”）首先将“你”称呼为“朋友”，并表现出完全尊重主人公（儿童）故事的隐私性和讲述的客观性的叙事态度，这与正文中完全由李小乔自己叙述故事的“放任”方式一致。

同时，叙事者“我”甚至还担心读者会因为自己叙述得不完整而不能全面了解主人公，于是又追加叙述：

> 你和安丽是在那天下午来到曹杨新村的，在西坠的太阳下，你老远就看见了那座你已经十分陌生了的曹杨十小。……
>
> 小乔，你是在见到它的这一刻才产生了想要进到它里面的愿望？还是在火车上遇见安丽开始萌发起来？甚至，还是在你五个多月漂流在外地打零工的时候，就已暗暗勾起你作为一个学生的失落感？这是别人大概无法完全懂得的。你自己也不一定明白。
>
> 我知道要是我说你是渴望读书渴望学校，那是歪曲了你。我知道，你恨学校，你确实感到难受感到没劲而不喜欢它，但现在你又感到一种渴望，一种说不出的渴望。
>
> 于是你从遥远的地方归来，先没有回家，而爬进了你的学校。

显然这里隐含作者（或叙事者）和主人公（儿童）之间是在以对话的方式进行叙述。虽然主人公不一定在场，也没有发声，但叙事者的视角严格遵守自己的位置，客观地观察故事，真实地叙述儿童，或猜测或反省，始终不做无端的越界、转移或强行进入主人公内心，这极大地增强了叙事的可信度。而且，叙事者的语气相当低调和诚恳，似乎是一个与主人公端坐在一起，努力希望获得儿童信任的成人朋友。可见，早期"探索性作品"叙事中成人表现出来的焦虑感和急切感在此刻已经变得平和轻松，作者既是与主人公对话，也是在与隐含读者交流，成人放弃了以往的权威心态，而真正走向儿童的精神世界。

不仅如此，作者将自己对成人与儿童关系的重新思考移入了叙事。在故事中设置了新的成人形象：恶狠狠的曹老师（被叫作"曹大头"），成人不仅凶狠，而且打人；疑心而严厉的民警；还有公共汽车上一群对"我"哄笑的成年人。可以说，故事中的成人都是以不太好的面目出现，不仅一改以往叙事中教育者引导者的形象，而且"我"与他们形成难以沟通的对立关系。然而作者并非要强调成人与儿童之间这种负面关系，而是把成人作为"他者"，从儿童的角度观察成人。这既表明成人对自我的一种反省，也是还给儿童一个言说成人和自己的机会。这种去掉了"成人中心主义"的平和心态深刻体现出一种真正的读者意识，并在叙事实践中完成了这种儿童观的表达。[①]显然班马的思考在逐渐摆脱成人话语的强势地位，而"代表"儿童言说自己的心灵世界，其后期的叙事试验

---

① 然而有些评论者却并不了解班马对成人与儿童关系的反思，反而认为故事中的成人纵容了主人公，失去了对"有偏差的孩子"的教育和引导。比如柏宁湘在《要引导，但更要教育——读〈六年级大逃亡〉》中认为："社会应该让孩子认识到自己所要肩负的历史使命，克服自身的种种缺点和恶习，而不是放弃对他们教育引导。理解不是全部，只是起点。理解的目的应该是有的放矢地引导学生在潜移默化的过程中，接受正面教育，成为'四有'的建设人才。否则，对他们的同情、理解就成了原谅、姑息、放纵的遁词。"（《儿童文学选刊》1991年第1期）可见在当时的儿童文学场域，班马儿童观和叙事方式的超前性。

也是“探索性作品”在寻求与儿童真正达成对话的进一步努力。

“探索性作品”的产生是儿童文学场域中言说权力及文学地位调整的结果，其权力关系的变迁深刻影响了文本的叙事形态。

附："探索性作品"选载列表（《儿童文学选刊》1987—1990年）：

作者	篇名	原载刊物/年期	选载年期	创作谈或选载评论
班马	《鱼幻》	《当代少年》1986年第8期	1987.1	余衡《〈鱼幻〉太精致了》；李建树《一种独特的审美享受》；郑晓河《不要离开自己的读者》；班马、楼飞甫《关于〈鱼幻〉的通信》（1987年第2–3期）
金逸铭	《一岁的呐喊》	《儿童文学》1986年第9期	1987.1	章柯《致探索者》
陈丽	《飞》	《少年文艺》1986年1期	1987.1	
冰波	《那神奇的颜色》	《童话报》1986年5月7日	1987.1	
陈丹燕	《黑发》	《儿童文学》1987年第1期	1987.3	曾镇南《读〈黑发〉》；柏宁湘《少来点诱惑多来点引导——读〈黑发〉有感》
董宏猷	《渴望》	《芳草》1987年第6期	1987.4	
班马	《野蛮的风》	《少年文艺》1987年第9期	1988.1	刘绪源《你好，野蛮的文明的风——班马近作读后》；周晓波《班马小说的意念性与象征性质疑》（1988年第3期）；刘绪源《我与周晓波的分歧——关于班马小说的几点补充意见》（1988年第4期）

续表

作者	篇名	原载刊物/年期	选载年期	创作谈或选载评论
楼耀福、殷慧芬	《彼岸》	《作家天地》1987年10期	1988.2	王苛骏《心灵的憧憬》
张之路	《"砍协"秘书长》	《当代少年》1987年第11—12期	1988.2	周基亭《一种新的走向——从〈"砍协"秘书长〉说开去》
金逸铭	《长河一少年》	《少年文艺》1988年第2期	1988.3	刘崇善《关键在于怎样写——对〈长河一少年〉的反思》；朱效文《诗化追求和民族气派》
董宏猷	《"女儿潭"边的呐喊》	《少年世界》1989年第4期	1989.4	董宏猷《"渴望"与"呐喊"》
梅子涵	《双人茶座》	《童话报》1986年5月7日	1987.1	梅子涵《〈双人茶座〉的语体及其他》
张之路	《空箱子》	《东方少年》1989年第2期	1989.4	张之路《"得意忘形"如是说》
班马	《六年级大逃亡》	《少年文艺》1990年第6期	1990.6	方卫平《走向新的艺术常态——〈我们没有表〉〈六年级大逃亡〉读后》；柏宁湘《要理解但更要教育——读〈六年级大逃亡〉》(1991年第1期)
梅子涵	《我们没有表》	《儿童文学》1990年第4期	1990.6	

此外梅子涵早期的《走在路上》《蓝鸟》《老丹行动》，也曾因特别的叙事风格引起较多评论，某种程度上可以纳入"探索性作品"一类。

参考文献

1.［美］James Phelan，Peter J. Rabinowitz 主编：《当代叙事理论指南》，申丹等译，北京大学出版社，2007年。

2.［美］罗伯特·斯科尔斯、詹姆斯·费伦、罗伯特·凯洛格：《叙事的本质》，于雷译，南京大学出版社，2015年。

3.［美］戴维·赫尔曼、詹姆斯·费伦等：《叙事理论——核心概念与批评性辨析》，谭君强等译，北京师范大学出版社，2016年。

4.［美］杰拉德·普林斯：《叙事学——叙事的形式与功能》，徐强译，中国人民大学出版社，2013年。

5.［美］西摩·查特曼：《故事与话语：小说和电影的叙事结构》，徐强译，中国人民大学出版社，2013年。

6.［美］J. 希利斯·米勒：《解读叙事》，申丹译，北京大学出版社，2002年。

7.［美］苏珊· S. 兰瑟：《虚构的权威：女性作家与叙述声音》，黄必康译，北京大学出版社，2002年。

8.［美］詹姆斯·费伦：《作为修辞的叙事——技巧、读者、伦理、意识形态》，陈永国译，北京大学出版社，2002年。

9.［美］戴卫·赫尔曼主编：《新叙事学》，马海良译，北京大学出版社，

2002年。
10. [美] 马克·柯里：《后现代叙事理论》，宁一中译，北京大学出版社，2003年。
11. [荷兰] 米克·巴尔：《叙事学——叙事理论导论》，谭君强译，中国社会科学出版社，2003年。
12. [美] W.C.布斯：《小说修辞学》，华明、胡晓苏、周宪译，北京大学出版社，1987年。
13. [以色列] 里蒙·凯南：《叙事虚构作品》，生活·读书·新知三联书店，1987年。
14. 申丹、王丽亚：《西方叙事学：经典与后经典》，北京大学出版社，2010年。
15. 申丹：《叙述学与小说文体学研究》，北京大学出版社，2001年。
16. 杨义：《中国叙事学》，人民出版社，2009年。
17. 罗钢：《叙事学导论》，云南人民出版社，1994年。
18. 徐岱：《小说叙事学》，中国社会科学出版社，1992年。
19. 陈平原：《中国小说叙事模式的转变》，北京大学出版社，2010年。
20. 赵毅恒：《苦恼的叙述者》，北京十月文艺出版社，1994年。
21. 傅修延：《先秦叙事研究：关于中国叙事传统的形成》，东方出版社，1999年。
22. 杨鹏：《卡通叙事学》，湖北少年儿童出版社，2003年。
23. 谢芳群：《文字和图画中的叙事者》，湖北少年儿童出版社，2003年。
24. [苏联] 米哈伊尔·巴赫金：《巴赫金集》，张杰主编，上海远东出版社，1998年。
25. [苏联] 米哈伊尔·巴赫金：《诗学与访谈》，白春仁、顾亚铃、晓河等译，河北教育出版社，1998年。
26. 董小英：《再登巴比伦塔——巴赫金与对话理论》，生活·读书·新知三联书店，1994年。
27. ［美］乔纳森·卡勒：《当代学术入门：文学理论》，李平译，辽宁大学出版社、牛津大学出版社，1998年。
28. 朱立元主编：《当代西方文艺理论》，华东师范大学出版社，2001年。
29. 张秉真、章安祺、杨慧林：《西方文艺理论史》，中国人民大学出版社，1994年。
30. 郭宏安、章国锋、王鹏振：《二十世纪西方文论研究》，中国社会科学出版社，1997年。
31. 王岳川：《后现代主义文化研究》，北京大学出版社，1992年。
32. 王岳川：《后殖民主义与新历史主义文论》，山东教育出版社，1999年。
33. 陶东风：《文化研究：西方与中国》，北京师范大学出版社，2002年。
34. 刘象愚、罗钢主编：《文化研究读本》，中国社会科学出版社，2000年。
35. 苏国勋编：《当代西方著名哲学家评传》，山东人民出版社，1996年。
36. ［荷兰］佛克马、蚁布思：《文化研究与文化参与》，俞国强译，北京大学出版社，1996年。
37. ［美］阿瑟·阿萨·伯格：《通俗文化、媒介和日常生活中的叙事》，姚媛译，南京大学出版社，2000年。
38. 周晓虹主编：《现代社会心理学名著菁华》，南京大学出版社，1992年。
39. 杨善华主编：《当代西方社会学理论》，北京大学出版社，1999年。
40. ［美］彼得·布劳：《社会生活中的交换与权力》，孙非、张黎勤译，华夏出版社，1988年。
41. ［美］乔纳森· H.特纳：《现代西方社会学理论》，范伟达主译，天津人民出版社，1988年。
42. ［法］米歇尔·福柯：《知识考古学》，谢强、马月译，生活·读书·新知三联书店，2003年。
43. 刘北成：《福柯思想肖像》，上海人民出版社(上海世纪出版集团)，

2001年。
44. 马驰：《叛逆的谋杀者：解构主义文学批评述要》，中国人民大学出版社，1990年。
45. [英] 诺曼·费尔克拉夫：《话语与社会变迁》，殷晓蓉译，华夏出版社，2003年。
46. [法] 皮埃尔·布迪厄：《艺术的法则——文学场的生成和结构》，刘晖译，中央编译出版社，2001年。
47. [法] 皮埃尔·布迪厄、[美] 华康德：《实践与反思——反思社会学导引》，李猛、李康译，中央编译出版社，1998年。
48. Tim O'Sullivan, John Hartley, Danny Saunders, Martin Montgomery, John Fiske：《传播及文化研究的主要概念》，杨祖珺译，台湾远流出版事业股份有限公司，1997年。
49. [美] 本尼迪克特·安德森：《想象的共同体：民族主义的起源与散布》，吴睿人译，上海世纪出版集团，2003年。
50. [荷兰] J.胡伊青加著：《人：游戏者——对文化中游戏因素的研究》，成穷译，王作虹、陈维政校，贵州人民出版社，1998年。
51. 陶东风、金元浦、高丙中主编：《文化研究》第3辑，天津社会科学院出版社，2002年。
52. 陶东风、金元浦、高丙中主编：《文化研究》第4辑，中央编译出版社，2003年。
53. 首都师范大学中文系、首都师范大学出版社编：《文学前沿》，首都师范大学出版社，1999年。
54. 陈晓明：《表意的焦虑——历史祛魅与当代文学变革》，中央编译出版社，2002年。
55. 叶舒宪：《文学与人类学——知识全球化时代的文学研究》，社会科学文献出版社，2003年。

56. 曹文轩:《20世纪末中国文学现象研究》,北京大学出版社,2002年。
57. 曹文轩:《中国八十年代文学现象研究》,作家出版社,2003年。
58. 曹文轩:《小说门》,作家出版社,2002年。
59. 尹昌龙:《1985,延伸与转折》,山东教育出版社,1998年。
60. 王泉根:《现代中国儿童文学主潮》,重庆出版社,2000年。
61. 王泉根:《儿童文学的审美指令》,湖北少年儿童出版社,1991年。
62. 王泉根:《中国儿童文学现象研究》,湖南少年儿童出版社,1992年。
63. [英] 艾莉森・詹姆斯、克里斯・简克斯、艾伦・普劳特:《童年论》,何芳译,上海社会科学院出版社,2014年。
64. [英] 艾伦・普劳特:《童年的未来:对儿童的跨学科研究》,华桦译,上海社会科学院出版社,2014年。
65. [美] 威廉・A.科萨罗:《童年社会学》(第四版),张蓝予译,黑龙江出版集团/黑龙江教育出版社,2016年。
66. [美] 加雷斯・B.马修斯:《哲学与幼童》,陈国容译,蒋永宜校译,生活・读书・新知三联书店,2015年。
67. [美] 加雷斯・B.马修斯:《童年哲学》,刘晓东译,生活・读书・新知三联书店,2015年。
68. [美] 加雷斯・B.马修斯:《与儿童对话》,陈鸿铭译,生活・读书・新知三联书店,2015年。
69. [美] 谢尔登・卡什丹:《女巫一定得死——童话如何塑造性格》,李淑珺译,机械工业出版社,2014年。
70. [日] 河合隼雄:《童话心理学》,赵仲明译,南海出版公司,2015年。
71. [瑞士] 维雷娜・卡斯特:《童话的心理分析》,林敏雅译,陈瑛修订,生活・读书・新知三联书店,2010年。
72. 班马:《游戏精神与文化基因:班马儿童文学文论》,甘肃少年儿童出版社,1994年。

73. ［法］保罗·阿扎尔：《书，儿童与成人》，梅思繁译，湖南少年儿童出版社，2014年。

74. ［加拿大］李利安·H.史密斯：《欢欣岁月》，梅思繁译，湖南少年儿童出版社，2014年。

75. ［加拿大］佩里·诺德曼：《隐藏的成人——定义儿童文学》，中国社会科学出版社，2014年。

76. ［加拿大］培利·诺德曼、梅维丝·莱莫：《阅读儿童文学的乐趣》，刘凤芯译，台湾天卫文化图书股份有限公司，2001年。

77. ［美］尼尔·波兹曼：《童年的消逝》，吴燕莛译，广西师范大学出版社，2011年。

78. ［英］大卫·帕金翰：《童年之死》，张建中译，华夏出版社，2005年。

79. ［美］布鲁诺·贝特尔海姆：《童话的魅力：童话的心理意义与价值》，舒伟、丁素萍、樊高月译，社会科学文献出版社，2015年。

80. ［美］杰克·齐普斯：《作为神话的童话/作为童话的神话》，赵霞译，少年儿童出版社，2008年。

81. ［美］蒂姆·莫里斯：《你只年轻两回——儿童文学与电影》，张浩月译，少年儿童出版社，2008年。

82. ［英］彼得·亨特：《理解儿童文学》（第二版），郭建玲、周惠玲、代冬梅译，少年儿童出版社，2010年。

83. ［瑞典］玛丽亚·尼古拉耶娃：《儿童文学中的人物修辞》，刘涛波、杨春丽译，安徽少年儿童出版社，2010年。

84. ［美］特瑞兹：《唤醒睡美人：儿童小说中的女性主义声音》，李丽译，安徽少年儿童出版社，2010年。

85. ［澳］约翰·史蒂芬斯：《儿童小说中的语言与意识形态》，张公善、黄惠玲译，安徽少年儿童出版社，2010年。

86. ［英］迈克尔·西戈、［中］张立新：《儿童认知发展研究——一种新皮亚杰学派观》，四川教育出版社，1999年。
87. ［澳］罗宾·麦考伦：《青少年小说中的身份认同观念：对话主义构建主体性》，李英译，安徽少年儿童出版社，2010年。
88. 徐兰君、［美］安德鲁·琼斯主编：《儿童的发现——现代中国文学及文化中的儿童问题》，北京大学出版社，2011年。
89. 徐兰君：《儿童与战争——国族、教育及大众文化》，北京大学出版社，2015年。
90. 张嘉骅：《儿童文学的童年想象》，福建少年儿童出版社，2016年。
91. 赵霞：《思想的旅程——当代英语儿童文学理论观察与研究》，江苏凤凰少年儿童出版社，2015年。
92. 陈莉：《中国儿童文学中的女性主体意识》，海燕出版社，2012年。
93. 唐兵：《儿童文学中的女性主义声音》，湖北少年儿童出版社，2003年。
94. 钱淑英：《雅努斯的面孔：魔幻与儿童文学》，海燕出版社，2012年。
95. 朱自强：《儿童文学概论》，高等教育出版社，2009年。
96. 谈凤霞：《边缘的诗性追寻——中国现代童年书写现象研究》，人民出版社，2013年。
97. 彭懿：《幻想儿童文学——阅读与经典》，二十一世纪出版集团，2017年。
98. 朱自强：《儿童文学：学科与建构》（朱自强学术自选集），中国社会科学出版社，2016年。
99. 朱自强：《中国儿童文学与现代化进程》，浙江少年儿童出版社，2001年。
100. 蒋风：《儿童文学原理》，安徽教育出版社，1998年。
101. 浦漫汀主编：《儿童文学教程》，山东文艺出版社，1991年。
102. 张美妮：《张美妮儿童文学论集》，重庆出版社，2001年。
103. 孙建江：《二十世纪中国儿童文学导论》，江苏少年儿童出版社，1995年。

104. 孙建江：《童话艺术空间论》，湖北少年儿童出版社，1991年。
105. 汤锐：《现代儿童文学本体论》，江苏少年儿童出版社，1995年。
106. 刘绪源：《儿童文学的三大母题》，少年儿童出版社，1995年。
107. [日] 上笙一郎：《儿童文学引论》，郎樱、徐效民译，四川少年儿童出版社，1983年。
108. 洪汛涛：《童话学讲稿》，安徽少年儿童出版社，1986年。
109. 方卫平：《逃逸与守望》，作家出版社，1999年。
110. 曹文轩、彭懿、朱自强、方卫平、梅子涵：《儿童文学五人谈》，新蕾出版社，2001年。
111. [美] 迈克雷纳：《早期文学教育》，贾立双译，辽海出版社，2000年。
112. [美] 埃里克·H.埃里克森：《同一性：青少年与危机》，孙名之译，浙江教育出版社，1998年。
113. [瑞士] J.皮亚杰、B.英海尔德：《儿童心理学》，吴福元译，商务印书馆，1980年。
114. [瑞士] 皮亚杰：《发生认识论原理》，商务印书馆，1989年。
115. 郑荔：《学前儿童修辞特征语言研究》，高等教育出版社，2010年。
116. John Stephens, *Language and Ideology in Children's Literature*, Longman Group UK Limited, 1992.
117. Mieke Bal, *Narratology : Introduction to the Theory of Narrative* (3rd ed.), University of Toronto Press, 2009.
118. Murray Knowles and Kirsten Malmkjaer, *Language and Control in Children's Literature*, Routledge, 1996.
119. Peter Hunt, *Children's Literature: The Development of Criticism*, Routledge, 1990.
120. Katheryn Hume, *Fantasy and Mimesis: Responses to Reality in Western Literature*, Routledge, 1985.

121. Peter Hunt, *Literature for Children: Contemporary Criticism*, Routledge, 1992.

122. Devie.L.Russell, *Literature for Children*, Longman, 1994.

123. Susan E. Honeyman, Childhood Bound: In Gardens, Maps and Pictures, *A Journal for the Interdisciplinary Study of Literature*, Winnipeg, Jun. 2001.

124.《浙江师范大学学报（社会科学版）》1985、1986、1987、1990、1994年“儿童文学研究专辑”。

125.《儿童文学选刊》1984—1997年期刊。

126.《中国儿童文学》2000—2003年期刊。

后记

十余年前，当我完成博士论文初稿时，我写下了这样的感受：

没有人能解释我为什么爱上了儿童文学，包括我自己。每捧起一本喜欢的图画书或童话，那绝妙的想象力以及精致的细节都会让我忍不住轻叹，良久不能自拔。我抚摸那些文字和画面，似乎要从这凝固的字符中掰出里面跳舞的精灵。雪地里树梢洒落清脆的歌声、舞影，还有闪动的星光，分明是那群精灵般的孩子坐上了林中仙子的马车，一路欢笑。一颗星星遗落在路边，我小心地捧起，追随他们而去。

我就这样流连于幻想世界，穿越世俗此生而直达精神的彼岸。在我的生活中，儿童文学带来的宁静与慰藉超过任何其他，所有艺术也只有在童心一样纯净和率真的心境中才能获得永恒魅力。我细细地读这些童书，一直试图寻找其中的奥秘，是什么让它们充满心灵的快乐，又是什么使它们闪耀着智慧之光、思想之光？于是我去想成人、儿童和儿童文学的关系，也开始反思长大以后那不自觉的“成人中心主义”思维，以及对当下童年长吁短叹的所谓忧思。童年与时代并进而变化，我们无法也不能丢弃成人的权威，但我们可以做到的是——对话。放平身姿、调整心态，与儿童做一次平等谦虚的交流。既不用我们想象中的儿童稚嫩话语，也不用自己一贯理性的失去了敏锐感觉的语言，而是去和儿童分享共同的兴趣、心情，去寻找共同的精神家园。于是我看到了达尔不顾成人评论家对“残酷”叙事的批判，而与儿童一起迷恋于紧张畅快的冒险世界；莫尔斯笔下的蓝熊在无与伦比的知识、智慧和勇气中成长；雅诺什图画书中的小猪和小熊关于爱和友谊的温馨思考……当我在灵动的文字中捕捉这些信息时，那是一种怎样的快乐啊！

总觉得北京这个城市有一点魔力，除了多得数不清的童书，这里还有一群人、有一些思想让我着了迷。城市的白天或傍晚，我穿行在菁菁校园，在师大的教室，在未名湖畔，聆听钱理群、王岳川、陈平原、王一川、程正民、孟繁华谈论文学。我喜欢这些思想。我和我的室友——一群年龄各异但同样对精神充满迷恋的伙伴，相约风雨无阻去找寻大师的声音。有幸聆听了钱理群老师退休前的最后一学期课，于是在那些蝉声开始鸣噪的初夏或者淅沥的雨天，我们大汗淋漓地坐车，然后挤坐在那间普通的教室里，为台上迸发的激情而唏嘘不已。每一次我们都要早早赶去抢坐教室第一排，以便能够最近距离、最清晰地聆听到那些声音。虽然录了音，却还要在晚上临睡前再次温习讨论，每每激动得长久不能入睡。在最后一堂课的讲台上，堆满了学生送的鲜花和卡片，教授极有特色的头颅在鲜花中时起时伏，而教室里，早已流下一片不舍的泪水……那些日子，那些课堂，我就这样喜欢上了北京。

在北京，在师大，喜欢徜徉在教七楼旁的小路上，依依垂柳，树影婆娑，我坐在树下的长椅上默默沉思，然后径直走到图书馆，融进一片思想的海洋。

似水流年。很多人在我的求学旅程中出现，他们有许多神奇的力量，帮我走过一个又一个迷茫、苦闷的关口，让我经历学术与人生的成长。王泉根老师很严格，但又平易和宽容，没有导师的督促指导，我难以在学术上有所进步。张美妮老师率直和蔼，严谨而敏锐，总是用瘦弱的身躯不厌其烦地指正我们学术思考时的稚嫩和纰漏。还有吴岩老师、陈晖老师以及一群快乐的师弟师妹，在这个喜欢童书的小集体里，我如此愉悦而不舍离去。

曾一度因毕业以后不能再以儿童文学为职业而痛苦郁闷，有人告诉我说，就把自己最喜欢的事情当作一种生活方式吧！我突然释怀，儿童文学早已成为我的生活方式，我其实一直“在路上”。在最喜欢的那本希尔弗斯坦的图画书《失落的一角》中，缺了一角的圆历尽千辛，终于找到了合适的一角可以填补缺憾，但获得完满的同时，也意味着从此失去了感受生命的时间和机会。于是它把那一角轻轻地放下/慢慢向前滚动/它一边滚动，一边清亮地唱着——

噢，我在找我那失落的一角
我在找我那失落的一角
嗨——哟——哟，我要去
寻找我那失落的一角

海德格尔说时间的含义就是“在路上”，凯鲁亚克为“迷惘的一代”指明思考和生活“在路上”，那失落一角的圆一直寻找“在路上”。儿童文学研究，我也愿意继续“在路上”！

多年后再回看这些稍显稚嫩的表达，我欣喜地发现自己在成长。那一年我误打误撞去了法大、昌平，不断上着非“儿童文学”的课程：中国现代文学、当代文学、台港文学、法制文学……不承想，学术研究的壁垒，其实是自我设限的。这些非“儿童文学”的视角，如今却如大海一般给了我浮潜的资源和辽阔的心境，如今再去研读社会学、心理学的童年研究和艰深的叙事学论著，早已不像当年那样畏缩和气馁了。而且，我惊奇地发现，这些学科理论至今还在吸引着我，它们在不断地前行和更新中，也让我在思考童年与文学问题时如拨云见日般从迷茫到清晰。

儿童文学研究，常常会因为文本太过有趣可爱，而使我不由自主深陷其中，走入自说自话却又无法看清实质的歧路花园。当终于可以在课堂上与学生去讨论有关童年、儿童文学中的哲学问题时，我发现了自己多年来的研究误区：儿童、童年、儿童文学的“可爱”，其实是成人的想象所致，如果“成人中心”的儿童观是该反思的，“童年崇拜”或者波兹曼对“童年消逝”的忧虑是否依然是另一个层面的“成人话语”？当我们解释一部优秀的儿童作品是如何产生的时候，总是会说：“优秀的作家总是永葆童心的！”这其实是一个空洞的表述。这些天才的成人之所以能“回归”童心，不仅是因为他们对自己的童年有着惊人的回溯力和感受力，还在于他们发现了而且极为重视内心深处与儿童相通的那部分尘封已久的灵性。而我们大多数人，只是任其尘封而已，或者经由心理分析师才能用童话的力量打开无意识的大门。所以，走近童年的最好方式，还是去探索那些天才的成人如何做到了与童年对话。

我对童年和儿童文学的重新思考，也来源于这十余年间我终于有了一个孩子。这使我得以真正近距离地与一个“儿童”朝夕相处，来观察成长到底是怎么回事，童年的哲学意义在哪里，曾经天马行空的童心又是如何一点一点在理性的规约下走向成年，同时也进一步验证和修正了我当年纸上谈兵的理论研究。《彼得·潘》里说：只要有一个孩子说“我不相信仙人”，世上就会有一个仙人掉下来死了。我知道，总有一天我的孩子也终会说：“我不相信圣诞老人了！”但我还是忍不住期望，让这一天来得再晚些、再晚些吧，因为她是有灵性的海豚！

荏苒光阴，如烟往事并未在记忆中流走。张美妮老师驾鹤西去，她的笑容和声音却依然那样清晰从未曾远离。王老师不再住“励耘9楼”了，但播下的儿童文学的种子队伍越来越壮大。曾经嬉闹的舍友和师弟妹们，如今已成为坚不可摧的友情支撑着我的生活。当年未曾提到的父母，又怎是“感谢”二字可以表达？相扶相伴，相依相偎，孩子依然是这样眷念他们！

《不老泉》中塔克说，生命就是一个轮子。但时间老人走过的每一分秒，却从没有重复过。我们对于时间的矛盾只能说明，生命总是成长的，它其实永远不会重复。我的下一段人生中，除了儿童文学，还有一个孩子，我们将一起成长！